Bl

ANDRÉ ACIMAN, 2 Ocak
mancı, denemeci ve anı ya: … çapında
ünlü Proust uzmanlarından … *New Yorker, New York Review of Books, New York Times, Paris Review* gibi dergilerde makaleleri yayınlandı. Türkiye vatandaşlığına sahip Yahudi bir aileye (babası aslen İstanbulludur) mensup olan André Aciman, İskenderiye'nin çokdilli, kozmopolit ortamında yetişti, aile daha sonra New York'a yerleşti. New York City Üniversitesi'nde edebiyat teorisi, Princeton Üniversitesi'nde Fransız edebiyatı dersleri verdi. Anı kitabı *Out of Egypt* ile Whiting Ödülü'nü kazandı. *Adınla Çağır Beni*, ilk yayınlandığı yıl olan 2007'de *New York Times* tarafından "Yılın Dikkate Değer Kitabı" seçildi ve Lambda Edebiyat Ödülü'ne layık görüldü. Roman 2017 yılında Luca Guadagnino yönetmenliğinde sinemaya da uyarlanarak eleştirmen ve seyircilerden tam not aldı. *Adınla Çağır Beni*'nin devamı niteliği taşıyan ve sinemaya uyarlanması beklenen *Bul Beni* de dünya çapında ilgi uyandırdı. Yazar yaşamını ve çalışmalarını New York'ta sürdürmektedir.

*SEL YAYI

*SEL YAYINCILIK
Kuloğlu Mahallesi, Turnacıbaşı Caddesi,
No: 17, Beyoğlu – İstanbul
Tel. (0212) 516 96 85

http://www.selyayincilik.com
e-posta: halklailiskiler@selyayincilik.com

SATIŞ - DAĞITIM:
Çatalçeşme Sokak, No: 19/1
Cağaloğlu – İstanbul
e-posta: siparis@selyayincilik.com
Tel. (0212) 522 96 72 Faks: (0212) 516 97 26

*SEL YAYINCILIK: 1031
ISBN 978-605-772-840-1

BUL BENİ
André Aciman
Roman

Türkçesi: Berrak Göçer

Özgün Adı:
Find Me

Genel Yayın Yönetmeni: İrfan Sancı
Editör: Ahmet Birsen
Yayına hazırlayan: Sanem Işıl Aytuğ
Kapak tasarımı: Aslı Sezer
Sayfa tasarımı: İklime Yılmaz

Birinci Baskı: Nisan, 2020
İkinci Baskı: Haziran, 2020

Baskı ve Cilt: Yaylacık Matbaası
Fatih Sanayi Sitesi, 12/197-203
Topkapı-İstanbul, 567 80 03

Sertifika No: 44865

André Aciman

Bul Beni

Türkçesi: Berrak Göçer

Roman

*Para mis tres hijos**

* (İsp.) Üç oğlum için. (ç.n.)

Neden suratın asık?

Floransa'da, istasyonda trene binişini izledim. Cam kapıyı açtı, vagona girdikten sonra etrafına bakınıp sırt çantasını hızlıca yanımdaki boş koltuğa bıraktı. Deri ceketini çıkardı, okuduğu İngilizce kitabı üstüne koydu, baş üstü rafına beyaz, kare bir kutu yerleştirdi ve sinirliymiş gibi huzursuzca oflayarak kendini çaprazımdaki koltuğa attı. Trene binmeden saniyeler önce biriyle hararetli bir tartışmaya girmiş de kendisinin ya da tartıştığı kişinin telefonu kapatmadan önce söylediği iğneleyici kelimeleri hâlâ zihninde evirip çeviriyormuş gibi bir hali vardı. Tasmasının kırmızı kayışını eline dolayıp ayak bileklerinin arasına sıkıştırdığı köpeği de onun kadar gergin görünüyordu. "*Buona*, aferin kızıma," dedi sonunda, hayvanı sakinleştirmeye çalışarak, "*buona*," diye tekrarladı, köpek kıpırdamaya devam edip sıkıştığı yerden kaçmaya çalışırken. Karşımda bir köpek olmasından hiç hoşlanmamıştım, içgüdüsel bir inatla üst üste attığım bacaklarımı indirmeyi ya da köpeğe yer açmak için biraz kaymayı reddettim. Ama anlaşılan kız benim de beden dilimin de farkında değildi. Bana bakmak yerine hemen sırt çantasını karıştırmaya başladı, ince bir plastik poşet çıkardı, içinden kemik şeklinde iki tane küçük ödül maması aldı, sonra mamaları avucuna koyup köpeğin onları yalamasını seyretti. "*Brava*." Köpeği en azından bir süreliğine yatıştırdığı için hafifçe doğrulup gömleğini düzeltti, koltuğa iyice yerleşti, sonra üzüntüden uyuşmuş gibi bir edayla Santa Maria Novella İstasyonu'ndan ayrılmaya başlayan trenin camından kayıtsızca Floransa'yı seyre koyuldu. Öfkesi yatışmamıştı, belki de gayriihtiyari bir hareketle başını bir iki kez sağa sola salladı; belli ki trene binmeden önce kiminle kavga ettiyse hâlâ ona küfrediyordu. Bir an öyle acınası bir hale büründü ki önümdeki kitaba bakarken ona söyleyecek bir şeyler bulmaya çalıştığımı fark ettim, hiç değilse vagonun sonundaki küçük köşemizde kopacağa benzeyen fırtınayı yatıştırmak adına. Sonra tereddüt ettim. En iyisi onu rahat bırakıp kitabıma dönmekti. Ama bana baktığını görünce kendimi tutamadım, "Neden suratın asık?" diye sordum.

Sorumun tanımadığım biri tarafından nasıl yakışıksız algılanacağını ancak laf ağzımdan çıktıktan sonra idrak edebildim, hele ki en ufak bir kışkırtmada patlamaya hazır duran trendeki bir yabancı tarafından. Bana gözlerinde şaşkın, düşmanca bir ışıltıyla dik dik baktı, az sonra ölümcül bir vuruş yapıp haddimi bildirecek sözlere delalet eden bir bakıştı bu: *Kendi işine baksana moruk!* Ya da: *Sana ne be!* Ya da yüzünü ekşitip aşağılayarak cevabı yapıştıracaktı: *Pislik!*

"Yo, suratım asık değil, sadece düşünüyorum," dedi.

Siktirip gitmemi söylemiş olsaydı, beni sesinin bu nazik, neredeyse hüzünlü tınısı kadar hazırlıksız yakalamazdı.

"Belki de düşünürken suratım asılıyordur."

"Yani neşeli şeyler mi düşünüyorsun?"

"Hayır, neşeli şeyler de değiller," diye yanıt verdi.

Gülümsedim ama bir şey demedim, ona böyle yüzeysel ve üstten bir tavırla takıldığım için şimdiden pişmandım.

"Ama belki de gerçekten suratım asıktır," diye ekledi, hafifçe gülüp bana hak vererek.

Patavatsızlık ettiğim için özür diledim.

"Önemli değil," dedi, bakışlarını şimdiden cama çevirip yeni yeni girdiğimiz kırları süzmeye başlayarak. Amerikalı mısın, diye sordum. Öyleydi. "Ben de," dedim. "Aksanından anladım," diye ekledi bir tebessümle. Neredeyse otuz yıldır İtalya'da yaşadığımı ama ne yaparsam yapayım aksanımdan kurtulamadığımı açıkladım. Sorduğumda, İtalya'ya on iki yaşındayken ailesiyle yerleştiğini söyledi.

İkimiz de Roma yolcusuyduk. "İş için mi?" diye sordum.

"Hayır, iş için değil. Babamı görmeye gidiyorum. İyi değil." Sonra bakışlarını kaldırıp bana bakarak: "Suratımın asıklığının sebebi bu olabilir sanırım."

"Durumu ağır mı?"

"Öyle sanırım."

"Geçmiş olsun," dedim.

Omuz silkti. "Kader!"

Sonra ses tonunu değiştirerek: "Peki ya sen? Turizm mi ticaret mi?"

Basmakalıp ifadeyi taklit ederek sorduğu soruya gülümsedim ve üniversite öğrencilerine bir okuma yapmaya davet edildiğimi açıkladım. Ama aynı zamanda Roma'da yaşayan oğlumla buluşacaktım, beni istasyondan alacaktı.

"Eminim çok tatlı bir çocuktur."

Alaycı davrandığını görebiliyordum. Ama neşeli ve sıcak tavrı, bir an somurtkanken hemen sonra şen şakrak olabilmesi, dahası benim de böyle yapabileceğimi varsayması hoşuma gitmişti. Ses tonu, rahatlığıyla öne çıkan giyimiyle uyumluydu: yıpranmış yürüyüş botları, kot pantolon, siyah bir tişört ve üstünde yarısı iliklenmiş, solgun, kırmızımsı oduncu gömleği; makyaj yok. Ama yine de, salaş görünümüne rağmen yeşil gözleri ve koyu renk kaşları dikkat çekiyordu. Biliyor, diye düşündüm, biliyor. Suratının asık oluşuyla ilgili o budalaca yorumu neden yaptığımı biliyor. Yabancıların onunla konuşmaya başlamak için hep bir bahane bulduklarına emindim. Bu da neden gittiği her yerde o sinirli *denemeye bile kalkma* ifadesi takındığını açıklıyor.

Oğlumla ilgili alaycı yorumundan sonra sohbetin sönümlenmesine şaşırmadım. Herkesin kitabına dönme vakti gelmişti.

Ama sonra bana bakıp birdenbire sordu: "Oğlunu göreceğin için heyecanlı mısın?" Yine takılıyor sandım ama ses tonu ciddiydi. Trendeki iki yabancının arasındaki mesafeleri birden aşıp böyle kişisel konulara girmesinin hem büyüleyici hem rahatlatıcı bir yanı vardı. Hoşuma gitmişti. Belki de yaşı onunkinin neredeyse iki katı olan bir adam oğluyla buluşmadan önce neler hisseder, merak ediyordu. Ya da belki sadece kitap okuyası yoktu. Yanıt bekliyordu. "Ee, mutlu musun... acaba? Gergin misin... acaba?"

"Tam gerginim diyemem ama belki biraz," dedim. "İnsan çocuğuna yük olmaktan, hele canını sıkmaktan hep korkar."

"Sıkıcı biri olduğunu mu düşünüyorsun?"

Sözlerimle onu şaşırtmış olmak beni çok mutlu etmişti.

"Belki öyleyimdir. Ama dürüst olalım, kim sıkıcı değil ki?"

"Ben babamın sıkıcı olduğunu düşünmüyorum."

Acaba onu rencide mi etmiştim? "O zaman sözümü geri alıyorum," dedim.

Bana bakıp gülümsedi. "Öyle çabuk değil."

İnsanı önce şöyle bir yokluyor, sonra doğrudan deşmeye başlıyordu. Bu yanıyla bana oğlumu hatırlatmıştı – ondan biraz daha büyüktü ama bütün gaflarımı, kendimce yaptığım kurnaz oyunları yüzüme vurabiliyordu, ayrıca tartışıp barıştıktan sonra bana kendimi bozguna uğramış hissettirme konusunda da onun kadar becerikliydi.

Seni yakından tanımak nasıl bir şey acaba? diye sormak istedim. *Komik, neşeli, şakacı mısın yoksa damarlarında akan kan seni karamsarlaştırıp, hırçınlaştırıp yüzüne gölge mi düşürüyor, o tebessümün ve yeşil gözlerin vaat ettiği kahkahaları mı susturuyor?* Bilmek istiyordum – çünkü anlayamıyordum.

Onu insan sarrafı olduğu için tebrik etmek üzereydim ki telefonu çaldı. *Erkek arkadaşı tabii! Başka kim olacak.* Cep telefonlarının her şeyi sürekli bölmesine çok alışmıştım, öyle ki artık araya telefon girmeden öğrencilerimle kahve içmek, meslektaşlarımla ya da oğlumla konuşmak imkânsızlaşmıştı. Telefon ziliyle kurtulmak, telefon ziliyle susturulmak, telefon ziliyle ötelenmek.

"Merhaba baba," dedi telefon çalar çalmaz. Telefonu, yüksek zil sesi diğer yolcuları rahatsız etmesin diye hemen yanıtladı sanmıştım. Ama bağırarak konuştuğunu görünce şaşırdım. "Lanet olası tren! Durdu, ne kadarlığına hiçbir fikrim yok ama iki saate varırım herhalde. Birazdan görüşürüz." Babası ona bir şey soruyordu. "Herhalde yaptım şapşal, nasıl unuturum." Bir şey daha sordu. "Onu da." Sessizlik. "Ben de. Hem de çok."

Telefonu kapatıp sırt çantasının içine geri fırlattı, adeta, *Bir daha rahatsız edilmeyeceğiz,* diyordu. Tereddütle gülümsedi. "Babalar," dedi sonunda, *Hepsi de aynı, değil mi?* manasında.

Ama sonra açıkladı. "Her hafta sonu görüşüyoruz, ondan hafta sonu ben sorumluyum; hafta içi de kardeşlerim ve bakıcısı ilgileniyor." Başka bir şey dememe fırsat vermeden sordu: "Ee, bu akşamki etkinlik için mi takıp takıştırdın?"

Üstümdekileri tarif etmenin ne acayip bir yoluydu bu! "*Takıp takıştırmış* gibi mi görünüyorum?" diye yanıt verdim, ifadeyi alayla tekrar etmiştim ki iltifat peşinde olduğumu düşünmesin.

"Eh, cep mendili, kolalanmış gömlek, kravat yok ama kol düğmesi var öyle mi? Bence giyimine özen göstermişsin. Biraz eski usul ama jilet gibi."

Karşılıklı gülümsedik.

"Aslında kravatım yanımda," dedim, ceketimin cebinden renkli bir kravatı gösterecek kadar çıkarıp sonra geri koyarak. Kendimle dalga geçebilecek kadar esprili olduğumu görsün istiyordum.

"Tam tahmin ettiğim gibi," dedi. "Takıp takıştırılmış! Bayramlıklarını giymiş emekli bir profesör kadar değil ama yakın. Ee, oğlunla Roma'da neler yapıyorsunuz?"

Hiç pes etmeyecek miydi? Baştaki sorumla senlibenli olabileceğimizi düşünmesine mi yol açmıştım? "Beş altı haftada bir buluşuyoruz. Bir süredir Roma'da ama yakında Paris'e taşınacak. Onu şimdiden özlüyorum. Onunla vakit geçirmek hoşuma gidiyor, özel bir şey yapmıyoruz aslında, bol bol yürüyoruz, genelde de aynı rotayı izliyoruz: konservatuvar üzerinden onun Roma'sı, genç bir öğretmenken yaşadığım yerler üzerinden benim Roma'm. Sonunda mutlaka Armando'da öğle yemeği yiyoruz. Ya benimle vakit geçirmekten keyif alıyor ya da sadece dişini sıkıyor, hangisi olduğunu hâlâ kestiremiyorum, belki ikisi de; ama bu ziyaretleri bir ayine dönüştürdük: Via Vittoria, Via Belsiana, Via del Babuino. Bazen ta Protestan Mezarlığı'na kadar dolanıyoruz. Hayatımızın mihenk taşları gibi bu yerler. Onlara mabetlerimiz diyoruz, inançlı insanların farklı *madonnelle*'lerde –yani sokak mabetlerinde– sokağın Meryem'ine biat etmek için durmalarından esinlenerek. İkimiz de unutmuyoruz: öğle yemeği, yürüyüş, mabetler. Şanslıyım. Onunla Roma'da dolaşmak bile başlı başına bir ibadet gibi. Her köşede bir anı var – seninki, bir başkasınınki, şehrinki. Ben Roma'yı alacakaranlıkta seviyorum, o ise öğleden sonrayı tercih ediyor, bazen öylesine bir yerde beş çayı içip oyalanarak akşam olmasını bekliyor, sonra da içkiye geçiyoruz."

"O kadar mı?"

"O kadar. Benim için Via Margutta'ya, onun için Via Belsiana'ya gidiyoruz – yaşadığımız eski aşklara binaen."

"Eski mabetlerin mabetleri mi?" diye şaka yaptı trendeki genç kadın. "Evli mi?"

"Hayır."

"Hayatında biri var mı?"

"Bilmiyorum. Herhalde vardır. Ama onun için endişeleniyorum. Epey uzun süre önce biri vardı ama şu sıralar birileriyle görüşüp görüşmediğini sorduğumda sadece başını sallayıp, 'Sorma baba, sorma,' dedi. Ya kimse yok ya da herkes var anlamına geliyordu, hangisi daha kötü bilemedim. Eskiden bana her şeyi anlatırdı."

"Bence sana dürüst davranmış."

"Evet, aslında bir açıdan öyle."

"Onu sevdim," dedi çaprazımda oturan genç kadın. "Belki ben de öyle olduğumdandır. Bazen fazla açık, fazla cüretkâr davrandığım için suçlanıyorum, sonra da fazla mesafeli ve kapalı olduğum için."

"Oğlumun başkalarına kapalı olduğunu sanmıyorum. Ama çok mutlu olduğunu da düşünmüyorum."

"Nasıl hissettiğini anlıyorum."

"Senin hayatında birileri var mı?"

"Ah bir bilsen!"

"Nasıl yani?" diye sordum. Laf ağzımdan şaşkınlık ve hüzün dolu bir iç çekiş gibi çıkıvermişti. Ne demek istiyor olabilirdi; hayatında kimse yok muydu, çok fazla kişi mi vardı, yoksa hayatındaki adam öfkesini kendinden ya da sıradaki sevgililerden çıkarma arzusuyla onu terk edip perişan halde mi bırakmıştı? Ya da insanlar hayatına öylesine girip çıkıyor muydu, oğlumun hayatına bir sürü insanın girip çıktığından korktuğum gibi; yoksa başkalarının hayatına girip sonra ardında ne bir iz ne bir anı bırakarak çıkıp gidenlerden miydi?

"Bırak âşık olmayı, insanlardan hoşlanıp hoşlanmadığımdan bile emin değilim."

Bunun ikisi için de geçerli olduğunu görebiliyordum: aynı donuk, yaralı, küskün kalpler.

"Mesele insanlardan hoşlanmaman mı, yoksa bir süre sonra sıkıldığın için başta onları neden ilginç bulduğunu hiçbir şekilde hatırlayamaman mı?"

Birden sessizleşti, neye uğradığını şaşırmış gibiydi, tek kelime etmedi. Gözleri dikip bana baktı. Onu yine mi rencide etmiştim? "Bunu nasıl bildin?" diye sordu sonunda. İlk defa ciddileşip sinirlendiğini görüyordum. Küstahça özel hayatına karıştığım için haddimi bildirmek üzere kelimelerini iyice bilediğini görebiliyordum. Ağzımı açmamalıydım. "Tanışalı daha on beş dakika olmadı ama ruhumu okuyorsun! Hayatıma dair böylesi bir meseleyi nasıl anlamış olabilirsin ki?" Sonra kendini toparladı: "Saatlik ücretin ne kadar?"

"İkramım olsun. Ama seninle ilgili bir şey bildiysem eğer, hepimiz birbirimize benzediğimiz içindir. Hem sen gençsin, güzelsin, erkeklerin sürekli cazibene kapıldıklarına eminim, yani birileriyle tanışmakta zorlandığını sanmıyorum."

Yine haddim olmadan konuşup çizgiyi aşmış mıydım?

İltifatı geri almak için ekledim: "Mesele yeni birilerinin büyüsünün hep çok çabuk sönmesi. Sahip olamayacağımız insanları istiyoruz. Hayatımızda iz bırakanlar ya bir noktada yitirdiğimiz ya da varlığımızın farkında bile olmayan kişiler. Diğerleri olsa olsa yankı yapıyor."

"Bayan Margutta'da da durum böyle miydi?" diye sordu.

Bu kadından da hiçbir şey kaçmıyor, diye düşündüm. Bayan Margutta adını sevmiştim. Aramızda yıllar önce geçenleri hafif, sönük, neredeyse gülünç bir renge boyuyordu.

"Hiçbir zaman bilemeyeceğim. Çok kısa bir süre beraberdik, her şey çok hızlı oldu."

"Ne kadar zaman önceydi?"

Bir an düşündüm.

"Söylemeye utanıyorum."

"Ah, söyle gitsin!"

"En az yirmi sene. Şey, neredeyse otuz."

"Başka?"

"O sırada Roma'da öğretmendim, bir partide tanıştık. O biriyle beraberdi, ben biriyle beraberdim, bir şekilde konuşmaya başladık ve hiç susmak istemedik. Sonunda herkes sevgilisiyle partiden ayrıldı. Telefon numaralarımızı almamıştık bile. Ama onu aklımdan çıkaramıyordum. Bu yüzden beni partiye davet eden arkadaşı arayıp onda telefonu var mı diye sordum. İşin komik yanı da şu. Bir gün önce o da arkadaşı arayıp *benim* telefon numaramı istemiş. 'Beni bulmaya çalıştığını duydum,' dedim onu sonunda aradığımda. Aslında kendimi tanıtmam gerekirdi ama doğru düzgün düşünemiyordum, gergindim.

"Sesimi hemen tanıdı ya da belki arkadaşımız ona önceden haber vermişti. 'Seni arayacaktım,' dedi. 'Ama aramadın,' dedim. 'Hayır, aramadım.' İşte o zaman benden daha cesur olduğunu gösteren, beklenmedik olduğu için de nabzımı hızlandıran, asla unutmayacağım bir şey söyledi. 'Peki, bu işi nasıl yapıyoruz?' diye sordu. *Bu işi nasıl yapıyoruz?* O tek cümleyle hayatımın olağan yörüngesinden çıktığını anladım. Tanıdığım kimse bana böyle açık, adeta yabani kelimeler sarf etmemişti."

"Onu sevdim."

"Sevilmez mi! Pervasızca, dobra dobra konuşuyordu, lafı hiç dolandırmıyordu, öyle ki hemen oracıkta bir karar vermem gerekti. 'Öğle yemeği yiyelim,' dedim. 'Çünkü akşam yemeği zor olur değil mi?' diye sordu. Sözlerindeki cesur, aleni alaydan çok hoşlanmıştım. 'Öğle yemeği yiyelim, yani hemen bugün,' dedim. 'Yani hemen bugün, tamamdır.' Olayların gelişme hızına güldük. Öğle yemeği vaktine en fazla bir saat kalmıştı."

"Erkek arkadaşını aldatmayı düşünmesi seni rahatsız etti mi?"

"Hayır. Aynı şeyi yapıyor olmaktan da rahatsız değildim. Öğle yemeği epey uzun sürdü. Onunla Via Margutta'daki evine kadar yürüdüm, sonra o benimle öğle yemeği yediğimiz yere kadar geri yürüdü, sonra ben onunla tekrar evine yürüdüm.

"'Yarın?' diye sordum, aceleci mi davrandığımdan hâlâ emin olamayarak. 'Kesinlikle, yarın.' Bu Noel'den bir hafta önceydi. Salı günü tamamen delice bir şey yaptık: İki tane uçak bileti alıp Londra'ya gittik."

"Ne kadar romantik!"

"Her şey çok hızlı ilerliyordu ama bir yandan da çok doğal geldiğinden ikimiz de konuyu sevgililerimizle konuşma ihtiyacı duymadık, hatta onları bir an bile düşünmedik. Sadece duygularımıza ket vurmaktan vazgeçtik. O günlerde duygulara ket vurulurdu."

"Bugünden farklı olarak mı demek istiyorsun?"

"Bugünü bilemem."

"Doğru, bilemezsin herhalde."

İğnelemesinden aslında hafifçe kızmamı beklediğini anladım.

Kıkırdadım.

O da kıkırdadı, içten davranmadığımın farkında olduğunu ima ediyordu.

"Her halükârda hemen bitti. Herkes sevgilisine döndü. Arkadaş kalmadık. Ama düğünlerine katıldım, daha sonra onları da bizim düğünümüze çağırdım. Onlar evli kaldılar. Biz kalmadık. *Voilà.*"*

"Sevgilisine dönmesine neden izin verdin?"

"Neden mi? Belki duygularımdan hiçbir zaman tamamen emin olamamıştım, ondan. Onun için mücadele etmedim, o da etmeyeceğimi biliyordu zaten. Belki de ona âşık olduğuma inanmak istedim ama olmadığımdan korktum, hissetmediğim duygularla yüzleşmektense Londra'daki Araf'ımızda kalmayı tercih ettim. Belki de şüpheyi bilgiye yeğledim. Peki *senin* saatlik ücretin ne kadar?"

"*Touché!*"**

Biriyle en son ne zaman böyle şeyler konuşmuştum?

"Biraz da *sen* hayatındaki kişiyi anlatsana," dedim. "Eminim özel birileriyle görüşüyorsundur?"

"Birileriyle görüşüyorum, evet."

"Ne zamandır?" Sonra birden durdum. "Sormamda bir sakınca yoksa."

"Yok. Dört ay bile olmadı." Sonra omuz silkerek: "Öyle aman aman bir ilişki değil."

"Ondan hoşlanıyor musun?"

"Hoşlanıyorum. Anlaşıyoruz. Birçok ortak zevkimiz var. Ama aslında sadece ortak bir yaşamları varmış numarası yapan iki ev arkadaşından ibaretiz. Ortak bir yaşamımız yok."

---

* (Fr.) İşte böyle. (ç.n.)

** (Fr.) Beni tuşa getirdin. (ç.n.)

"Nasıl bir ifade ama. *Ortak bir yaşamları varmış numarası yapan iki ev arkadaşı.* Üzücü."

"Evet, üzücü. Ama seninle şu son birkaç dakika içinde onunla bütün hafta paylaştığımdan daha çok şey paylaşmış olma ihtimalim de üzücü."

"Belki de başkalarına açılan biri değilsindir."

"Ama seninle konuşuyorum."

"Ben yabancıyım, yabancılara açılmak kolaydır."

"Dürüstçe konuşabildiğim sadece babam ve köpeğim Pavlova var, ikisi de kısa bir süre sonra yanımda olmayacak. Hem zaten babam şu anki sevgilimden nefret ediyor."

"Bir baba için olağandışı bir durum değil bu."

"Aslında bir önceki sevgilime tapıyordu."

"Peki ya sen tapıyor muydun?"

İronik bir yanıt vereceğini bildiğinden gülümsedi: "Hayır, tapmıyordum." Bir an düşündü. "Bir önceki sevgilim benimle evlenmek istiyordu. Teklifini kabul etmedim. Ayrıldığımızda olay çıkarmayınca öyle rahatladım ki. Sonra altı ay bile geçmeden evleneceğini duydum. Köpürdüm. Aşk yüzünden kırık bir kalple ağladığım bir an olduysa, birlikteyken saatlerce, aylarca dalga geçtiğimiz kadınla evleneceğini öğrendiğim gündür."

Sessizlik.

"Zerre âşık olmadan kıskanmak – zor birisin," dedim sonunda.

Bana öyle bir bakış attı ki, aynı anda hem onunla böyle konuşmaya cüret ettiğim için üstü örtülü bir serzenişte bulunuyor hem de daha fazlasını duymak için delice bir meraka kapıldığını belli ediyordu. "Tanışalı daha bir saat olmadı. Ama yine de beni bütünüyle anlıyorsun. Ne güzel. Madem öyle, bir başka korkunç kusurumdan daha bahsedeyim."

"Yandık desene."

Gülüştük.

"Eski sevgililerimin hiçbiriyle görüşmüyorum. İnsanların çoğu herkesle arayı iyi tutmayı tercih ediyor. Bense arayı açmayı tercih ediyor gibiyim; muhtemelen başlangıçta büyük bir yakınlık kurmadığım için. Bazen tüm eşyalarımı dairelerinde bırakıp ortadan kayboluveriyorum. Pılımı pırtımı toplamaktan, taşınmaktan, kaçınılmaz ayrılık sonrası konuşmalarından, bu konuşmaların gitmeyeyim diye ağlamaklı yakarışlara dönüşmesinden, bu uzatmalı sürecin tamamından nefret ediyorum; en çok da, onunla yatmak istediğimiz günleri çoktan unuttuğumuz, bize artık dokunmasına bile tahammül edemediğimiz biriyle aramızda hâlâ bir bağ olduğu yalanını sürdürmekten nefret ediyorum. Haklısın: Herhangi bir ilişkiye neden başlıyorum bilmiyorum. Yeni ilişkiler tam bir baş ağrısı. Ayrıca katlanmam gereken küçük ev alışkanlıkları da cabası. Kuş kafesinin kokusu. CD'lerini dizme düzeni. Gecenin bir yarısı beni uyandıran ama onu asla uyandırmayan eski kaloriferin sesi. O camlar kapalı kalsın istiyor. Ben açık seviyorum. Ben giysilerimi yerlere atıyorum, o havlularımızı katlayıp kaldırılalım istiyor. O diş macununun en alttan düzgün bir şekilde sıkılmasını seviyor, ben elime geldiği gibi sıkıyor ve kapağını hep kaybediyorum, o da kapağı hep klozetin arkasında buluyor. Uzaktan kumandanın belli bir yeri var, sütün dondurucuya yakın durması gerek ama dibinde de olmamalı, çamaşırlar ve çoraplar *bu* çekmeceye giriyor ama *şu* çekmeceye girmiyor.

"Yine de zor sayılmam. Aslında iyi biriyim, sadece biraz dik kafalıyım. Ama bu sadece bir maske. Herkese ve her şeye müsamaha gösteriyorum. En azından bir süreliğine. Sonra bir gün kafama dank ediyor: Bu çocukla olmak istemiyorum, yanımda olmasını istemiyorum, uzaklaşmam gerek. Bu histen kurtulmaya çalışıyorum. Ama adam bunu sezdiği anda acınası bir yavru köpek bakışıyla peşime takılıyor. O bakışı gördüğüm anda pufff, tüyüyorum ve ânında başka birini buluyorum."

"Erkekler!" dedi sonunda, sanki bu tek kelime kadınların görmezden gelmeyi kabul ettiği, katlanmayı öğrendiği ve nihayetinde affettiği tüm kusurları, gerçek olamayacağını bilseler bile ömürlerinin sonuna dek sevmeyi umdukları erkeklerin kusurlarını özetliyormuş gibi. "Kimsenin acı çekmesini istemiyorum."

Yüz hatlarına bir gölge düştü. Yanağına usulca dokunmak istedim. Bakışımı fark etti, gözlerimi kaçırdım.

Botları yine dikkatimi çekti. Yabanıllıktan başka bir şey görmemiş botlar; sarp kayalıklarda sürüklenmekten eskiyip dağılmışa benziyorlardı, bu da onlara güvendiği anlamına geliyordu. Eşyalarının yıpranmasını, aşınmasını seviyordu. Rahatına düşkündü. Kalın, lacivert yün çorapları erkek çorabıydı, herhalde sevmediğini söylediği adamın çekmecesinden alınmıştı. Ama baharlık, deri motorcu ceketi epey pahalı görünüyordu. Muhtemelen Prada'ydı. Sevgilisinin evinden apar topar çıkmıştı da telaş içinde eline geçeni giyip kısaca, *Babama gidiyorum, akşama ararım,* mı demişti? Kolundaki erkek saatiydi. O da mı sevgilisinindi? Belki de erkek saatlerini tercih ediyordu? Tüm bunlar ona sert, haşin, ham bir hava katıyordu. Sonra çoraplarıyla kotunun paçası arasında incecik bir çizgi halinde tenini gördüm – bilekleri pürüzsüzdü.

"Bana babanı anlat," dedim.

"Babam mı? Pek iyi değil, onu kaybediyoruz." Sonra konuyu değiştirdi: "Saatlik tarife hâlâ işliyor mu?"

"Dediğim gibi, bir daha görmeyeceğin bir yabancıya açılmak daha kolay oluyor."

"Öyle mi dersin?"

"Trendeki bir yabancıya açılma konusunda mı?"

"Hayır, bir daha hiç görüşmeyecek miyiz?"

"Çok düşük bir ihtimal değil mi?"

"Doğru, çok doğru."

Karşılıklı gülümsedik.

"Hadi babanı anlat."

"Bir süredir bunu düşünüyorum. Ona olan sevgim değişti. Artık kendiliğinden gelişen bir sevgi değil; vesveseli, ihtiyatlı bir sevgi, bir bakıcının sevgisi. Gerçek sevgi değil. Yine de birbirimize karşı dürüstüz, ona söylemekten utandığım hiçbir şey yok. Annem neredeyse yirmi yıl önce bizi terk etti, o günden beri babamla başbaşayız. Bir ara sevgilisi vardı ama artık yalnız yaşıyor. Biri onunla ilgilenmeye, yemek yapmaya, çamaşırlarını yıkamaya, ortalığı toplayıp temizlemeye gidiyor. Bugün yetmiş altıncı doğum günü. Pasta onun için," dedi, rafta duran beyaz kare derme çatma kutuyu işaret ederek. Utanmış gibiydi, belki de bu yüzden işaret ederken hafifçe kıkırdadı. "Öğle yemeğine iki arkadaş çağırdığını söyledi ama daha haber alamamış, o yüzden tahminimce gelmeyecekler, bugünlerde kimse gelmiyor. Kardeşlerim de gelmeyecek. Floransa'da evime yakın eski bir dükkânın profiterolünü seviyor. Ona orada ders verdiği daha eski güzel günleri hatırlatıyor. Tabii aslında tatlı yemesi yasak ama..."

Cümleyi bitirmesine gerek yoktu.

Aramızdaki sessizlik uzun sürdü. Kitabı tekrar elime aldım, sohbetimizin bu sefer gerçekten bittiğini düşünüyordum. Bir süre sonra kitap hâlâ önümde açık halde dışarıyı, akıp giden Toskana manzarasını seyre koyuldum ve düşüncelerim dağılmaya yüz tuttu. Kızın yer değiştirip yanıma geçmiş olduğuna dair tuhaf ve biçimsiz bir fikir aklımda yer edinmeye başladı. Daldığımı fark ettim.

"Kitabını okumuyorsun," dedi. Sonra, beni rahatsız etmiş olabileceğini görünce hemen ekledi: "Ben de okuyamıyorum."

"Okumaktan sıkıldım," dedim. "Kendimi veremiyorum."

"İlginç mi?" diye sordu sonunda, kitabımın kapağına bakarak.

"Fena değil. Dostoyevski'yi uzun yıllar sonra tekrar okumak biraz hayal kırıklığı yaratabiliyor."

"Neden?"

"Dostoyevski okudun mu?"

"Evet. On beşimdeyken bayılırdım."

"Ben de. Hayata bakışı bir yeniyetmenin hemen anlayabileceği türden: Istıraplarla, çelişkilerle dolu; ayrıca öfke, nefret, utanç, aşk, acıma, keder, hınç ve büyüleyici bir şekilde şefkat ile fedakârlık içeren davranışlarla dolu; hepsi de dengesiz bir şekilde bir arada. Yeniyetmeyken Dostoyevski beni karmaşık psikolojiyle tanıştırmıştı. Kendimi kafası tamamen karışık biri sanırdım ama onun karakterlerinin de kafası en az benimki kadar karışıktı. Kendimi evimde hissetmiştim. Bence kişi, insan psikolojisinin parça parça yapısını Freud'dan, hatta başka herhangi bir psikiyatristen ziyade en iyi Dostoyevski'den öğreniyor."

Sessiz kaldı.

"Ben terapiye gidiyorum," dedi sonunda, sesi isyan tınısıyla neredeyse yükselerek.

Onu yine istemeden rencide mi etmiştim?

"Ben de," diye karşılık verdim, istemsizce de olsa horgörü gibi algılanabilecek sözümü geri almak adına.

Bakıştık. Sıcak ve güven dolu tebessümünü sevmiştim; narin, samimi, hatta belki de kırılgan bir şeye işaret ediyordu. Hayatındaki erkeklerin üstüne titremesine şaşmamalıydı. Bakışlarını çevirdiği anda neyi yitirdiklerini biliyorlardı. Tebessüm yok oluyordu, o yakıcı yeşil gözlerini üzerinizden ayırmaksızın kişisel sorular sorarken oluşan durgunluk yok oluyordu; bakışlarının bütün erkeklerin, onu gördüğü anda *hayatının sona erdiğini* anlayan her erkeğin içinde doğurduğu o tedirgin edici samimiyet ihtiyacı yok oluyordu. Şu anda da yapıyordu bunu. Samimiyet yaratma arzusu uyandırıyor, samimiyet yaratmayı kolaylaştırıyordu; sanki buna içten içe her zaman hazırdınız, bunu birileriyle paylaşmaya can atıyordunuz da ancak onunla olursa dışa vurabileceğinizi fark ediyordunuz. Ona sarılmak istiyordum, elini tutmak, parmağımı alnında gezdirmek.

"Ee, terapiye neden gidiyorsun?" diye sordu, bu düşünceyi tartınca hayret verici bulmuş gibi. "Sormamda sakınca yoksa," diye ekledi, benim kelimelerimi tekrar ederken gülümseyerek. Belli ki bir yabancıyla konuşurken daha yumuşak, daha sıcak bir yaklaşım sergilemeye alışık değildi. Terapiye gitmeme neden şaşırdığını sordum.

"Çünkü çok oturaklı görünüyorsun, çok... takıp takıştırmış."

"Emin değilim. Belki de Dostoyevski'yi keşfettiğim yeniyetmelik döneminin boşlukları hiçbir zaman dolmadığı için. Bir zamanlar dolacaklarına inanırdım, şimdiyse bu tür boşlukların belki de hiç dolmadığını düşünüyorum. Yine de anlamak istiyorum. Bazılarımız bir sonraki evreye hiçbir zaman geçemedik. Yolda yönümüzü şaşırdık ve neticede başladığımız noktada kaldık."

"Dostoyevski'yi bu yüzden mi tekrar okuyorsun?"

Bu kadar isabetli bir soru sorduğu için gülümsedim. "Belki de her zaman adımlarımı geriye doğru takip etmeye çalışıyorum; hayat denen karşı yakaya giden vapuru rıhtımın yanlış tarafında oyalanarak kaçırdığım ya da talihsizce yanlış vapura bindiğim ânı bulmaya çalışıyorum. Bunların hepsi yaşı ilerleyen bir adamın meseleleri biliyorsun."

"Sen yanlış vapura binecek birine benzemiyorsun. Öyle mi yaptın?"

Benimle alay mı ediyordu?

"Bu sabah Cenova'da trene binerken bunu düşünüyordum; çünkü birden belki de aslında binmem gereken ama hiç binmediğim başka bir-iki vapur olduğunu fark ettim."

"Neden binmedin?"

Başımı sağa sola sallayıp omuz silkerek sebebini bilmediğimi ya da söylemek istemediğimi belirttim.

"En korkunç ihtimaller de bunlar değil mi: olabilecekken asla olmamış ve ümidimizi tamamen yitirsek de hâlâ bir gün olabilecek şeyler."

Ona şaşkın şaşkın bakmış olmalıyım. "Bu şekilde düşünmeyi nereden öğrendin?"

"Çok okuyorum." Sonra, huzursuz bir bakışla: "Seninle sohbet etmek hoşuma gidiyor." Bir an duraksadı. "Ee, evliliğin de yanlış bir vapur muydu?"

Bu kadın harikuladeydi. Üstüne üstlük güzeldi. Üstüne üstlük düşünceleri benim de bazen daldığım karmaşık, dolambaçlı yolları izliyordu.

"Başta hayır," diye yanıt verdim. "En azından ben o şekilde görmek istemedim. Ama oğlumuz Amerika'ya gittikten sonra paylaştığımız o kadar az şey kalmıştı ki onun tüm çocukluğu kaçınılmaz ayrılığımızın bir provası gibi göründü gözüme. Çok az konuşuyorduk, o nadir anlarda da aynı dili konuşmuyorduk. Birbirimize karşı olağanüstü derecede sıcak ve naziktik ama aynı odadayken bile kendimizi korkunç yalnız hissediyorduk. Aynı yemek masasında oturuyorduk ama yemeği birlikte yemiyorduk, aynı yatakta yatıyorduk ama birlikte değil; aynı programları seyrediyor, aynı şehirlere seyahat ediyor, aynı yoga dersine gidiyor, aynı şakalara gülüyorduk ama hiçbir zaman birlikte değil; kalabalık sinemalarda yan yana oturuyorduk ama dirseklerimiz birbirine hiç değmiyordu. Öyle bir an geldi ki yolda öpüşen ya da sadece sarılan iki sevgili gördüğümde neden öpüştüklerini anlayamaz oldum. Birlikte yalnızdık – ta ki bir gün ikimizden biri turşu tabağını kırana dek."

"Turşu tabağı?"

"Pardon, Edith Wharton.* Beni en yakın arkadaşım için terk etti; hâlâ da arkadaşım. İşin komik tarafı birini bulmasına hiç üzülmedim."

"Belki bu sana da birini bulma özgürlüğü verdiğindendir."

"Hiç bulmadım. Eski eşimle hâlâ dostuz, benim için endişelendiğini biliyorum."

"Endişelenmesine gerek var mı?"

"Hayır. Ee, terapiye neden gidiyorsun?" diye sordum, konuyu değiştirmek için sabırsızlanarak.

"Ben mi? Yalnızlık. Hem tek başıma kalmaya dayanamıyorum hem de yalnız kalmak için sabırsızlanıyorum. Halime

---

* Wharton'ın *Ethan Frome* romanında, bir ihanetin turşu tabağının kırılmasıyla ortaya çıktığı sembolik sahne. (ç.n.)

baksana. Bir trende yalnızım, asla sevmeyeceğim bir adamdan uzakta kitabımla başbaşa olmaktan memnunum ama bir yabancıyla sohbet etmeyi yeğliyorum. Umarım alınmazsın."

Gülümsedim: *Alınmadım.*

"Bugünlerde herkesle sohbet ediyorum, azıcık çene çalmak için postacıyla bile konuşmaya başlıyorum ama erkek arkadaşıma ne hissettiğimi, ne okuduğumu, ne istediğimi, nelerden nefret ettiğimi anlatmıyorum. Zaten söylesem bile dinlemez, dinlese bile anlamaz. Hiç mizah anlayışı yok. Ona her şakayı açıklamam gerekiyor."

Sohbet etmeyi sürdürürken kondüktör biletlerimizi almaya geldi. Köpeğe baktı, sonra trene sadece kafeste alınabileceklerini söyledi.

"Yani şu an ne yapmamı istiyorsunuz?" diye terslendi kız. "Hayvanı dışarı mı atayım? Kör numarası mı yapayım? Yoksa trenden inip babamın yetmiş altıncı doğum günü partisini mi kaçırayım ki zaten ölmekte olduğundan son doğum günü olacağı için aslında parti demek pek de doğru sayılmaz? Söyleyin hangisini yapayım?"

Kondüktör ona iyi günler diledi.

"*Anche a lei,*" diye mırıldandı. Size de. Sonra köpeğine döndü: "Sen de bu kadar dikkat çekme!"

Sonra telefonum çaldı. Kalkıp iki vagon arasındaki alanda konuşmak geldi içimden ama yerimde kalmaya karar verdim. Zil sesiyle ürken köpek şimdi şaşkın, meraklı bakışlarını bana yöneltmiş, adeta, *Şimdi de sen mi?* diyordu.

Oğlum, dedim yol arkadaşıma, sadece dudaklarımı oynatarak; gülümsedi, sonra müsaade istemeden, aniden araya giren boşluğu değerlendirerek tuvalete gideceğini işaret etti. Köpeğin tasmasını bana uzatıp, "Sıkıntı çıkarmaz," diye fısıldadı.

Ayağa kalktığında ona baktım ve ilk defa o kaba saba giyiminin başta düşündüğüm kadar salaş olmadığını, ayağa kalktığı zaman daha da çekici göründüğünü fark ettim. Acaba bunu daha önce görmüştüm de düşünceyi zihnimden uzaklaştırmaya mı çalışmıştım? Yoksa gerçekten de kör müydüm? Oğlumun trenden onunla indiğimi görmesi bana müthiş bir keyif verirdi. Armando'ya giderken ondan konuşacağımızı bilirdim. Lafı nasıl açacağını bile öngörebiliyordum: *Ee, Termini'de gevezelik ettiğin şu model gibi kız kimdi, anlat bakalım...*

Ama tam da nasıl tepki vereceğinin hayalini kurarken telefon konuşmasıyla her şey değişti. Benimle o gün buluşamayacağını haber vermek için aramıştı. Ağlamaklı bir sesle, *Neden?* dedim. Hastalanan bir piyanistin yerine geçeceğinden o gün Napoli'de konsere gitmesi gerekiyordu. Ne zaman dönecekti? Yarın, dedi. Sesini duymak beni mutlu etmişti. Ne çalacaktı? Mozart, sadece Mozart. O sırada yol arkadaşım tuvaletten dönmüş ve sessizce karşımdaki yerine geçip hafifçe öne eğilmişti; telefon görüşmem bittikten sonra konuşmaya devam edeceğini gösteriyordu bu. Ona yolculuğumuz boyunca ilk defa uzun uzun baktım, kısmen telefonda başka biriyle meşgul olmam az da olsa ona dikkatsizce, masumca, alelade bir şekilde bakıyormuşum gibi bir hava yarattığından ama kısmen de ona bakmak demek bakılmaya alışık olan, bakılmayı seven gözlerine bakmak anlamına geldiğinden; oysa asla tahmin edemezdi ki o an bakışlarına onun kadar şiddetli bir şekilde karşılık verebiliyorsam bunun sebebi, onun da benim gözlerimi en az bir o kadar güzel bulduğu izlenimine kapılmış olmamdı.

Yaşlı bir adamın fantezisinden başka bir şey değil.

Oğlumla konuşmamda bir duraksama oldu. "Ama seninle uzun bir yürüyüş yapmayı dört gözle bekliyordum. Erken trenle gelmemin tek sebebi bu. Ben senin için geliyorum, o saçma okuma için değil." Hayal kırıklığına uğramıştım ama aynı zamanda yol arkadaşımın beni dinlediğini bildiğimden de abartıyor olabilirdim. Sonra fazla şikâyet ettiğimi fark edince kendimi toparladım: "Ama anlıyorum. Gerçekten." Çaprazımda oturan kız bana doğru gergin bir bakış attı. Sonra omuz silkti, oğlumla aramda geçen konuşmayı umursamadığını göstermek için değil ama bana, en azından bence, zavallı çocuğu rahat bırakmamı söylemek için: *Ona kendini suçlu hissettirme.* Omuz silkişine sol eliyle bir de *boş ver, geç git,* babında bir hareket ekledi. "O zaman yarın?" diye sordum. Gelip beni otelimden alır mıydı? Öğleden sonra, diye yanıt verdi; dört gibi iyi miydi? "Dört gibi iyi," dedim. "Mabetler?" dedi. "Mabetler," diye yanıt verdim.

"Onu duydun," dedim sonunda kıza dönerek.

"*Seni* duydum."

Gene bana takılıyordu. Gülümsüyordu da. Bir yanım bana doğru daha da çok eğildiğini, kalkıp yanımdaki koltuğa geçerek ellerimi tutmayı düşündüğünü söyledi. Bu aklından geçmişti de ben onun bu arzusunu mu hissetmiştim, yoksa sadece kendi arzumu mu ona yansıtıyordum?

"Onunla öğle yemeğine çıkmayı dört gözle bekliyordum. Onunla gülmek ve hayatını, konserlerini, kariyerini dinlemek istiyordum. Hatta onu istasyonda o beni görmeden önce görmek istiyordum, bir de seninle tanışabileceğini umuyordum."

"Dünyanın sonu değil. Onu yarın *dört gibi* göreceksin." Sesinde yine bir alay tınısı sezdim. Ve buna bayıldım.

"Aslında komik olan şu ki..." diye devam etmeye başladım ama sonra vazgeçtim.

"Aslında komik olan?" diye sordu. *Hiç vazgeçmiyor değil mi?* diye düşündüm.

Bir an sessiz kaldım.

"Aslında komik olan şu ki bugün gelmediği için üzülmedim. Okumadan önce yapmam gereken epey iş var, belki de normalde sadece onu ziyarete geldiğimde yaptığımız gibi şehirde dolaşmaktansa otelde dinlenmem daha iyi olur."

"Buna neden şaşırıyorsun ki? Farklı hayatlar sürüyorsunuz, hayatlarınız nasıl kesişirse kesişsin ya da kaç tane mabediniz olursa olsun."

Bu yorumu hoşuma gitmişti. Söylediği benim için yeni bir fikir değildi ama şaşırtıcı derecede düşünceli ve dikkatli olduğunu gösteriyordu, trene binerken oflayan kişiye de hiç uymuyordu.

"*Nasıl* bu kadar çok şey biliyorsun?" diye sordum, cesaretlenmiş halde ona bakarak.

Gülümsedi.

"Bir keresinde trende tanıştığım birinden alıntı yapmam gerekirse: 'Hepimiz böyleyiz.'"

Bu sohbetten o da benim kadar hoşlanıyordu.

Roma'daki istasyona yaklaşınca trenimiz durdu. Birkaç dakika sonra tekrar hareket etti. "İstasyona varınca taksiye bineceğim," dedi.

"Ben de."

Babasının eviyle otelimin beş dakika mesafede olduğu anlaşıldı. O Lungotevere'de oturuyordu, bense Via Garibaldi'de, yıllar önce yaşadığım evden birkaç adım ötede kalıyordum.

"O zaman aynı taksiye binelim," dedi.

Roma Termini anonsunu duyduk, tren istasyona yanaşırken camdan sıra sıra döküntü binalarla traverten depoları göründü; hepsinin de kir içindeki solgun duvarları eski reklam panolarıyla kaplıydı. Benim sevdiğim Roma değildi bu. Manzara beni sarstı; ziyaretimle ilgili, okumayla ilgili, halihazırda bazısı iyi çoğu kötü birçok anımın olduğu bir yere geri dönme düşüncesiyle ilgili karmaşık hislere kapıldım. O akşam okumaya gidip eski meslektaşlarımla nezaketen kokteyl içtikten sonra her zamanki akşam yemeği davetinden bir şekilde kaçmaya, kendi başıma bir şeyler yapmaya, belki bir filme gitmeye, ertesi gün de oğlum dörtte gelene dek otel odamda kalmaya karar verdim birden. "Umarım en azından tüm kubbeleri gören geniş balkonlu odayı ayarlamışlardır," dedim. Oğlumun telefonuna rağmen olaylara iyi tarafından bakmayı başarabildiğimi göstermek istiyordum. "Otele giriş yaparım, ellerimi yıkarım, öğle yemeği için güzel bir yer bulurum, sonra dinlenirim."

"Neden? Pasta sevmiyor musun?" diye sordu.

"Pastayla bir sorunum yok. Öğle yemeği için güzel bir yer önerebilir misin?"

"Evet."

"Neresi?"

"Babamın evi. Öğle yemeğine gel. Evimiz otelinin dibinde."

Gülümsedim, bu beklenmedik teklif karşısında gerçekten duygulanmıştım. Bana acıyordu.

"Çok naziksin. Ama gerçekten gelmesem daha iyi. Baban hayatta en sevdiği insanla değerli bir an yaşayacak ve sen benim partiye davetsiz katılmamı mı istiyorsun? Hem beni Âdem'den beri tanımıyor ya."*

"Ama ben seni tanıyorum," dedi, sanki bu fikrimi değiştirecekmiş gibi.

"Adımı bile bilmiyorsun."

"Âdem demedin mi?"

İkimiz de güldük. "Samuel."

"Lütfen gel. Söz veriyorum çok basit ve sade bir yemek olacak."

Yine de kabul edemezdim.

"Evet de."

"Diyemem."

Tren nihayet istasyona varmıştı. Ceketiyle kitabını topladı, sırt çantasını omzuna attı, tasmanın kayışını eline sardı ve rafta duran beyaz kutuyu aldı. "Pasta bu," dedi sonunda. "Ah, ne olur evet de."

Saygı dolu ama kararlı bir hayır anlamında başımı salladım.

"Teklifim şöyle. Campo de' Fiori'den balık ve yeşillik alacağım –hep balık alır, balık pişirir, balık yerim–, sonra bir bakmışsın taş çatlasa yirmi dakikada harika bir öğle yemeği hazırlamışım. Babam kapıda tanımadığı birini görünce sevinecektir."

---

* *Not know someone from Adam,* biriyle hiç tanışmamış olmak anlamında kullanılan deyimdir. Metnin devamında adla yapılan oyunu sürdürebilmek adına bu şekilde korunmuştur. (ç.n.)

"Konuşacak bir şey bulabileceğimizi nereden çıkardın peki? Belki de gergin bir ortam olacak. Hem beni görünce ne düşünecek?"

Ne demek istediğimi anlaması biraz vakit aldı.

"Öyle bir şey düşünmez," dedi sonunda.

Belli ki aklından bile geçmemişti.

"Hem," diye ekledi, "ben yetişkinim, o da ne istiyorsa onu düşünecek kadar yetişkin."

Trenden kalabalık perona inerken bir an sessizlik oldu. Hızlı bir şekilde çaktırmadan etrafa bakmadan yapamadım. Belki de oğlum fikrini değiştirip bana sürpriz yapmaya karar vermişti. Ama peronda beni bekleyen yoktu.

"Bak," –birden fark ettim ki– "adını bile bilmiyorum..."

"Miranda."

İsmini çarpıcı buldum. "Bak Miranda, beni davet etmen gerçekten büyük incelik ama..."

"Biz trendeki iki yabancıyız Sami ve söylemesi kolay," dedi bana şimdiden bir lakap takarak, "ama ben sana açıldım, sen de bana açıldın. Bence ikimiz de böyle rahatça dürüst olabileceğimiz fazla kişi tanımıyoruz. Bunu trende yaşanıp trende bırakılan klişe bir âna dönüştürmeyelim, bir şemsiye ya da bir yerde unutulmuş bir çift eldiven gibi. Yoksa pişman olacağımı biliyorum. Hem gelirsen beni, Miranda'yı çok mutlu edersin."

Bunu söyleme biçimi çok hoşuma gitmişti.

Bir an sessizlik oldu. Tereddüt etmiyordum ama sessizliğimi rıza olarak algıladığını hemen fark ettim. Telefonunu alıp babasını aramadan önce acaba benim de birilerini aramam gerekmez mi, diye sordu. *Acaba* demesi beni duygulandırdı ama sebebini bilemiyordum ya da tam olarak neyi ima ettiğinden emin değildim, tahminde bulunup yanılmak da istemiyordum. *Bu kız hiçbir şeyi atlamıyor,* diye düşündüm. Başımı hayır anlamında salladım. Arayacak kimsem yoktu.

"Baba. Bir misafir getiriyorum," diye bağırdı telefona. Babası herhalde duymamıştı. "Misafir misafir," diye tekrar etti. Sonra köpeğin üstüme atlamasına engel olmaya çalışarak: "*Ne tür bir misafir* de ne demek? Misafir işte. Bir profesör. Senin gibi." Doğru bir çıkarım yaptığını teyit etmek amacıyla bana döndü. Başımı evet anlamında salladım. Sonra bariz sorunun yanıtı: "Hayır, öyle değil. Balık getiriyorum. Taş çatlasa yirmi dakika, söz.

"Bu ona üstüne temiz bir şeyler geçirecek zaman tanır," diye şaka yaptı.

Bu akşam meslektaşlarımla yemeği iptal etmeyi şimdiden kafaya koyduysam, bunun kendime tam itiraf edemediğim sebebinin akşam yemeğini onunla yemek gibi uzak bir ihtimalin ümidini kurmaya çoktan başlamam olduğunu tahmin edebilir miydi? Böyle bir şey nasıl gerçekleşebilirdi ki?

Nihayet Ponte Sisto'ya varınca şoförden durmasını istedim. "Çantamı odama bırakıp seninle babanda buluşayım, mesela on dakikaya."

Ama araba durmak üzereyken sol kolumu tuttu. "Katiyen olmaz. Sen de benim gibiysen otele giriş yaparsın, çantanı odana bırakırsın, büyük bir hevesle yapmak istediğini belirttiğin gibi ellerini yıkarsın, sonra şöyle güzel bir on beş dakika geçince arayıp fikrini değiştirdiğini ve gelemeyeceğini söylersin. Belki hiç aramazsın bile. Belki, eğer sen de benim gibiysen, babamın doğum gününü kutlamak için doğru kelimeleri bile bulursun ve bu içten bir kutlama olur. Sen de benim gibi değil misin?"

Yine duygulanmıştım.

"Belki."

"O zaman gerçekten benim gibiysen kabul et, foyanın böyle ortaya çıkması da hoşuna gidiyor."

"Eğer sen de benim gibiysen şimdiden, *Bu adamı ne demeye çağırdım ki?* diye düşünüyorsun."

"O zaman ben senin gibi değilim."

Karşılıklı gülüştük.

En son ne zamandı?

"Ne oldu?" diye sordu.

"Hiçbir şey."

"Eminim hiçbir şeydir!"

Bunu da mı anlamıştı?

Taksiden inince hızla Campo de' Fiori'ye gidip pazarda onun balıkçısını bulduk. Siparişini vermeden önce benden köpeğin tasmasını tutmamı istedi. Tezgâha köpekle yaklaşmaya çekiniyordum ama onu tanıdıklarından sorun olmayacağını söyledi. "Ne tür balık seversin?" "En kolay pişenini," diye yanıt verdim. "Biraz da deniztarağı alalım mı, bugün bol gibi... Tazeler mi?" diye sordu. "Bu sabah tuttuk," diye yanıt verdi balıkçı. "Emin misiniz?" "Elbette eminim." Aralarında yıllardır geçiyordu bu konuşma. Deniztaraklarını incelemek için eğildiğinde gözüm sırtına takıldı. Bir anda beline sarılma, omuzlarına sarılma, onu boynundan ve yüzünden öpme dürtüsüne kapıldım. Bakışlarımı çevirip tezgâhın karşısındaki içki dükkânına döndüm. "Baban sek beyaz Friuli şarabı sever mi?"

"Ona şarap yasak ama ben sek olduğu sürece herhangi bir beyaz şarap çok isterim."

"Bir tane de Sancerre alırım."

"Babamı öldürmeyi planlamıyorsun değil mi?"

Balık ve deniztarakları sarıldıktan sonra aklına sebze geldi. Yakınlardaki bir dükkâna giderken kendimi tutamadım: "Neden ben?"

"Neden sen ne?"

"Neden *beni* davet ediyorsun?"

"Çünkü trenleri seviyorsun, çünkü bugün ekildin, çünkü çok fazla soru soruyorsun, çünkü seni daha yakından tanımak istiyorum. Anlaması zor bir şey mi bu?" dedi. Daha fazla açıklama yapması için üstelemedim. Belki de beni bir deniztarağı ya da sebzeyle eşit derecede sevdiğini duymak istemiyordum.

Ispanak seçti, ben de küçük hurmalar gördüm, onları elimle yokladım, sonra kokladım ve ham olmadıklarını fark ettim. Bu, dedim, bu yıl yiyeceğim ilk hurma.

"O zaman bir dilek tutman gerek."

"Nasıl yani?"

Numaradan bir bıkkınlık ifadesi takındı. "Bir meyveyi o yıl ilk yiyişinde her zaman dilek tutman gerekiyor. Bunu bilmemene şaşırdım açıkçası."

Birkaç saniye düşündüm. "Aklıma dileyecek bir şey gelmiyor."

"Ne hayat ama," dedi; ya öyle özenilecek bir hayatım vardı ki dileyecek bir şeyim kalmamıştı ya da hayatım öyle korkunç derecede neşesizdi ki dilek tutmak artık uğraşmaya bile değmeyecek bir lüks sayılıyordu, ikisinden birini kastediyordu.

"İlla bir şey dilemen lazım. Daha iyi düşün."

"Dileğimi sana aktarabilir miyim."

"Benim dileğim gerçekleşti bile."

"Ne zaman?"

"Takside."

"Neydi?"

"Ne kadar çabuk unutuyoruz böyle: Öğle yemeğine gelmendi."

"Yani koca bir dileği benim öğle yemeğine gelmeme mi harcadın!"

"Evet. O yüzden beni pişman etme."

Bir şey demedim. Şarap dükkânına giderken kolumu sıktı.

Yakınlardaki bir çiçekçiye uğramaya karar verdim.

"Çiçeklere bayılacak."

"Yıllardır çiçek almamıştım."

Yarım yamalak başını salladı.

"Sadece onun için değiller," dedim.

"Biliyorum," dedi hafifçe, neredeyse dediğimi duymamış gibi yaparak.

Babası, Tiber'e bakan bir teras katında oturuyordu. Asansörün yukarı çıktığını duymuş, çoktan kapıda bekliyordu. Kapının sadece tek kanadı açıldığından köpeği, pastayı, balığı, deniztaraklarını, ıspanağı, iki şişe şarabı, benim seyahat çantamı, onun sırt çantasını, benim hurma poşetimi ve çiçekleri sığdırmak güçtü – her şey aynı anda içeri atılmak istiyordu adeta. Babası onun elindeki paketlerin bir kısmını almaya çalıştı. Paketler yerine tasmayı uzattı; köpek onu tanımış, hemen üstüne zıplayıp koklamaya başlamıştı.

"Köpeği benden çok seviyor," dedi.

"Köpeği senden çok sevmiyorum. Sadece köpeği sevmesi daha kolay."

"Bu benim için fazla nüanslı bir ayrım baba," dedi ve o anda onu sadece öylesine öpmedi, ellerinde hâlâ paketler varken tüm vücuduyla ona abanıp onu her iki yanağından öptü. Onun insanları böyle sevdiğini varsaydım: şiddetle, kendine ket vurmadan.

İçeri girdikten sonra çantaları yere bıraktı, ceketimi aldı ve düzgünce salondaki kanepenin koluna koydu. Çantamı da alıp kanepenin önündeki halıya bıraktı, sonra kuşkusuz az önce üstüne yatan başın izini taşıyan büyük bir kanepe yastığını kabarttı. Mutfağa giderken ayrıca duvarda hafifçe eğri duran iki resmi düzeltti, sonra güneşten yanan terasa çıkan iki cam kapıyı açıp salonun böyle güzel bir sonbahar günü için fazla havasız olduğundan yakındı. Mutfakta çiçeklerin saplarını uçlarından kesti, bir vazo buldu ve çiçekleri yerleştirdi. "Glayöllere bayılıyorum," dedi.

"Demek misafirimiz sensin?" dedi babası hoşgeldin minvalinde. "*Piacere,*"* dedi tekrar İngilizceye dönmeden önce. Tokalaştık, mutfağın dışında biraz duraksadık, sonra onun balığı, deniztaraklarını ve ıspanağı açmasını seyrettik. Dolapları karıştırdı, baharatları buldu ve hemen çakmakla ocağı yaktı. "Biraz şarap içeceğiz baba, ama sen şimdi mi istersin yoksa balıkla mı içersin kendin karar ver."

Babası bir an düşündü. "Hem şimdi hem balıkla."

---

* (İt.) Memnun oldum. (ç.n.)

"Şimdiden başlıyoruz demek," dedi sitemkârca.

Boyun bükmüş gibi yapan yaşlı adam hiçbir şey demedi, sonra iç çekerek ekledi: "Kız çocukları! Ne yapacaksın."

Baba kızın konuşma tarzı aynıydı. Baba beni bir koridora yönlendirdi, duvarlar eski ve şimdiki aile fertlerinin çerçeveli fotoğraflarıyla doluydu ve herkes öyle ciddi giyinmişti ki içlerinde Miranda'yı seçemedim. Babanın üstünde şimdi parlak, çizgili, pembe bir gömlek, gömleğin altına da renkli bir ipek fular vardı; mavi kotu kusursuz ütü çizgisiyle birkaç dakika önce giyilmiş gibi duruyordu. Arkaya doğru taranmış uzun beyaz saçları onu yaşını almış bir film yıldızı misali uçarı gösteriyordu. Ama ayağındaki terlikler çok eskiydi ve belli ki tıraş olacak vakit bulamamıştı. Kızı onu arayıp misafir gelecek diye uyarmakla iyi yapmıştı. Salon, modası devirler önce geçen ama tekrar popülerleşmesine az kalmış bir Danimarka furyasının durağan, sade zarafetine sahipti. Eski şömine dekora uysun diye elden geçirilmişti ama yine de dairenin geçmişinden işlevsiz bir kalıntıyı andırıyordu. Pürüzsüz beyaz duvarda Nicolas de Staël tarzı küçük bir soyut resim vardı.

"Bu güzelmiş," dedim sonunda laf açmak için, bir kış günü resmedilmiş sahil manzarasına bakarken.

"Bunu bana yıllar önce eşim vermişti. O zaman pek sevmemiştim ama şimdi sahip olduğum en iyi şey olduğunu fark ediyorum."

Yaşlı beyefendinin boşanmayı hiçbir zaman tam atlatamadığını fark ettim.

"Eşiniz zevkliymiş," diye ekledim, konunun hassasiyetini bilmeden geçmiş zaman kullandığım için ânında pişman olarak. "Peki ya bunlar," dedim, 19. yüzyıl başındaki Roma hayatını konu alan üç tane sepya tonu resme bakarak. "Pinelli'ye benziyorlar değil mi?"

"*Pinelli'ler* zaten," dedi gururla, yorumumu burun kıvırma olarak algılamış olabilirdi.

Taklit Pinelli, diyesim gelmişti ama kendimi son anda tutmuştum.

"Onları eşim için almıştım ama sevmedi. Bu yüzden artık benimle kalıyorlar. Sonrasını kimbilir. Belki geri alır. Venedik'te iyi iş yapan bir galerisi var."

"Senin sayende baba."

"Hayır, sadece ve sadece onun sayesinde."

Karısının onu terk ettiğini bildiğimi çaktırmamaya çalıştım. Ama herhalde Miranda'nın bana evliliklerinden bahsettiğini tahmin etmiş olsa gerekti. "Hâlâ arkadaşız," diye ekledi durumu açıklamak için, "belki de yakın arkadaşız."

"Ayrıca," diye ekledi Miranda, her ikimize de birer kadeh beyaz şarap uzatarak, "sürekli bir o yana bir bu yana çekiştirdikleri bir kızları var. Sana misafirimizden daha az şarap veriyorum baba," dedi onun kadehini uzatırken.

"Tamam, tamam," diye yanıt verdi babası, sevgi dolu bir hareketle elini kızının yanağına koyarak.

Şüphe yoktu. Sevilesi bir kızdı.

"Peki kızımı nereden tanıyorsun?" diye sordu bana dönerek.

"Aslında tanımıyorum," dedim. "Bugün trende tanıştık, daha üç saat olmadı."

Babası afalladı, tepkisini beceriksizce gizlemeye çalışıyordu. "Yani..."

"Yani hiçbir şey baba. Zavallıcığı bugün oğlu ekti, öyle içim acıdı ki ona balık pişireyim, sebze yapayım, belki buzdolabında bulduğum yumuşamış *puntarelle*'den* vereyim, sonra onu oteline göndereyim istedim ki sabırsızlıkla beklediği gibi kestirsin, bizden de kurtulmuş olsun."

Üçümüz aynı anda kahkahayı patlattık. "Hep böyledir işte. Dünyaya böyle aksi bir velet getirmeyi nasıl başardım aklım almıyor."

---

* Roma mutfağında yaygın kullanılan bir hindiba türü. (ç.n.)

"Hayatta yaptığın en iyi şeydi ihtiyar. Ama ekildiğini fark ettiğinde Sami'nin suratını görmeliydin."

"O kadar kötü mü görünüyordum?" diye sordum.

"Her zamanki gibi abartıyor," dedi babası.

"Ben Floransa'da trene bindiğimden beri somurtuyor."

"Sen Floransa'da trene bindiğinde somurtmuyordum," dedim onun kelimelerini kullanarak.

"Ah, hem de nasıl somurtuyordun. Biz daha konuşmaya başlamadan önce bile. Bindiğimde köpeğime yer açmak bile istemedin. Fark etmedim mi sandın?"

Yine hep birlikte güldük.

"Sen ona bakma. İnsanlara hep böyle sataşır. Onun ısınma yöntemi de bu."

Miranda'nın bakışları üstüme kilitlenmişti. Babasının sözlerine vereceğim tepkiyi ölçmeye çalışması hoşuma gitti. Ya da belki sadece öylesine bakıyordu, bu da hoşuma gitti.

Gerçekten, en son ne zamandı?

Salondaki bir başka duvarda, bir dizi çerçeveli, siyah-beyaz antik heykel fotoğrafı asılıydı; hepsi de siyah, gri, gümüş ve beyazın çarpıcı derecede farklı tonlarındaydı. Miranda'ya döndüğümde her ikisinin de bakışlarımı takip ettiğini gördüm.

"Hepsi Miranda'nın. O çekti."

"Demek işin bu?"

"İşim bu," diye özür diledi, adeta, *Yapmayı bildiğim tek şey bu* dercesine. Sorumu yöneltme şeklimden pişman olmuştum.

"Sadece siyah-beyaz. Asla renkli çalışmıyor," diye ekledi babası. "Dünyayı geziyor; Kamboçya'ya, Vietnam'a, sonra Laos'a ve Tayland'a gidecek, gezmeyi seviyor ama çalışmalarından asla memnun kalmıyor."

Dayanamadım. "Hangimiz çalışmalarımızdan memnunuz ki?"

Miranda imdadına koştuğum için bana bir gülücükle teşekkür etti. Ama bakışı aynı zamanda, *İyi denemeydi ama benim kurtarılmaya ihtiyacım yok,* anlamına da gelebilirdi.

"Fotoğrafçı olduğunu bilmiyordum. Harikalar." Sonra, iltifatımı kabul etmediğini görünce ekledim: "Olağanüstüler."

"Demedim mi? Kendini hiç beğenmiyor. Kendini paralasan da iltifatını kabul etmez. Büyük bir ajanstan çok güzel bir iş teklifi aldı..."

"... ama kabul etmeyecek," dedi. "Bu konuyu tartışmayacağız baba."

"Neden?" diye sordu babası.

"Çünkü Miranda Floransa'yı seviyor," dedi.

"İşi kabul etmeme sebebinin Floransa'yla hiçbir alakası olmadığını ikimiz de biliyoruz," dedi, espriyi devam ettirerek ama aynı zamanda önce kızına, sonra da bana manalı manalı bakarak. "Babasıyla alakalı," dedi.

"Keçi gibi inatçısın baba, dünya senin etrafında dönüyor sanıyorsun, sanki senin iznin olmasa gökyüzündeki bütün akşamyıldızları sönüp kül olacak," dedi.

"Peki o zaman bu keçi kendisi küle dönmeden önce biraz daha şarap istiyor – ki unutma Mira, vasiyetim yakılmak."

"O kadar da değil," dedi, açık şişeyi babasının önünden uzaklaştırarak.

"Kızımın anlayamadığı şey -herhalde yaşından dolayı- bir noktadan sonra diyet yapıp yediklerine dikkat etmenin..."

"... ya da içtiklerine..."

"... hiçbir anlamı yok ve insana yarardan çok zararı dokunuyor. Bence bizim yaşımızdakilerin hayatı nasıl istiyorlarsa o şekilde yaşamalarına izin verilmeli. Ölümün eşiğindeyken istediğimiz şeylerden yoksun bırakılmak manasız, hatta belki de safi kötülük, sence de öyle değil mi?"

"Bence insan her zaman istediğini yapmalı," dedim, babanın takımına alınmış olmaya içerleyerek.

"Diyor hayatta tam olarak ne istediğini bilen adam, değil mi?" diye alaylı bir saldırı geldi kızından; trendeki sohbetimizi unutmamıştı.

"Benim ne istediğimi bilip bilmediğimi sen nasıl bileceksin?" diye geri saldırdım.

Yanıt vermedi. Sadece bakışlarını eğmeden bana bakmayı sürdürdü. Küçük kovalamaca oyunuma katılmıyordu. "Çünkü ben de öyleyim," dedi sonunda. İçyüzümü görmüştü. Bunu bildiğimi de biliyordu. Ama bu şakadan atışmalarımızı, hiçbir şeyi yanıma bırakmayışını ne kadar sevdiğimi tahmin edemezdi herhalde. Bu bana kendimi sıradışı biçimde önemli hissettiriyordu, sanki birbirimizi ezelden beri tanıyormuşuz da yakınlığımız karşılıklı duyduğumuz saygıyı hiçbir şekilde azaltmıyormuş gibi. Onu okşamam gerekiyordu, ona sarılmam gerekiyordu.

"Zamane gençleri bizler için fazla zeki," diye araya girdi babası.

"Zamane gençleriyle ilgili ikiniz de hiçbir şey bilmiyorsunuz," diye yanıtı yapıştırdı kız. Yine mi vaktinden evvel babasının huzurevi dünyasına gönderilmiştim?

"Peki o zaman baba al sana bir kadeh şarap daha. Çünkü seni seviyorum. Siz de biraz daha buyurun Bay S."

"Benim gittiğim yerde şarap yok hayatım, ne beyaz ne kırmızı, hatta ne de roze, bu yüzden doğrusu sedyede sürüklenmeye başlamadan önce ne kadar yuvarlayabilirsem yuvarlamak istiyorum. Sonra örtülerin altına bir-iki şarap saklarım ki hazretleriyle nihayet tanıştığımda, 'Bak, sana Dünya denen kahrolasıca gezegenden ne güzellikler getirdim,' diyeyim."

Kızı yanıt vermedi, yemeği salona getirmek için mutfağa döndü. Ama sonra fikrini değiştirdi ve havanın balkonda yemek yiyebileceğimiz kadar sıcak olduğunu söyledi. Babasıyla ben kadehimizi ve çatal bıçağımızı alıp terasa çıktık. O sırada Miranda demir döküm tavada kızarttığı *branzini*'yi* kesip kılçıklarını ayıklamaya başladı, başka bir tabakta da ıspanak ve bayat *puntarelle* geldi, biz oturduktan sonra *puntarelle*'ye zeytinyağı döktü ve üstüne taze rendelenmiş parmesan serpiştirdi.

---

* (İt.) Levrek. (ç.n.)

"Ee, bize neler yaptığını anlat," dedi baba bana dönerek.

Onlara kitabımı yazmayı yeni bitirdiğimi ve kısa süre sonra Liguria'ya, evime döneceğimi söyledim. Klasik dönem çalışmaları profesörü olarak kariyerim ve Konstantinopolis'in 1453'teki trajik düşüşü üzerine çalışmam hakkında genel bir bilgi verdim. Onlara biraz hayatımı anlattım, şimdi Milano'dan yaşayan eski eşimden ve piyanist olarak yıldızı parlamakta olan oğlumdan bahsettim, sonra seyahat ettiğim zamanlar uyanınca denizi görmeyi ne kadar çok özlediğimi söyledim.

Konstantinopolis'in düşüşü babasının ilgisini çekmişti.

"Halk şehrin yıkılacağını biliyor muydu?" diye sordu baba.

"Biliyorlardı."

"O zaman neden kimse şehir talan edilmeden önce kaçmadı?"

"Aynı soruyu Almanya'daki Yahudilere de sorabiliriz!"

Bir an sessizlik oldu.

"Yani yakında cennet kapılarında karşılaşacağım anne babama, büyükannelerime ve büyükbabalarıma, çoğu teyzeme, halama ve dayıma, amcama mı sorayım?"

Miranda'nın babası ettiğim laf yüzünden bana haddimi bildirmeye mi çalışıyordu yoksa bu, kötüye giden sağlığına pek de üstü kapalı olmayan bir göndermeden mi ibaretti, anlayamamıştım. Her halükârda gözüne girdiğim söylenemezdi.

"Sonun yakın olduğunu bilmek başka bir şey," diye ekledim, mayınların üzerinde diplomatik bir yol çizmeye çalışarak, "buna inanmak başka. Yabancı bir ülkede sıfırdan başlamak için tüm hayatını çöpe atmak kahramanca bir davranış olabilir ama aynı zamanda pervasızlık da gerektirir. Bunu herkes beceremez. Kendini kapana kısılmış, bir mengeneye sıkışmış gibi hissettiğinde nereye kaçacaksın; çıkış yolu yoksa, ev yanıyorsa ve beşinci katta olduğundan camdan atlamak da bir seçenek değilse? Sığınacak bir liman yok. Bazı insanlar kendi canlarını almaya karar veriyor. Ama çoğu at gözlüğü takıp ümitle yaşamayı tercih ediyor. Türkler şehre girip her yeri talan edince Konstantinopolis sokakları umut besleyenlerin kanıyla yıkandı. Ama ben başlarına geleceklerden korkup kaçan, çoğu da Venedik'e kaçan Konstantinopolislilerle ilgileniyorum."

"Berlin'den, diyelim ki 1936'da orada yaşıyor olsaydın, kaçar mıydın?" diye sordu Miranda.

"Bilmiyorum. Ama kaçmaya hazır değilsem birinin beni itelemesi ya da geride bırakmakla tehdit etmesi gerekirdi. Aklıma Paris'te, Marais'deki evinden ayrılmayan kemancı geldi, oysa polisin bir gece kapısına dayanacağını biliyordu. Gerçekten de dayandılar. Onları kemanını yanına almasına izin vermeye ikna bile etti, izin verdiler. Ama sonra elinden aldıkları ilk şey o oldu. Onu öldürdüler ama gaz odasında değil. Onun yerine toplama kampında döverek öldürdüler."

"Yani bu akşamki okuman Konstantinopolis'le mi ilgili olacak?" diye sordu Miranda, neredeyse şüpheyle yükselttiği sesindeki bariz hayal kırıklığı tınılarıyla. Az önce onun işine dair sorduğuma benzer bir soruyla çalışmamı değersizleştirmeye mi çalışıyordu yoksa hayranlığa kapılmış halde, *Hayatını bu işe harcamış olman ne kadar harikulade!* mi diyordu, belli değildi. Bu yüzden ben de tevazuuyla kaçamak bir yanıt verdim: "Yaptığım iş bu. Ama bugünlerde mesleğimi gerçekte olduğu gibi görebiliyorum: masa başı işi, sadece masa başı işi. Bununla her zaman gurur duyamıyorum."

"Yani hayatın Eolie Adaları'nda aylak aylak dolaşarak, sonra Panarea gibi bir yerde mola vererek, şafak sökerken yüzüp tüm gün yazıp denizden taze taze çıkmış balıkları yiyerek, geceleri yarı yaşındaki biriyle Sicilya şarapları içerek geçmiyor mu?"

Bu da nereden çıkmıştı şimdi? Benim yaşımdaki her erkeğin hayaliyle dalga mı geçiyordu?

Miranda çatalını bırakıp bir sigara yaktı. Kibriti küllüğe atmadan önce kararlı bir el hareketiyle sallayışını izledim. Birden gözüme inanılmaz güçlü ve sağlam göründü. Öteki yanını gösteriyordu, insanları ölçüp biçen ve aceleci davranarak yargılayan, sonra onları hayatından çıkarıp bir zaaf ânı dışında asla geri almayan, geri aldığı için de onlara içerleyen tarafını. Erkekler kibrit gibiydi: Yakılıyor, sonra sallanıyor ve karşısına çıkan ilk küllüğe atılıyorlardı. İlk nefesini çekmesini izledim. Evet, kararlı ve inatçı. Yüzünü bizden öte yana çevirip sigara içmesi ona mesafeli ve kalpsiz bir hava katıyordu. Her zaman tuttuğunu koparan türden biri. İnsanların incindiğini görünce üzülen iyi kız denemezdi ona.

Sigara içişini izlemek beni mutlu etmişti. Çok güzeldi, erişilemezdi; ona sarılıp dudaklarımı yanağına, boynuna, kulağının arkasına dokundurmamak için kendimi yine zor tuttum. Dünyasında yerimin olmadığını bildiğim için ona sarılma arzumun beni hem heyecanlandırdığını hem de hüzünlendirdiğini görüyor muydu? Çünkü beni sadece babası için çağırmıştı.

Ama neden sigara içiyordu?

Sigara tutuşuna bakarken kendimi konuşmaktan alıkoyamadım: "Eskilerden Fransız bir şairin dediği gibi, bazı insanlar damarlarına nikotin yaymak için sigara içer, bazı insanlarsa kendileriyle başkaları arasında duman perdesi örtmek için." Ama bunu kindarca bir yorum olarak algılamaması için hemen aynayı kendime çevirdim. "Hepimiz yaşamla aramıza mesafe koymak için çeşitli perdeler kullanırız. Benimki kâğıt."

"Sence ben yaşamla arama mesafe mi koyuyorum?" Fazla düşünmeden sorulmuş samimi bir soruydu bu, sorun çıkarmak için ortaya atılmış imalı bir iğneleme değil.

"Bilmiyorum. Belki de gerçek yaşamla araya mesafe koymanın en garanti yolu ufak tefek neşeleri ve tasalarıyla günlük hayatı yaşamaya devam etmektir."

"O zaman belki de gerçek yaşam diye bir şey olmayabilir. Sadece kaba, alelade, günlük konular, böyle mi düşünüyorsun?"

Yanıt vermedim.

"Ben sadece günlük konulardan fazlası olduğunu umuyorum. Ama hiç bulamadım, belki bulmaktan korktuğum için."

Buna da yanıt vermedim.

"Bunları kimseyle konuşmuyorum."

"Ben de," diye yanıt verdim.

"Acaba neden ikimiz de konuşmuyoruz."

Şimdi yine trendeki kıza dönmüştü. İnatçı ve kararlı ama yolunu şaşırmış.

Birbirimize zoraki gülümsedik. Sonra sohbetin tuhaf ve gergin bir yöne gittiğini fark edince, "O da masa başı işini seviyor," diyerek babasını gösterdi.

Babası işareti hemen kaptı.

Güzel bir ekip çalışması.

"Masa başı işini gerçekten seviyorum. İyi bir profesördüm. Sekiz yıl kadar önce emekliye ayrıldım. Şimdi yazarlara ve genç akademisyenlere yardımcı oluyorum. Bana tezlerini veriyorlar, onlara editörlük yapıyorum. Yalnız bir iş ama güzel ve huzurlu da bir iş. Hem her seferinde çok şey öğreniyorum. Bu şekilde uzun saatler geçiriyorum, bazen gün doğumundan gece yarısına kadar. Sonra gece geç saatte kafamı dağıtmak için televizyon izliyorum."

"Sorunu onlardan para almayı unutması."

"Evet ama beni seviyorlar, ben de her birini sevdim, hep yazışıyoruz. Zaten doğrusu bu işi para için yapmıyorum."

"Belli!" diye terslendi kızı.

"Şu an ne üzerine çalışıyorsun?" diye sordum.

"Zaman üzerine son derece soyut bir tez. II. Dünya Savaşı'nda pilotluk yapan genç bir Amerikalının hikâyesiyle, ya da öğrencinin ifadesini kullanacak olursak, kıssasıyla başlıyor. Küçük bir kasabada birlikte büyüdüğü lise aşkıyla evli. Kızın ailesinin evinde yaklaşık iki hafta geçiriyorlar, sonra çocuk savaşa gidiyor. Tam bir yıl artı bir gün sonra uçağı Almanya üzerinde vuruluyor. Genç eşi bir mektup alıyor ve öldüğünün tahmin edildiğini öğreniyor. Kazadan kalan bir kalıntı yok, cesedi de bulunamamış. Kısa bir süre sonra gelin bir üniversiteye yazılıyor, burada kocasına benzeyen bir gaziyle tanışıyor. Evleniyorlar, beş kızları oluyor. Kadın on yıl kadar önce ölüyor. Ölümünden birkaç yıl sonra kaza yeri tespit ediliyor ve ilk kocasının künyesiyle cesedi nihayet ortaya çıkıyor; sonra bir DNA testiyle ne pilottan ne de eşinden haberdar olan uzak bir kuzenle eşleşiyor. Yine de kuzen test yapılmasını kabul ediyor. İşin üzücü yanı bedeninden kalanlar gerçek bir cenaze için evine geri gönderildiğinde eşi de, eşinin anne babası da, pilotun kendi anne babası da, tüm kardeşleri de çoktan ölmüş. Geriye kimsesi kalmamış; bırak yasını tutmayı, onu hatırlayacak tek bir kişi yok. Karısı ondan kızlarına yıllarca bahsetmemiş. Sanki hiç varolmamış gibi. Ama bir gün pilotun eşi eski bir anı kutusu çıkarıyor, kutuda pilotun geride bıraktığı cüzdan da duruyor. Kızları cüzdanın kime ait olduğunu sorunca kadın salona gidiyor, babalarının çerçeveli bir fotoğrafını duvardan indiriyor ve arkasına saklanmış eski bir fotoğrafı çıkarıyor. Bu ilk kocasının yüzü. Kızlar annelerinin daha önce evli olduğunu bilmiyorlar bile. Kadın da pilottan bir daha bahsetmiyor.

"Bana göre bu hayatın ve zamanın senkronize olmadığını kanıtlıyor. Sanki zaman tamamen yanlıştı da karısı hayatı nehrin yanlış kıyısında yaşamıştı ya da daha kötüsü iki kıyıda da yaşamıştı ama ikisi de yanlıştı. Kimse hayatını iki paralel yolda yaşadığını iddia etmek istemez ama hepimiz birden fazla hayat yaşarız, biri diğerinin altına sıkışmıştır ya da hemen yanı başındadır. Bazı hayatlar sıralarını beklerler çünkü hiç yaşanmamışlardır, bazıları daha miadını dolduramadan yok olur, başkaları ise yeterince yaşanmadıkları için tekrar yaşanmayı bekler. Kısacası zaman üstüne nasıl düşüneceğimizi bilemiyoruz çünkü zaman, zamanı bizim algıladığımız gibi algılamıyor; çünkü zaman, bizim zaman hakkında ne düşündüğümüzü zerre umursamıyor; çünkü zaman, hayat üzerine düşünmemizin kıvrak, güvenilmez bir metaforundan ibaret. Çünkü neticede bizim için yanlış olan zaman değil, biz de zaman için yanlış değiliz. Yanlış olanın hayatın ta kendisi olma ihtimali var."

"Neden böyle diyorsun?" diye sordu Miranda.

"Çünkü ölüm var. Çünkü ölüm, insanlar ne derse desin hayatın bir parçası değil. Ölüm, Tanrı'nın büyük hatası, gün batımları ile gün doğumları ise utançtan yanakları kızarmış halde bizden her gün ama her gün özür dileme yolu. Bu konuda bir-iki şey biliyorum."

Sessizleşti. "Bu tezi çok seviyorum," dedi sonunda.

"Aylardır ondan bahsediyorsun baba. Ne zaman bitecek biliyor musun?"

"Bence genç adam konuyu toparlamakta zorlanıyor, kısmen nasıl sonuçlandıracağını bilmediğinden. Bu yüzden sürekli yeni örnekler bulup duruyor. Bir tanesi 1942'de İsviçre dağlarındaki buzullarda bir yarığa düşüp donarak ölen evli bir çiftle ilgili. Bedenleri yetmiş beş yıl sonra bulunuyor; yanlarında ayakkabıları, bir kitap, bir cep saati, bir sırt çantası ve bir şişeyle beraber. Yedi çocukları var, ikisi dışında hepsi bugün hayatta. Hem anne hem baba trajik bir şekilde kaybolunca çocukların hayatı karanlık bir huzursuzluk bulutuyla kaplanıyor. Her yıl anne babalarının kaybolma yıldönümünde buzula tırmanıp onlar için dua ediyorlar. Kaybolduklarında en küçük kızları dört yaşındaymış. DNA testi çiftin kimliklerini teyit ediyor ve bir şekilde defteri kapatmalarına yardımcı oluyor."

"O laftan nefret ediyorum: *defteri kapatmak,*" dedi Miranda.

"Belki sen her yerde açık defterler bıraktığındandır," diye terslendi babası. Ona alaycı bir edayla yan yan baktı, *Neyi kastettiğimi çok iyi biliyorsun,* diyordu adeta.

Kız yanıt vermedi.

Aralarında gergin bir sessizlik oldu.

Görmezden geldim.

"Tezdeki bir başka hikâye de," diye devam etti babası, "bir İtalyan askeri anlatıyor, asker evlendikten on iki gün sonra Rus cephesine gönderiliyor, burada yok oluyor ve kayıp ilan ediliyor. Ama Rusya'da ölmüyor, bir kadın onu kurtarıyor ve bu kadından bir çocuğu oluyor. Uzun yıllar sonra İtalya'ya döndüğünde kendini yönünü şaşırmış hissediyor, anavatanını sonradan benimsediği Rusya kadar iyi tanıyamıyor, neticede daha iyi bir yuva hayali kurarak Rusya'ya dönüyor. Görüyorsunuz ya, iki ayrı yaşam, iki ayrı yol, iki ayrı zaman dilimi, ikisi de doğru değil.

"Sonra kırk yaşındaki bir adamın hikâyesi var; bir gün nihayet kendisi doğmadan hemen önce şehit düşen babasının mezarını ziyaret etmeye karar veriyor. Mezar taşındaki tarihler karşısında nutku tutulan oğlu etkileyen, babasının öldüğünde daha yeni yirmisine –o anki yaşının yarısına– bastığı gerçeği ve dolayısıyla kendisinin çocuk olarak babasının babası olabilecek bir yaşta olması. İşin tuhafı, üzülmesinin sebebi babasının kendisini hiç görememiş olması mı, kendisinin babasını hiç tanımamış olması mı yoksa mezarının başında durduğu kişinin ölü bir babadan ziyade ölü bir oğul gibi gelmesi mi, anlayamıyor."

İkimiz de bu hikâyeden bir ders çıkarmaya çalışmadık.

Babası dedi ki: "Bu hikâyeler beni çok duygulandırıyor ama sebebini daha çözemedim; görünürün aksine yaşamanın ve zamanın hizalanmış olmadığına, bambaşka yollar izlediklerine dair bir ipucu seziyorum sadece. Miranda haklı. Defteri kapatmak diye bir şey varsa bu ya ahirete kalıyor ya da sorumluluğu geride kalanlara yükleniyor. Neticede hayatımın hesap defterini kapatacak olanlar yaşayanlar, ben değil. Gölge benliklerimizi başkalarına devrediyoruz; öğrendiklerimizi, yaşadıklarımızı, bildiklerimizi biz göçtükten sonra yaşayacak olanlara emanet ediyoruz. Sevdiklerimize öldükten sonra ne verebiliriz, onların tanıdığı babaya daha dönüşmeden önce, çocukken olduğumuz kişinin fotoğraflarından başka. Öldükten sonra ardımda bıraktıklarımın hayatımı sadece hatırlamalarını istemiyorum, devam ettirmelerini de istiyorum."

İkimizin de sessiz kaldığını görünce babası birden haykırdı: "Pastayı getir bari. Şu an beni bekleyen sonla arama bir pasta koymak istiyorum. Belki Tanrı da pasta seviyordur, ne dersin?"

"Küçük bir pasta aldım çünkü büyüğünü ben pazar dönene kadar bitireceğini biliyordum."

"Gördüğün gibi hayatta kalmamı istiyor. Neden, hiçbir fikrim yok."

"Kendin için değilse o zaman benim için, seni yaşlı şebek. Hem numara yapma: Köpeği gezdirirken kadınlara baktığını görüyorum."

"Doğru, hâlâ güzel bir çift bacak görünce dönüp bakıyorum. Ama doğrusunu istersen sebebini çoktan unuttum."

Hepimiz güldük.

"Eminim ziyaretine gelen hemşireler hatırlamana yardımcı olacaktır."

"Kaçırdıklarımı hatırlamak istemeyebilirim."

"Hatırlamanı sağlayabilecek ilaçlar varmış diye duydum."

Baba kız arasındaki tatlı atışmayı seyrettim. Kız masadan kalkıp temiz çatal bıçak getirmek için mutfağa gitti.

"Sence sağlığım minik bir fincan kahveyi kaldırır mı?" diye sordu babası onun duyabileceği kadar yüksek sesle. "Belki misafirimize de bir tane?"

"Sadece iki elim var baba, iki elim," diye homurdanıyormuş gibi yaptı Miranda, hemen sonra da pastayı üç küçük tabakla birlikte getirdi ve mutfağa dönmeden önce tabakları bir tabureye koydu. Kahve demliğiyle uğraştığını duyduk, ardından bu sabahtan kalan kahveyi lavaboya dökerken çıkan pat sesi geldi.

"Lavaboya dökme," diye inledi babası.

"Çok geç," diye yanıt verdi.

Babasıyla bakışıp gülümsedik. Kendimi tutamadım: "Seni çok seviyor değil mi?"

"Evet, seviyor. Aslında sevmemeli. Bu açıdan çok şanslıyım. Yine de onun yaşında iyi değil."

"Neden?"

"Neden mi? Çünkü çok zorlanacağını düşünüyorum. Hem ona engel olduğumu görmek için dâhi olmak gerekmiyor."

Buna diyecek lafım yoktu.

Kirli tabakları lavaboya koyduğunu duyduk.

"Ne fısıldaşıyorsunuz bakayım?" dedi, elinde kahveyle tekrar terasa çıktığında.

"Hiçbir şey," dedi baba.

"Yalan söyleme."

"Senden bahsediyorduk," dedim.

"Biliyordum. Torun istiyor, değil mi?" diye sordu.

"Mutlu olmanı istiyorum. En azından şimdikinden daha mutlu – sevdiğin biriyle beraber," diye araya girdi baba. "Ve evet, torun da istiyorum. Lanet olası saat. Hayat ile zamanın uyuşmadığı o durumlardan biri. Beni anlamıyor olamazsın."

Gülümsedi, anladığını söylüyordu.

"Ölümün eşiğindeyim biliyorsun."

"Kapıyı açtılar mı?" diye sordu.

"Henüz değil. Ama çaldığımda yaşlı kâhyanın heceleri uzatarak, 'Ge-li-yo-rum!' diye bağırdığını duydum, sonra tekrar çaldığımda inleyip, 'Geliyoruz dedik be!' dedi. Sürgüyü açıp beni içeri almalarından önce en azından seveceğin birini bulur musun lütfen."

"Ona kimse yok diyorum ama inanmıyor," dedi bana dönerek, sanki ben tartışmalarında arabulucuymuşum gibi.

"Nasıl kimse olmaz?" diye yanıtladı baba, o da bana dönerek. "Her zaman biri var. Ne zaman arasam biri var."

"Ama yine de hiçbir zaman kimse yok. Babam anlamıyor," dedi, onun tarafını tutma ihtimalimin daha yüksek olduğunu hissederek. "Bu adamların sundukları şeyler bende zaten var. İstedikleri şeylerinse hiçbirini hak etmiyorlar ya da ben onlara veremiyorum. İşin üzücü yanı da bu."

"Tuhaf," dedim.

"Neden tuhaf?"

Benim yanımda, babasından uzakta oturuyordu.

"Çünkü ben de tam zıddıyım. Hayatımın bu noktasında herhangi birinin isteyeceği çok az şeyim var, *benim* istediklerime gelince, onları nasıl telaffuz edeceğimi bile bilemiyorum. Ama sen bunların hepsini zaten biliyorsun."

Bir an sadece bana baktı. "Belki biliyorumdur belki bilmiyorumdur." Manası: *Senin oyunlarına gelmeyeceğim.* Biliyordu, ben daha ne yaptığımı anlamadan benim ne yaptığımı biliyordu.

"Belki biliyorsundur belki bilmiyorsundur," diye onu taklit etti babası. "Paradoks bulmakta o kadar başarılırsın ki; sonra hazır kanılar çantandan bir paradoks çıkarıveriyor ve yanıtını buldun sanıyorsun. Ama paradoks asla yanıt değildir, sadece çatlamış bir gerçektir, ayakta duramayan bir anlam süprüntüsü. Ama eminim ki misafirimiz bizim ağız dalaşımızı dinlemeye gelmedi. Bu baba kız atışmamızı hoş gör."

Miranda'nın, kahve fışkırmasın diye tıkacı bir bulaşık beziyle kapatarak demliği ters çevirmesini izledik. Baba da kız da kahveyi şekersiz içiyordu ama Miranda birden benim şeker isteyebileceğimi fark etti ve bana sormadan kâseyi getirmeye mutfağa koştu.

Normalde şeker kullanmıyordum ama bu hareketi bana dokunmuştu, ben de kahveme bir kaşık şeker attım. Sonra rahatlıkla hayır diyebilecekken neden böyle yaptığımı merak ettim.

Sessizce kahvelerimizi içtik. Sonra ayağa kalktım: "Sanırım bu akşamki okuma notlarımı gözden geçirmek için otelime dönme vaktim geldi."

Kız dayanamadı. "Notlarını gerçekten gözden geçirmek zorunda mısın? Aynı okumayı zaten birkaç kere yapmadın mı?"

"Hep sözümü karıştıracağımdan korkuyorum."

"Senin sözünü karıştırdığını hayal bile edemiyorum Sami."

"Zihnimin içinde neler döndüğünü bir bilsen."

"Oo, anlat bakalım," diye takıldı bana cilveli bir hinlikle, beni hazırlıksız yakaladı bu. "Bugün senin okumana gelmeyi düşünüyordum – davetliysem tabii."

"Elbette davetlisin, baban da öyle."

"Babam mı?" diye sordu. "O evden pek çıkmaz."

"Bal gibi de çıkıyorum," diye terslendi babası. "Sen burada değilken ne yaptığımı nereden bileceksin."

Kızı yanıt beklemeden mutfağa gidip bir tabakla döndü, hurmayı dörde bölmüştü. Diğer iki hurmanın daha biraz ham olduğunu söyledi. Sonra terastan çıktı ve bir kâse cevizle geri geldi. Bu belki de beni biraz daha tutma yöntemiydi. Babası kâseye uzanıp bir ceviz aldı. O da aynısını yaptı ve cevizlerin altındaki kıracağı buldu. Babası kıracağı kullanmadan cevizi eliyle kırdı. "Bunu yapmandan hiç hoşlanmıyorum," dedi kız. "Hangisinden, bundan mı?" Babası bir cevizi daha eliyle kırdı, kabuğunu soyup yemişi bana uzattı. Büyülenmiştim. "Bunu nasıl yaptın?" diye sordum. "Çok basit," diye yanıtladı. "Yumruğunu kullanmıyorsun, sadece işaretparmağını ortadaki çizgiye bu şekilde koyup diğer elinle sertçe vuruyorsun. *Voilà!*" dedi, yemişi bu sefer kızına uzatarak. "Sen de dene," dedi bana yeni bir ceviz vererek. Gerçekten de cevizi onun yaptığı gibi kırabildim.

"İnsan yaşayarak öğreniyor." Gülümsedi. "Uçak pilotuma dönmem gerek," diye ekledi, ayağa kalıp sandalyesini masanın içine geri itti ve terastan ayrıldı.

"Tuvalet," diye açıkladı kızı. Ayağa kalkıp doğruca mutfağa gitti. Ben de sandalyemden kalkıp onu izledim, yanında istenip istenmediğimden tam emin değildim. Bu yüzden girişte durup tabakları teker teker sudan geçirmesini, sonra hızlıca lavabonun yanına dizmesini izledim, ardından onları makineye yerleştirmek için benden yardım istedi. Demir döküm tavayı kaynar suyla ve kaya tuzuyla doldurup yıkamaya başladı; tavanın kenarına yapışıp tele direnen yanık bir parça balık derisine öfke duyuyormuşçasına sertçe ovalıyordu tavayı. Bir şeye canı mı sıkılmıştı? Ama sıra kristal kadehlere gelince daha yavaş, daha narin davrandı, sanki eski ve yuvarlak olmaları hoşuna gitmiş, onu yatıştırmıştı, sanki derin bir hürmeti hak ediyorlardı. Demek ki aslında sinirli değildi. Bulaşıkları durulaması birkaç dakika sürdü. İşi bitince avuç içleri dikkatimi çekti, parmakları koyu bir pembeye, neredeyse mora çalan bir renge bürünmüştü. Elleri çok güzeldi. Onları buzdolabının kolunda asılı duran küçük bir mutfak havlusuyla kurularken bana baktı, kahvenin demlikten fışkırmasını önlemek için kullandığı havluydu bu. Sonra lavabonun yanında duran şişeden eline krem sürdü.

"Çok hoş ellerin var."

Yanıt vermedi. Bir duraksamadan sonra tek söylediği, "Çok hoş ellerim var," oldu, sözlerimi ya küçümsemek için ya da söyleme amacımı sorgulamak için tekrar ediyordu.

"Oje kullanmıyorsun," diye ekledim.

"Biliyorum."

Oje kullanmadığı için özür mü diliyor yoksa bana üstüme vazife olmayan işlere burnumu sokmamamı mı söylüyordu, yine anlayamamıştım. Benim tek demek istediğim, tırnaklarını rengârenk yapan yaşıtı birçok kadından farklı olduğuydu. Ama bunu zaten biliyordu herhalde, hatırlatmama ihtiyacı yoktu. Saçma sapan konuşmuştum.

Mutfakta işi bittikten sonra yemek odasına geri gitti, oradan salona geçip ceketlerimizi aldı. Peşinden gittim, o zaman bu akşamki okumamın neyle ilgili olduğunu sordu. "Fotios'la ilgili," dedim. "Eski bir Bizans patriği; okuduğu kitapların *Myriobiblios*, yani 'on bin kitap' denen değerli bir kataloğunu tutuyordu. Onun listesi olmadan bu kitapların varlığından asla haberdar olamazdık çünkü çoğu tamamen yok oldu."

Onu sıkıyor muydum? Belki de orta sehpada duran kapalı zarfları karıştırırken beni dinlemiyordu bile.

"Hayatla arana koyduğun şey bu mu yani, on bin kitap mı?"

Alaycı mizah anlayışı hoşuma gitmişti; özellikle de bu alaycı tavrın onun gibi, trendeki gözle görünür bıkkınlığına rağmen aslında fotoğraf makinelerini, motosikletleri, deri ceketleri, rüzgâr sörfünü ve bir gecede en az üç kere sevişebilen fit, genç erkekleri tercih eden birinden geldiğini gördüğüm için. "Hayatla arama o kadar çok şey koyuyorum ki, tahmin bile edemezsin," dedim. "Ama bunların hepsi sana herhalde fazla geliyordur."

"Hayır, gelmiyor. Bir kısmını biliyorum."

"Öyle mi? Ne gibi?"

"Şey gibi... Gerçekten bilmek istiyor musun?" diye sordu.

"Elbette bilmek istiyorum."

"Mesela senin çok mutlu bir adam olduğunu düşünmüyorum. Ama sen de benim gibisin: Bazı insanların kalbi kırıktır; incitildikleri için değil, hiçbir zaman onları incitecek kadar önemli birini bulamadıkları için." Sonra şöyle bir duraksayıp belki de fazla ileri gittiği düşüncesiyle ekledi: "Bunu da dolup taşan kanılar çantamdan çıkardığım paradokslardan biri sayabilirsin. Bulguları göstermesen de kalbin kırık olabilir. Kalbinin kırık olduğunu fark etmeyebilirsin bile. Doğmadan önce ikizini yediği söylenen fetüsü getiriyor bu aklıma. Kayıp ikizden geriye hiçbir iz kalmayabilir ama o çocuk büyürken hayatı boyunca varolmayan kardeşinin yokluğunu çekecektir – sevginin yokluğunu. Benim babam dışında, senin de anlattıklarına göre oğlun dışında, ikimizin de hayatında çok az gerçek sevgi ya da yakınlık olmuş gibi. Gerçi ben ne bilirim."

Çok kısa bir süre duraksadı, sonra belki itiraz ederim ya da söylediklerini fazla ciddiye alırım diye ekledi: "Ama bir yanının mutlu olmadığını duymaktan hoşlanmayacağını seziyorum." Başımı kibarca yukarı aşağı salladım, *Dediklerine katılacağım, tartışmayacağım,* anlamına da geliyordu bu. "Yine de işin iyi yanı..." diye ekledi, sonra gene kendini tuttu.

"İşin iyi yanı?" diye sordum.

"İşin iyi yanı şu ki defteri kapattığını ya da arayıştan vazgeçtiğini sanmıyorum. Mutluluk arayışından yani. Bu hoşuma gidiyor."

Yanıt vermedim; belki de sessizliğim bir yanıttı.

"Evet," dedi birden, bana ceketimi uzatırken; giyindim. Sonra birden konuyu değiştirdi, "Yakan," dedi, ceketime işaret ederek.

Ne demek istediğini anlamamıştım. "Dur, ben yaparım," dedi ve önümde durup yakamı düzeltmeye başladı. Hiç düşünmeden ellerini ceketimin klapasında, göğsümde tutuverdim. Katiyen planlanmamış bir hareketti bu ama kendimi rahat bıraktım ve avucumla alnına dokundum. Nadiren böyle fevri davranırdım, bir sınırı aşma maksadım olmadığını belli etmek adına ceketimi iliklemeye başladım.

"Hemen gitmene gerek yok," dedi birden.

"Ama gitmeliyim. Notlarım, küçük konuşmam, müteveffa Fotios, gerçek dünyayla arama çektiğim küçük titrek perdeler, hepsi beni bekliyor biliyorsun."

"Bu çok özeldi. Benim için yani."

"Bu?" diye sordum, tam olarak ne kastettiğini anlamış olabileceğime inanamıyordum. Kendimi geri çekmeye çalıştım ama alnını son bir kez okşadım. Sonra öptüm. Bu sefer ona baktım; bakışlarını çevirmedi. Kendimi yine şaşırtan bir hareketle, kimbilir kaç yıl öncesinden gelen bir hareketle parmak ucumu çenesinde gezdirdim, usulca, bir yetişkinin bir çocuğun çenesini baş ve işaretparmakları arasında tutup ağlamasına engel olmaya çalışmasına benzer bir hareketle; bir yandan da en başından beri, kuşkusuz tıpkı onun gibi hissediyordum ki, kıpırdamasaydı çenesini okşamaktan başka bir harekete geçecektim, geçtim de, parmağımı altdudağında gezdirmeye başladım – ileri geri, ileri geri. Kendini geri çekmedi ama bana bakmayı sürdürdü. Alnına bu şekilde dokunarak onu rencide mi etmiştim yoksa afalladığından hâlâ nasıl tepki vereceğini mi düşünüyordu anlayamıyordum. Bana bakmayı sürdürüyordu, cesurca, inatla. Sonunda özür diledim.

"Sorun değil," dedi; gülüşünü bastırıyormuş gibi görünüyordu. Her şeyi unutup olaya olgunca yaklaştığına inanmıştım. Sonunda tek kelime bile etmeden keskin bir dönüş yapıp deri ceketini kanepeden aldı. Öyle haşin, öyle kararlı hareket etmişti ki onu üzdüğüme ikna olmuştum.

"Seninle amfiye geliyorum."

Şaşakaldım. Az önce yaptığımdan sonra beni bir daha görmek istemeyeceğine emindim.

"Şimdi mi?"

"Herhalde şimdi." Sonra, belki de ani dönüşünü yumuşatmak adına ekledi: "Çünkü şehirde peşine düşüp izlemezsem seni bir daha asla göremeyeceğimi biliyorum."

"Bana güvenmiyorsun."

"Emin değilim." Sonra, o sırada salonda oturan babasına döndü: "Baba, konuşmasını dinlemeye gidiyorum."

Babası şaşırmıştı, muhtemelen yanından bu kadar çabuk ayrıldığı için üzülmüştü de. "Ama daha yeni geldin. Bana kitap okumayacak mıydın?"

"Yarın okurum. Söz."

Ona Chateaubriand'ın *Anılar*'ından* okuyordu. Kızı gençken babası ona Chateaubriand okurdu, şimdi sıranın onda olduğunu söyledi.

"Baban bu gelişmeden pek memnun kalmadı," dedim çıkmak üzereyken. Balkon kapılarını kapattı. Oda hemen karardı; ani loşluk, sonbaharın sonunu ve babasının ruh halini yansıtan karamsar bir havaya yol açtı.

"Memnun değil. Ama fark etmez. Çalışacakmış gibi yapıyor ama bugünlerde uzun uzun uyuyor. Zaten genelde o uyuyunca buzdolabını sevdiği yiyeceklerle doldurmak için alışverişe çıkıyorum. O işi de yarın yaparım. Geri kalan işlerle bakıcı servisi ilgileniyor. Bakıcısı bugün öğleden sonra gelip köpeği gezdirecek, yemek yapacak, onunla televizyon seyredecek, onu yatıracak."

Aşağı inip binadan çıkmıştık, Lungotevere'ye bakıyorduk ki birden durarak ferah ekim sonu havasını derin derin içine çekti. Şaşırmıştım.

---

* François-René de Chateaubriand, *Mémoires d'Outre-Tombe* [Mezar Ötesinden Anılar]. (ç.n.)

"Bunu neden yaptın?" diye sordum; ciğerlerinden çıkan ve kulağa kederli gelen sesten bahsettiğim aşikârdı.

"Evden her çıkışımda oluyor. Yoğun bir rahatlama hissi. İçeride havasızlıktan boğuluyormuşum gibi. Yakınlarda bir gün bu ziyaretleri özleyeceğimi biliyorum. Umarım kendimi suçlu hissetmem, ayrılıp kapıyı ardımdan kapatmaya neden bu kadar ihtiyaç duyduğumu unutmam."

"Bazen oğlum da benden her ayrılışında aynı şeyi mi hissediyor diye merak ediyorum."

Yanıt vermedi. Sadece yürümeye devam etti.

"Bana gereken şey kahve."

"Az önce içmemiş miydin?" diye sordum.

"O kafeinsizdi," dedi. "Ona kafeinsiz kahve alıyorum ama normal kahve olduğunu söylüyorum."

"Buna kanıyor mu?"

"Kanıyormuş gibi. Tabii bana söylemeden çıkıp gerçek kahve içmiyorsa. Ama sanmam. Dediğim gibi, buraya her hafta sonu geliyorum. Bazen boş bir günüm olduğunda trene atlıyorum, geceyi burada geçirip ertesi sabah geç trenle dönüyorum."

"Eve dönmek hoşuna gidiyor mu?"

"Eskiden giderdi."

Sonra, sorma cüreti gösterebileceğimi asla tahmin etmeyeceğim bir şey sordum.

"Onu seviyor musun?"

"Bugünlerde yanıtlaması zor bir soru."

"Yine de harika bir evlatsın. Gözlerimle gördüm."

Yanıt vermedi. Yüzüne, *Ah, bir bilsen,* dercesine, gerçekleri gördüğünü belli eden bir tebessüm yayıldı. "Bence ona bir zamanlar duyduğum sevgi miadını doldurdu. Geriye kalan bir plasebo sevgiden ibaret, gerçeğiyle karıştırılması çok kolay. Yaşlanma, hastalık, belki bunama başlangıcı yapıyor bunu. Ona bakmam, onun için endişelenmem, uzaktayken bir eksiği olmadığından emin olmak adına onu sürekli aramam – bunlar içimde ona verebileceğim her şeyi yıprattı. Buna sevgi denmez. Kimse demez. Hele o hiç demez."

Sonra daha önce yaptığı gibi kendi lafını böldü. "Bu kızın kahveye ihtiyacı var!" Birden adımlarını hızlandırdı. "Yakınlarda güzel bir yer biliyorum."

Kafesine giderken köprünün karşısında bir yere hızlıca uğrasak olur mu, diye sordum. "Seni bir yere götürmek istiyorum."

Neden ya da nereye diye sormadan peşimden geldi. "Vaktinin olduğuna emin misin? Daha çantanı bırakacaksın, ellerini yıkayacaksın, notlarını gözden geçireceksin, kimbilir başka neler yapacaksın," dedi; gülüşünü bastırdığı sesinden anlaşılıyordu.

"Vaktim var. Belki biraz abartmış olabilirim."

"Yok canım! Palavracı olduğunu biliyordum."

Güldük. Sonra birdenbire: "Gerçekten çok hasta. En kötüsü, konuşmak istemese de bunun farkında. Konuyu açmaya mı korkuyor yoksa beni mi korkutmamaya çalışıyor, hâlâ anlamış değilim. İkimiz de birbirimizi koruduğumuzu iddia ediyoruz ama bence sadece konuyu konuşmanın bir yolunu bulamadık ve gerçeklerle yüzleşmeyi ertelemeyi, belki çok geç olana dek ertelemeyi tercih ediyoruz. O yüzden ağır konulara girmiyoruz, şakalaşıyoruz. 'Pastayı getirdin mi?' 'Pastayı getirdim.' 'Biraz daha şarap alabilir miyim?' 'Evet ama sadece bir yudum baba.' Yakında nefes alamaz olacak, yani kanserden ölmezse zatürreden ölecek. Almaya başladığı morfin ise başlı başına bir mesele, bir noktada çıkarmaya başlayacağı sorunlara şimdi girmeyelim bile. Kardeşlerim gelmezse onun yanına taşınmak zorunda kalabilirim. Sırayla kalırız diyoruz ama vakit geldiğinde kimbilir ne bahaneler bulacaklar."

Yolu biraz uzatarak otelime uğradık. Çantamı resepsiyona bırakacağımı söyledim. Televizyon seyreden görevli çantamı kominin odama çıkaracağını söyledi. Miranda lobiye girmedi ama otelin içindeki küçük şapele göz attı. Dışarı çıktığımda botunun ucuyla ilgisini çekmiş görünen yerinden çıkmış bir kaldırım taşıyla oynuyordu.

"İki dakika, sonra sana ne göstermek istediğimi anlayacaksın," dedim gergin olduğunu hissederek. Babasıyla ilgili bir şeyler söylemek ya da en azından konuyu birkaç avutucu sözle kapatmak istedim. Ama aklıma gelen her şey çok basmakalıptı; lafı değiştirince sevindim.

"Bu yürüyüşe değse iyi olur," dedi.

"Bana göre değiyor."

Birkaç dakika içinde sokağın köşesindeki binaya vardık. Önünde durup sessiz kaldım.

"Dur, söyleme – bir mabet!"

Hatırlamıştı.

"Nerede?" diye sordu.

"Yukarıda. Üçüncü kat, büyük pencereler."

"Güzel bir anı mı?"

"Özel bir şey değil. Sadece burada yaşamıştım."

"Ve?"

"Roma'ya her gelişimde aynı otelde kalıyorsam bu binaya birkaç adım mesafede olduğu içindir," dedim, yıllardır değiştirilmediği ve temizlenmediği belli olan üst kat penceresine işaret ederek. "Burada öylesine durmayı çok seviyorum. O zaman hâlâ üst katta Eski Yunanca bir şeyler okuyormuşum, hâlâ öğrencilerin kâğıtlarını puanlıyormuşum gibi hissediyorum. Yemek pişirmeyi burada öğrendim. Düğme dikmeyi bile burada öğrendim. Kendi yoğurdumu yapmayı, kendi ekmeğimi yapmayı. *Yi Çing*'i. İlk evcil hayvanıma burada sahip oldum; alt kattaki yaşlı Fransız kadın kedisini artık istemiyordu ve kedi beni seviyordu. Yukarıda yaşayan o genç adama imreniyorum, burada çok da mutlu olmamasına rağmen. Akşamleyin hava karardığında dönüp daireyi seyretmeyi seviyorum. Ama eski pencerelerimden birinde ışık yanarsa kalbim parçalanıyor."

"Neden?"

"Çünkü büyük olasılıkla bir yanımla hâlâ zamanı geri getirmek istiyorum. Ya da yola devam ettiğimi tam kabullenemedim;

tabii gerçekten yola devam ettiysem. Belki de aslında tek istediğim o kişiyle tekrar bağ kurabilmek; eskiden olduğum, izini yitirdiğim, hatta başka yere taşındıktan sonra sırtımı döndüğüm kişiyle. Bir daha asla o günlerdeki kişi olmak istemeyebilirim ama onu tekrar görmek istiyorum, sadece birkaç dakikalığına, henüz tanışmadığı eşini terk etmemiş ve bir gün baba olacağı aklı hayaline gelmeyecek bu kişi kimdi, anlamak için. Yukarıdaki genç adam bunların hiçbirini bilmiyor ve bir yanım ona yaşanacakları anlatmak, hâlâ hayatta olduğumu söylemek istiyor, değişmediğimi, şu an dışarıda durduğumu..."

"... benimle birlikte," diye araya girdi. "Belki selam vermeye yukarı çıkabiliriz. Onunla tanışmak için sabırsızlanıyorum."

Şakayı mı sürdürüyordu yoksa tuhaf bir şekilde ciddi miydi anlayamamıştım.

"Kapıyı açıp sahanlıkta seni görse bayılırdı eminim," dedim.

"Beni içeri alır mıydın?" diye sordu.

"Yanıtı biliyorsun!"

Bir şey eklememi, belki ne kastettiğimi açıklamamı bekledi. Ama sustum.

"Ben de öyle düşünmüştüm."

"Peki ya *sen* içeri girer miydin?" diye sordum nihayet.

Bir an düşündü.

"Hayır," diye yanıt verdi.

"Neden?"

"Olgun halin daha güzel."

Aramıza sessizlik çöktü.

"Daha iyi bir yanıt olmadı mı?" diye sordu kolumu hafifçe çekiştirerek; bu hareket, şaka yaparken bile aramızda samimi ve güven dolu bir dostluk olduğuna işaret edebilirdi.

"Senden çok çok büyüğüm Miranda," dedim.

"Yaş neyse odur. Okey mi?" diye yanıt verdi daha ben cümlemi doğru dürüst tamamlayamadan.

"Okey." Gülümsedim. Kelimeyi daha önce hiç böyle kullanmamıştım.

"Ee, hiç binaya girdin mi ya da yukarı çıktın mı?" Konuyu değiştiriyordu.

Anlaşılır bir durum, diye düşündüm.

"Hayır, hiçbir zaman."

"Neden?"

"Bilmem."

"Bayan Margutta seni o kadar çok mu incitti?"

"Sanmıyorum. Bu binanın onunla pek alakası yok. Ama buraya başka kızların gelmişliği var."

"Onlardan hoşlanıyor muydun?"

"Hoşlanıyor sayılırdım. Bir günü özellikle iyi hatırlıyorum, grip olmuştum, tüm derslerimi iptal etmiştim. Buradaki en mutlu günlerimden biriydi. Ateşim vardı, evde yiyecek hiçbir şey yoktu. Bir öğrencim hastalandığımı duymuş; bana üç tane portakal getirdi, biraz yanımda kaldı, sonra öpüştük ve gitti. Kısa bir süre sonra bir başka kız bana tavuk suyu çorbası getirdi, bir üçüncü uğrayıp üçümüz için *hot toddy** yaptı, içine o kadar çok brendi koydu ki ateşi çıkmış en mutlu adam olduğumu düşündüm. Kızlardan biri bir süre benimle yaşadı."

"Yine de şu an seninle burada duran benim. Bunu hiç düşündün mü?"

Sesi alışılmadık derecede tiz çıkmıştı, sebebini anlayamamıştım. Ben ona geçmişe dair içimi döktüğümü düşünüyordum, tren yolculuğundan beri karşılıklı yapıyorduk zaten bunu. Sonra hafifçe kıkırdadım, gülüşümün kulağa zorlama geldiğini duyabiliyordum.

"Komik olan ne?"

---

* Genelde viski, su, bal ve çeşitli baharatların karışımıyla yapılan sıcak kokteyl. (ç.n.)

"Komik değil, sadece ben burada yaşarken sen daha doğmamıştın bile."

Bunun neden mevzu olduğunu ikimiz de sormadık.

Çantasından küçük bir fotoğraf makinesi çıkardı. "Şu insanlardan fotoğrafımızı çekmelerini isteyeceğim, böylece varolduğumu bileceksin, bugün ne adını ne göbek adını ne soyadını hatırladığın o üç portakallı kız gibi uçup giden bir anıdan ibaret kalmayacağım."

Kadınlık kibrine dayanan bir kriz miydi bu? Hiç öyle bir tip değildi.

Bir dükkândan çıkan iki Amerikalı turisti durdurdu, birine makinesini verdi ve sarışın kızdan binanın önünde fotoğrafımızı çekmesini istedi. "Öyle değil," dedi. "Kolunu belime sar. Diğer elini de bana ver. Ölmezsin."

Kızdan *ne olur ne olmaz diye* bir fotoğraf daha çekmesini istedi.

Kızın birkaç kare daha çekmesini izledikten sonra teşekkür edip makinesini geri aldı. "Sana bu fotoğrafları hemen göndereceğim ki Miranda'yı unutma. Söz mü?"

Söz verdim.

"Onu unutup unutmamam Miranda'nın bu kadar umurunda mı?"

"Hâlâ anlamadın değil mi? Benim yaşlarımda, çirkin sayılmayacak bir kızla, sana çaresizce bir şeyler, çoktan bariz olması gereken bir şeyler anlatmaya çalışan bir kızla en son ne zaman vakit geçirdin?"

Bunun gibi bir şeyler söylemek üzere olduğunu hissetmiştim, o zaman neden yine de irkilmiştim, neden onu yanlış anladığıma ikna etmeye çalışıyordum kendimi?

Açıkça söyle Miranda ya da tekrar söyle.

Bu yeterince açık değil miydi?

O zaman tekrar söyle.

Karışımızdakinin tam ne kastettiğini, hatta kendimizin tam ne kastettiğimizi anlayamayacağımız kadar muğlak konuşuyorduk; yine de, karşımızdakinin imalı sözlerini tam da imalı oldukları için kavradığımızı ikimiz de sebebini bilmeden hemen sezmiştik.

Tam o esnada aklıma harikulade bir fikir geldi. Cep telefonumu çıkarıp önümüzdeki iki-üç saat işi olup olmadığını sordum.

"Yok," diye yanıt verdi. "Ama senin yapacak işlerin yok mu, üstünden geçmen gereken notlar, askıya asman gereken giysiler, tabii bir de o yıkaman gereken eller?"

Açıklama yapacak vaktim yoktu, hemen Roma'da iyi tanınan bir arkeolog olan arkadaşımı aradım. Açtığında, "Senden bir ricam olacak, hemen bugün," dedim.

"İyiyim sağol, sorduğun için teşekkürler," diye yanıt verdi her zamanki esprili tavrıyla. "Nasıl yardımcı olabilirim?"

"Villa Albani'yi ziyaret etmek için iki kişilik izne ihtiyacım var."

Bir an duraksadı. "Kız güzel mi?" diye sordu.

"Kesinlikle."

"Villa Albani'ye hiç girmedim," dedi Miranda. "Kimseyi içeri sokmuyorlar."

"Bekle bak." Sonra, arkadaşımın bana geri dönmesini beklerken: "Kardinal Albani villasını 18. yüzyılda inşa etti ve Winckelmann'ın gözetimi altında kocaman bir Roma heykelleri koleksiyonu oluşturdu, onları görmeni istiyorum."

"Neden?"

"Beni balık ve cevizle besledin, üstelik heykel seviyorsun, bu yüzden sana görüp görebileceğin en güzel alçak kabartmayı göstereceğim. Antinous'un, İmparator Hadrianus'un sevgilisinin. Sonra sana benim favorimi göstereceğim – kertenkele öldüren Apollon, Praksiteles'in yaptığı düşünülüyor, belki de gelmiş geçmiş en iyi heykeltıraş."

"Peki ya kahvem?"

"Bol bol vaktimiz var."

Telefon çaldı. Bir saate villada olabilir miydik? En fazla bir saat gezebilirdik çünkü bekçinin erken ayrılması gerekiyordu. "Bugün cuma," diye açıkladı arkadaşım.

Köprünün sonunda bekleyen bir taksi bulduk, saniyeler içinde villaya doğru yola koyulmuştuk. Takside bana döndü. "Bunu neden yapmak istedin?"

"Seni dinlediğim için mutlu olduğumu göstermemin yolu bu."

"Homurdanıp durmana rağmen mi?"

"Homurdanıp durmama rağmen."

Bir şey demedi, bir an dışarı baktı, sonra tekrar bana döndü.

"Beni şaşırtıyorsun."

"Neden?"

"Ani bir dürtüyle bir şeyden diğerine sıçrayan türde biri olduğunu düşünmemiştim."

"Neden?"

"Çünkü öyle düşünceli, sakin, soğukkanlı bir havan var ki."

"Sıkıcı demek istiyorsun yani."

"Hiç de bile. İnsanlar sana güveniyor, sana açılmak istiyorlar, belki de seninleyken oldukları kişiden hoşlandıkları için – tam bu anda bu takside olduğu gibi."

Uzanıp elini tuttum, sonra bıraktım.

Yirmi dakikadan kısa sürede villaya vardık. Bekçi ziyaretimizden haberdar edilmişti, küçük kapının önünde kollarını kovuşturmuş duruyordu, adeta amirane ve düşmanca bir havası vardı. Sonra beni tanıdı ve baştaki şüpheci tavrı ihtiyatlı bir saygıya dönüştü. Villaya girip yukarı çıktık, çeşitli odalardan geçip Apollon heykeline vardık. "Adı 'Sauroktonos', yılan öldürücü. Galeriden geçelim, vakit kalırsa Etrüsk tablalarına da bakarız."

Heykele baktı, bir kopyasını daha önce gördüğüne emin olduğunu söyledi ama bu değildi.

Diğer heykelleri hızlıca geçerek Antinous'a vardık. Güzelliği karşısında çarpılmıştı. "İnanılmaz," dedi.

"Dememiş miydim?"

"*Sono senza parole,*" dedi. Nutkum tutuldu.

İkimizin de nutku tutulmuştu. Kolunu omzuma attı, bir süre heykeli seyretti, sonra sırtımı bir kere okşadı. Sonra uzaklaştık.

Kısa bir süre sonra ona döndüm, küçük bir kambur büstü gösterip kulağına ben bekçinin dikkatini dağıtmayı başarırsam küçük makinesiyle birkaç fotoğraf çekebileceğini fısıldadım, zira fotoğraf çekmek aslında yasaktı. Bekçinin bana bir keresinde hasta annesinden bahsettiğini hatırlıyordum, böylece onu bir kenara çekip ameliyatının nasıl geçtiğini sordum. Soruyu soruş biçimimde bir *delicatezza** vardı, sanki Miranda duymasın diye kısık sesle konuşmuştum. Bu ihtiyatlı davranışımdan hoşlandı ve *purtroppo era mancata*** diye açıkladı. Baş sağlığı diledim ve onu biraz daha oyalayıp sırtının Miranda'ya dönük kaldığından emin olmak için benim annemin de öldüğünü söyledim. "Tek bir annemiz oluyor," dedi. Başlarımızı sallayıp birbirimizin acısını paylaştık.

Son bir kez bakmak için "Sauroktonos"a döndük; aynı heykelin Louvre'da ve Vatikan Müzeleri'nde de olduğunu ama sadece bununla Cleveland'dakilerin bronz olduğunu söyledim. "Ama bu gerçek boyut değil," dedi bekçi. "Cleveland'dakine daha güzel diyorlar."

"Öyle," dedim.

Sonra bizi, heykellerle dolu bir başka galeriye çıkan İtalyan bahçesinde yürümeye teşvik etti. Bahçede bir noktada döneminin en güzeli sayılan büyük neoklasik *palazzo*'nun*** cephesine ve olağanüstü kemerli geçidine bakmak için durduk.

---

* (İt.) İncelik. (ç.n.)

** (İt.) Ne yazık ki kaybettik. (ç.n.)

*** (İt.) Saray. (ç.n.)

"Sanırım Etrüsk tablalarını görmek için vaktimiz olmayacak," diye ekledi. "Ama *in compenso** belki *signorina*** bu heykellerin fotoğrafını çekmek ister; ne de olsa," diye ekledi kendinden memnun, afacan bir tebessümle, "fotoğraf çekmeyi seviyor belli ki." Üçümüz de gülümsedik. Bizi bahçeden geçirip çıkış kapısına götürdü, Roma'daki en eski yedi çam olduğunu iddia ettiği ağaçlara işaret etti. Elektrikli kapının düğmesine bastığında kaldırımda duran yaşlı bir beyefendi bize baktı ve bekçiye şöyle demekten kendini alıkoyamadı: "Benim ailem yedi nesildir Roma'da yaşıyor ama bugüne dek hiçbirimizin bu villaya girmesine izin verilmedi." Bekçi gene amirane ifadesini takınıp içeriye insan almanın *vietato*, yasak olduğunu söyledi. Kapı arkamızdan kapandı.

Taksiye binmeden önce Miranda benim kapıda bir fotoğrafımı daha çekmek istedi.

"Neden?" diye sordum.

"Hiç."

Sonra, hüzünlü durduğumu görünce, "Somurtmayı bırakır mısın?" dedi. Ama sonra tebessümüme tepki verdi: "Öyle sahte Hollywood gülüşü de istemiyorum, lütfen!"

Birkaç fotoğraf çekti. Ama memnun kalmamıştı. "Neden somurttun?"

Neden somurttuğumu bilmediğimi söyledim. Ama biliyordum.

"Oysa bu sabah *beni* suratım asık diye suçluyordun!"

Güldük.

Benden bir tepki beklemiyor gibiydi. Ben de onu bir açıklama yapmaya zorlamadım. Ama fotoğraf çekmeyi sürdürürken huzursuz edici bir gerçeği fark etmeye başladım: Bir gün burası da bir mabede dönüşecekti, adı da *Somurtmayı bırak!* olacaktı. Beni her seferinde bu şekilde dürtmesinde sıcak, ışıltılı, samimi bir şeyler vardı. İnsanın hayatına fırtına gibi giren birine benzetiyordum

---

* (İt.) Telafi olarak. (ç.n.)

** (İt.) Hanımefendi. (ç.n.)

onu, babasının salonuna yaptığı gibi, hemen yastıklarınızı kabartan, pencereleri savurup açan, yıllardır şömine rafında kıpırdamadan durmalarına rağmen artık görmediğiniz iki eski resmi düzelten, marifetli ayağıyla antika bir halının üstündeki kırışıklıkları düzleştiren, nice zamandır boş duran vazoya çiçek koyduktan sonra hâlâ varlığını yok saymaya çalışıyorsanız size tüm bunlara bir haftadan, bir günden, bir saatten fazla sahip olmayı istemeye cüret edemeyeceğinizi hatırlatan birine. Böylesine gerçek birine ne kadar da yaklaşmıştım. Ne kadar da yaklaşmıştım.

Çok mu geçti?

Ben mi çok geç kalmıştım?

"Düşünmeyi bırak," dedi.

Uzanıp elini tuttum.

Sevdiği tarz Caffè Trilussa'nın kalabalığında dokunsan yıkılacak gibi duran küçük, kare bir masa bulup karşılıklı oturduk. Arkasında duran şu sokak ısıtıcılarından biri sonuna dek açılmıştı. Sıcağı sevdiğini söyledi, sonra daha birkaç saat önce havanın terasta yemek yiyebileceğimiz kadar sıcak olmasının ne kadar tuhaf olduğunu ekledi. Şimdi sıcak bir şeyler içmek istiyordu. Garson geldiğinde iki tane duble Americano sipariş etti.

Americano ne, diye soracaktım ama kendimi tuttum ve sormamaya karar verdim. Neden sormadığımı anlamam birkaç dakikamı aldı.

"Bir fincan espressoya sıcak su kattıklarında Americano oluyor. Duble Americano iki espresso shot üstüne sıcak su."

Bakışlarını indirdi ve tebessümünü bastırmaya çalışarak masaya baktı.

"Americano'yu bilmediğimi nereden anladın?"

"Biliyorum işte."

"Biliyorsun işte," diye tekrarladım.

Bu çok hoşuma gitmişti. Sanırım onun da hoşuna gitmişti.

"Baban bilmez diye mi, bu yüzden benim de bilmeyeceğimi mi düşündün?"

"Hayır!" dedi neden sorduğumu hemen anlayarak. "Hiç de bu yüzden değil beyefendi. Dedim ya."

"O zaman neden?"

"Seni tanıyorum Sami, bu yüzden. Şimdi sana bakarken seni ezelden beri tanıyormuşum gibi hissediyorum. Bir şey daha var, madem konu açıldı ve sadece ben konuşuyorum."

Ne demeye çalışıyordu?

"Seni tanımaya devam etmek istiyorum. Uzun lafın kısası bu."

Ona tekrar baktım, tüm bunların ne anlama geldiğini hâlâ tam çözememiştim. *Bana ümit verme Miranda, verme.* Konuyu devam ettirmeye bile çekiniyordum çünkü bu da ümit anlamına gelecekti.

Garson kahvelerimizi getirdi.

"Americano," dedi, birkaç dakika öncenin şakacı tonuna dönerek, "espresso isteyen ama Amerikan kahvesi sevenler için. Ya da sadece espressonun tadını daha uzun süre çıkarmak isteyenler için..."

"Daha önce dediğine dön," diye araya girdim.

"Ne diyordum?" Bana takılıyordu. "Seni ezelden beri tanıyormuşum gibi hissetmeme mi diyorsun? Yoksa seni tanımaya devam etmek istememe mi? İkisi birbiriyle alakalı."

Bunlar ne zaman olmuştu? Trende mi, takside mi, babasının evinde mi, mutfakta mı, salonda mı, Villa Albani'nin önünde mi, Bayan Margutta'dan bahsettiğimizde mi yoksa eski evimin önünden geçtiğimizde mi? Neden sürekli beni yolumdan saptırıyormuş gibi hissediyordum, içten içe böyle olmadığını bilmeme rağmen?

Neler hissettiğimi biliyor olması gerekirdi, altı yaşındaki bir çocuk bile baştan anlardı. Ama Miranda ne zaman hissetmeye başlamıştı? Gerçek oldukları yanılgısına kapıldığım anda solacak birkaç delidolu dakika önce mi? Sonra yine o düşünce saplandı aklıma. Yıllar önce oturduğumuz yerden belki üç sokak ötede kendimi İslam öncesi Konstantinopolis'ine kaptırmış, Bizans yorumcularını okuyordum; ama Miranda'ya dönüşecek olan sperm hücresi babasının erbezlerinden daha çıkmamıştı bile. Ona baktım. Zorla, çekinerek gülümsedi; Americano'larla ilgili her şeyi bilen o şen şakrak, inatçı, azimli kıza uymuyordu bu hali. Ona, *Sorun ne?* diye sorabilirdim. Ama kendimi tuttum. İkimizin de bölmediği gergin bir sessizliğin sonunda tek yaptığı hafifçe başını sallamak oldu, sanki kendine itiraz ediyor ve açmaması gerektiğini bildiği saçma bir fikri zihninden uzaklaştırıyordu. Bu hareketi daha önce, trende karşıma oturduğu anda da yaptığını görmüştüm. Şimdi başını eğip kahvesine baktı. Sessizliği beni huzursuz ediyordu.

Birbirimize bakıyorduk ama ikimiz de sessizdik. Bir kelime daha edersem büyüyü bozacağımı biliyordum, bu yüzden öylece oturduk, sessizce bakışmayı sürdürerek, o da büyüyü bozmak istemiyormuş gibi. Sormak istedim: *Hayatımda ne işin var? Böyle genç ve güzel insanlar gerçekten var mı? Filmlerin ve dergilerin dışında da gerçekten varlar mı?*

Aklıma aniden Eski Yunanca fiil, ὀψίζω, *opsizo* geldi. Ona söylememek için kendimi tutmaya çalıştım ama sonunda dayanamadım. *Opsizo*'nun ziyafete geç kalmak, son içkiler bitmeden hemen önce varmak ya da bugün, boşa giden geçmiş yılların ağırlığıyla ziyafet çekmek anlamına geldiğini söyledim.

"Ne demek istiyorsun?"

"Hiçbir şey."

"Doğru."

Beni dürttü, *Oralara girme!* demek istiyordu. Sonra başka bir masada tek başına oturan bir kadına işaret etti. "Sana bakıp duruyor." Ona inanmadım ama düşüncesi hoşuma gitti. Başka biri kare bulmacayla uğraşıyordu. "Takılmış," dedi Miranda. "Belki ona ipucu verip yardımcı olmalıyım, ben benimkini bu sabah garda bitirdim. Bu arada şu öteki gene sana baktı, sağ tarafında saat dört yönünde."

"Bu şeyleri ben neden hiç fark etmiyorum?"

"Belki şimdiki zaman türünde bir insan olmadığındandır. Mesela bu şimdiki zaman," dedi, uzanıp beni dudaklarımdan öperek. Dolu dolu bir öpücük değildi ama uzun sürdü ve diliyle dudağıma dokundu. "Çok da güzel kokuyorsun," dedi.

Tamam, işte şimdi on dört yaşıma döndüm, diye düşündüm.

Daha sonra, dinleyicilerime Konstantinopolis'in Osmanlılar tarafından yağmalanmasının dehşet verici hikâyesini anlatırken, Trastevere'nin dar sokaklarında ilerlemeye çalışırken elimi nasıl tuttuğunu hatırladım, sanki beni kalabalığın içinde yitirmekten korkuyormuş gibi; oysa her an elimi bırakıp kaybolmasından korkan bendim. Caffè Trilussa'dan çıktığımızda ona nihayet sarılınca kollarıma sokuluşunu hatırladım; iki yumruğunu sanki onu kucaklamama karşı çıkıyormuş da beni itiyormuşçasına göğsüme yerleştirmişti ama bunun sadece bana sokulma biçimi olduğunu fark etmiş, sonrasında kendimi bırakıp onu öpmüştüm. O kadar uzun zamandır öpmemiştim ki bir kadını, en azından kesinlikle böyle tutkulu bir şekilde öpmemiştim ve tam bunu ona söylemek üzereydim ki bana basitçe şöyle demişti: "Bana sarılmaya devam et, sadece bana sarılmaya devam et Sami ve öp beni."

Ne kadın ama.

Fotios'un kitap kataloğundaki, akıl almaz bir şekilde kaybolan onca eserle ilgili konuşadururken düetimizin en güzel kısmını sona saklıyordum. "Bildiğim bir şey var," demiştim ona. "Ne?" "Gel benimle kal. Deniz kenarında bir evim var." Konuşurken birden aklıma gelmişti bu fikir ve bir an bile duraksamadan söyleyivermiştim. Hayatımda ilk defa böyle bir teklifte bulunuyordum. Yanıtı ise benim sözlerimden daha sarsıcı ve afallatıcıydı.

"Arkadaşlarım histerik olduğumu düşünür ve Miranda keçileri kaçırmış, derler."

"Biliyorum. Ama gelmek istiyor musun?"

"Evet."

Sonradan aklına gelmiş gibi görünerek ekledi: "Ne kadarlığına?" Böyle bir teklifi de daha önce hiç yapmamıştım ama her kelimesinde samimiydim: "Ne kadar istersen, yaşadığın müddetçe." Güldük. Güldük çünkü ikimiz de birbirimizin ciddi olduğuna inanmıyorduk. Güldüm çünkü ciddi olduğumu biliyordum.

Sonra, dinleyicilerime insanlığın sonsuza dek yitirdiği kitapları ne diyeceğimi şaşırmadan anlatmaya devam ederken, yüzü kızarınca nasıl görüneceğini düşündüm, çıplak dizlerini iki yana açtıktan sonra o gün tuttuğum eliyle, yakın zamanda her gün öğleden hemen önce Tiren Denizi'nde yüzdükten sonra tuzlu su tadında olacak o elle, beni nasıl yönlendireceğini.

"Şöyle yapacağız," dedi Via Garibaldi'de yürümeye başlayınca. "Dinleyicilerin arasında arkalarda, görünmeyeceğim bir yere oturup bekleyeceğim çünkü eminim herkes seninle konuşmak, sana okumanla ve diğer kitaplarınla ilgili sorular sormak isteyecektir, sonra kaçıp güzel şarapları olan bir yere akşam yemeğine gideceğiz çünkü bu akşam çok iyi bir şarap içmek istiyorum. Akşam yemeğinden sonra bildiğim bir barda son birer tek atacağız ve bana hayatınla ilgili şimdiye dek anlattığın her şeyi tekrar anlatacaksın, ben de sana benimle ilgili bilmek istediğin her şeyi anlatacağım, sonra da seninle oteline döneceğim ya da sen benimle eve dönebilirsin, ayrıca şimdiden bilsen iyi olur: İlk sefer çok kötüyümdür."

Birçok insanın eylemi gerçekleştirmeden önce lafını dahi etmediği bir şeyi söyleyebildiği için onu takdir ettim.

"İlk seferde kim iyidir ki?"

"Sen nereden bileceksin?"

Bu ikimizi de güldürdü.

"Neden kötüsün?" diye sordum.

"Birine alışmam vakit alıyor. Belki heyecandan, gerçi seninle kendimi heyecanlı hissetmiyorum – bu da beni daha da çok heyecanlandırıyor. Heyecanlanmak istemiyorum."

"Miranda," dedim, San Pietro in Montorio Kilisesi'nin küçük Tempietto'sunda* durup Bramante'nin başyapıtını izlerken ona sarıldığımda. "Bu gerçek mi?"

"Sen söyleyeceksin ama hemen söyle. Benim kanıta ihtiyacım yok, senin de yok. Ama sürprizlerle karşılaşmak istemiyorum. İncinmek de istemiyorum."

"Okey," dediğimi duydum. Bu ikimizi de güldürdü.

"O zaman her şey yolunda."

Salona varınca yönetmen tarafından bölündük, beni odadan bozma kulise götürmek istiyordu. Hızla ayrıldık. El işaretiyle beni okumamdan sonra dışarıda bekleyeceğini söyledi.

Kâğıtlarımı ince deri portfolyoma koyduktan hemen sonra oldu. Beni davet eden kişiyle tokalaştım, sonra başka bir profesörle, sonra konuşmanın ardından sahneye gelen tüm hevesli uzmanlar, akademisyenler ve öğrencilerle. Yine de tavırlarımla acelemin olduğunu belli etmeye çalışıyordum. Gitme telaşında olduğumu fark eden daha yaşlıca akademisyenlerden biri beni uzaklaştırır gibi yaptı ama sonra kapıda kıstırıp Alkibiadis ve Sicilya seferiyle ilgili kitabını çıkmadan okur muyum, diye sordu. Konularımız göründüğünden daha alakalı, dedi. "İlgi alanlarımızın ne kadar benzeştiğini tahmin edemezsiniz," diye devam etti. Onu editörümle tanıştırabilir miydim? Elbette, dedim. Ondan tam kurtulmuştum ki tüm kitaplarımı okuduğunu söyleyen yaşlı bir hanımefendi yakama yapıştı. Ben aramızdaki

---

* Donato Bramante tarafından 16. yüzyılın başına inşa edilen anıt mezar. (ç.n.)

mesafeyi ve geçen dakikaları hesap ederken, konuşurken tükürük saçmak gibi korkunç bir huyu olduğunu fark ettim.

Nihayet konferans salonundan çıkıp Miranda'nın beklediği yere ulaşabildim. Ama baktığımda orada yoktu.

Ana merdivenden hızla aşağı indim ama lobide de yoktu, tekrar ikinci kata çıktım ve konferans salonunun etrafında dönen koridorda yürüdüm. Kimse yoktu. Telefon numaralarımızı almak ikimizin de aklına gelmemişti. Nasıl atlamıştık bunu? Konferans salonunun ağır metal kapısını açtım. Girişte hâlâ sohbet eden birkaç öğrenci vardı, belli ki hepsi de çıkmak üzereydi, o sırada iki hademe koltukların arasındaki boş kâğıt bardaklarla çöpleri toplamaya başlamıştı bile. Kapının yanında bir başka hademe elinde dev bir anahtarlıkla duruyordu, kendileri işlerine bakabilsinler diye dekan da dahil olmak üzere herkesin çıkmasını beklerken sabırsızlıktan patlayacağa benziyordu.

Tekrar koridora çıktım, kimsenin bakmadığından emin olunca kadın tuvaletinin kapısını bile açtım ve Miranda'ya seslendim. Yanıt gelmedi. Bodrum kattaki tuvalete mi gitmişti? Bodrum kat kapkaranlıktı.

Binadan çıktıktan sonra köşedeki kafede toplaşan bir grup insanın karanlık siluetini gördüm. Muhakkak içeride olmalıydı. Değildi. Müşkülpesent akademisyeni ve tükürük saçan konuşmasıyla illallah dedirten yaşlı züppe kadını suçlamak istedim. Miranda'ya en fazla on dakikaya çıkacağımı söylemiştim. Tamamen yanlış mı hesaplamıştım? Yoksa imza isteyen insanlara hayır diyemediğimden ben mi uzatmıştım işi?

Büyük anahtarlıklı başhademenin koridorda ilerleyip çıkış kapılarından birini kilitlediğini gördüm. Ona birini arayan –kimi diyecektim, babasını mı?– genç bir kadın görüp görmediğini sormak istedim.

Babasının evine gidip bakmalı mıydım?

Sonunda kafama dank etti. Nasıl daha önce düşünememiştim? Yok olmuştu. Fikrini değiştirip kaçmıştı. Tıpkı insanlardan onlara bir işaret ya da uyarı vermeden sıyrıldığını itiraf ettiği gibi. Pufff ve onun deyimiyle tüyüp gidiyor!

Her şey baştan sona bir fanteziydi. Ben uydurmuştum. Tren, balık, öğle yemeği, Bramante'nin Tempietto'su, genç pilot, İsviçreli anne babanın yarığa düşmesi ve kızlarının yaşı onlarınkini geçene dek bulunamamaları, bazı Yunanların Bizans'ın sonunu öngörüp Venedik'e kaçması ve Yunancayı nesiller boyunca aktarması, ta ki insanlar Venedikçelerine neden birkaç Yunanca kelimenin karıştığını hatırlamayıncaya dek – hiçbiri, hiçbiri gerçek değildi. *Ne aptalsın!*

Kelime dilimin ucuna kadar geldi ve ağzımdan çıktığını duydum. Bende gülme isteği uyandırdı. Tekrar ettim. *Man-kafa.* İkinci sefer o kadar komik gelmedi, üçüncüde hiç güldürmedi. *Ne olacağını sanmıştın?* Yarın oğlumu görüp ona trende Miranda diye bir kızla tanıştığımı, beni babasının evine götürdüğünü ve bende, hayatımdan sonsuza dek çıktığını sandığım şeyleri yaşama arzusu uyandırdığını anlattığımda bana böyle diyeceğini hayal edebiliyordum.

Hava epey kararmıştı, Gianicolo'da bildiğim tek yoldan ilerlemeye başladığımı fark ettim ve sonunda eski evimin yanından geçtim; sanki tekrar kendime gelmek, dünyaya dönmek ve kim olduğumu hatırlamak için buraya gelmiştim. İşte orada duruyordu, beklediğimden daha çabuk karşıma çıkmıştı, yıllanmıştı ve zamana yaslanıyordu, tıpkı benim gibi, benim tüm o saçma sapan mabetlerim gibi. Bu düşünce de bende gülme arzusu uyandırdı. Kaç yaşına geldin ama hâlâ bir şey öğrenemedin değil mi, hâlâ kapının önünde karşına çıkıp, *İşte geldim, seninim,* diyeceğini umuyorsun.

Man-kafa. Elbette kaçmıştı.

İki yıl sonra beni tekrar çağırdıklarında buradan geçeceğim ve olmayı ümit ettiğim kişiye güleceğim, sahildeki evimde paylaşmayı hayal ettiğim hayata güleceğim. *Bundan sonra sadece mabetler.* Bir an ona şöyle demeyi düşünmüştüm: *Her şeyi bırakmaya hazırım. Nerede, ne zaman, ne süreliğine istiyorsun umurumda değil. Umurumda değil.*

Burada, bu gece, bir eksiye dönüştüm.

Öfkelenemiyordum bile, ne ona ne kendime. Daha ziyade içerliyordum. Yalan söylemesine, beni kandırmasına, kendini bir an fantezilerine kaptırıp benimkileri de kamçılamasına ve tam da bu yüzden daha şiddetli bir şekilde yıkmasına değil, fikrini değiştirmesine içerliyordum; oysa onu bu yüzden kim suçlayabilirdi ki? Ona güvendiğim ve bu güveni geri alamadığım için içerliyordum. Ona duyduğum güveni de beni de bir an bile düşünmeden çöpe atmıştı. Bu sabah trende olduğum kişiyi geri istiyordum, yaşanan her şeyin silinmesini istiyordum – hiçbiri olmamıştı. *Man-kafa. Tabii ki olmamıştı.*

Bundan sonra hep şunu düşündüm: Işıkları söndüreceğiz, kapıları kilitleyeceğiz, panjurları indireceğiz ve bir daha asla umut etmemeyi öğreneceğiz. Bir ömür boyunca asla.

Köprüyü geçmeme gerek yoktu. Tek yaptığım babasının binasında en üst kata bakıp ışıkların yanmadığını görmek oldu. *Evde değil. Tabii ki değil.*

Geleceğimi tahmin edip bilerek dışarıda kalmıştı. Böylece otele geri döndüm. İçeri girerken ilk planım gözüme hiç de fena görünmedi. Bir şeyler yemek, sinemaya gitmek, bir şeyler içmek, yatmak; oğlumla görüştükten sonra da Roma'dan ayrılmak. Her şeyi geride bırakmak.

Yine de! Olayların böyle sona ermesi üzücüydü.

Otel görevlisine beni sabah yedi buçukta uyandırmalarını söyleyecektim ki Miranda'yı gördüm. Lobinin devamındaki uzun koridor boyunca sıralanan orta sehpalardan birinde oturmuş, bir dergi karıştırıyordu. "Bir an için kaçmaya karar verdin sandım. Bu yüzden bekledim. Seni gözümün önünden bir daha ayırmayacağım."

Konuşmak yerine sadece ona sarıldım.

"Sandım ki..."

"Budala!" dedi. Sonra sesini yumuşatarak: "Ama beni buldun."

Görevliye deri portfolyomu verdim ve dışarı çıktık.

"Bana akşam yemeği sözün var."

"Hadi yiyelim."

"Buradaki okumalarından sonra genelde nereye gidiyorsun?"

Ona lokantanın adını söyledim. Neresi olduğunu biliyordu. Bize sessiz bir köşede masa verdiler, bol bol şarap vardı, en iyisinden değildi ama bir şişeyi bitirmeyi başardık. Daha sonra tekrar eski evimin önünden geçtik. Yukarı baktığımda üçüncü katta bir ışığın yandığını gördüm. "Zor geliyor mu?" diye sordu. "Hayır." "Neden?" Ona, *zorla iltifat istiyorsun* anlamına gelen bir bakış atıp gülümsedim.

Büyük fotoğraf makinesini çıkarıp hızla binanın ve ışığın yandığı penceremin fotoğraflarını çekmeye başladı. "Sence yukarıda ne yapıyor?"

"Ah, bilmem ki." Ama şöyle düşündüm: Yukarıdaki genç adam bekliyor, hâlâ bekliyor. O yıllarda senin daha doğmadığını nereden bilecekti ki? Kış geceleri yukarıda yemek pişirirken ve ara sıra mutfak penceremden dışarı bakarken bekliyordum ama kapımı çalan hep bir başkası oluyordu. Seminerlerde sigara yaktığımda –o yıllarda yakabiliyorduk– hep kapıyı açmanı bekliyordum. Kalabalık sinemalarda, arkadaşlarımla barda, her yerde, bekledim. Ama seni bulamadım, sen de hiç gelmedin. O kadar çok partide seninle karşılaşmayı ümit ettim ki, bazen de karşılaştığımı sandım ama hiçbir zaman sen değildin, sen o zaman daha iki yaşındaydın, biz ikinci tur içkilerimizi söylerken anne baban sana uyku vaktinde ikinci kitabını okuyordu. Zaman ise hep yaptığı gibi akıp gidiyordu. Sonunda beklemeyi bıraktım çünkü senin hayatıma girivereceğine inanmayı bıraktım, çünkü senin varolduğundan artık emin değildim. Hayatımda geri kalan her şey oldu –Bayan Margutta, evliliğim, İtalya, oğlum, kariyerim, kitaplarım– ama sen olmadın. Beklemeyi bırakıp sensiz yaşamayı öğrendim.

"O yıllarda en çok istediğin şey neydi?"

"Beni içten dışa bilen biri, kısacası senin içinde ben olan biri."

"Hadi içeri girelim," dedi.

Bir an yukarı çıkmaktan bahsediyor sandım ve zihnimde şimdiki kiracıyı rahatsız ettiğimize dair korkunç bir görüntü canlandı. "Girmeyelim."

"Sadece girişi kastettim."

Yanıtımı beklemeden büyük cam kapıyı açtı.

Girişin hâlâ, neredeyse otuz yıl sonra eskisi gibi koktuğunu söyledim; kedi kumu, rutubet ve çürüyen ahşap lambri karışımı.

"Girişler hiç eskimez, bilmiyor muydun? Şurada dur," dedi, içeride fotoğrafımı çekmeyi sürdürerek. Beni kareye sığdırabilmek için uzaklaştıkça kendimi ona daha yakın hissettim.

"Kıpırdadın."

"Miranda," dedim sonunda. "Benim başıma daha önce hiç böyle bir şey gelmedi. Korkutucu olan da şu..."

"Bu sefer neymiş?"

"Trenimizi kaçırabilirdim, hayatım boyunca nasıl ölü olduğumu hiçbir zaman fark etmeyebilirdim."

"Sadece korkuyorsun."

"Ama neyden korkuyorum?"

"Yarın her şeyin yok olup gideceğinden. Gitmek zorunda değil."

Bu sefer, kokusunu çok iyi tanıdığım eski girişimde dururken, bu binaya dönüp burada yaşadığım zaman ile şimdi arasındaki yılların küçük, önemsiz sevinçlerle dolu, hayatımın üstüne pas gibi çökmüş bir tarafsız bölgeden ibaret olduğunu hissetmenin ne kadar garip olduğunu söylemek istedim ona. *Pası kazımak, burada tekrar başlamak, her şeyi seninle birlikte baştan yaşamak istiyorum.*

Cümlemi dile getirmedim ama orada öylece durdum.

"Ne oldu?" diye sordu.

Başımı sağa sola salladım. Yanıt vermek yerine Goethe'den alıntı yaptım: "Hayatımdaki her şey şu âna dek bir girizgâhtan ibaretti, bir gecikmeden ibaretti, bir meşgaleden ibaretti, bir vakit kaybından ibaretti, ta ki seninle tanışana kadar."

Ben ona yaklaşırken fotoğraf makinesini indirdi. Onu öpeceğimi biliyordu, sırtını duvara yasladı. "Öp beni, hadi öp beni." Yanaklarını iki avucuma aldım ve dudaklarımı onunkilere yapıştırdım ve nazikçe öptüm, sonra tutku ve arzuyla öptüm; öğle yemeğinden beri, bulaşıkları suya tutmasını seyrettiğimden beri, balıkçıyla konuşurken öne eğilince onun yüzünü, boynunu, omuzlarını öpmek istediğimden beri içimde biriken tutku ve arzuyla. Yıllar önce tam bu girişte öptüğüm bir kızı hatırlayacağımı sandım ama tek hatırladığım yerde duran küflü paspasın geçmek bilmeyen kokusuydu. *Girişler hiç eskimez. Biz de eskimiyoruz,* diye düşündüm. *Ama hayır, biz yaşlanıyoruz. Büyümüyoruz.*

"Böyle olacağını biliyordum," dedi.

"Böyle nasıl?"

"Bilmiyorum." Sonra, bir an sonra, "Tekrar," dedi. Sonra, ben yeterince hızlı hareket etmediğim için beni kendine doğru çekti ve kendini hiç tutmadan öptü, ağzını öyle geniş açmıştı ki başımın döndüğünü hissettim. Elleri yanaklarımdaydı ki sonra hiç beklenmedik bir şekilde bir eliyle sertleştiğim yeri avuçladı. "Beni seveceğini biliyordum."

Eski evimden ayrıldık, hiç uyumuyormuş gibi duran sokak satıcılarının bulunduğu ana yoldan yürüdük. Ara sokaklar maya kokuyordu; neşeli kalabalıklar ve her biri kendi kızılötesi ısıtıcısına sahip, dolup taşan lokantalar ile *enoteca*'lar* çok hoşuma gitti. "Bu dar sokakları geceleri çok seviyorum," dedi. "Buralarda büyüdüm."

---

* (İt.) Şarap evi. (ç.n.)

Ona sıkı sıkı sarılıp tekrar öptüm. Hayatını öğrenmeyi seviyordum. Her şeyi bilmek istediğimi söyledim.

"Ben de," dedi. Ama bir an sonra, "Ama bilmek istemeyebileceğin şeyler var, yani benimle ilgili," diye ekledi. Sözleri ânın neşesini ve sıcaklığını söndürdü. Ne demek istiyordu? "Aslında söylememem gerek ama bir yandan da sana başka kimseye söylemediğim bir şeyi söylemeliyim çünkü daha önce beni hiç olduğum gibi isteyen ya da dönüştüğüm kişi olarak isteyen biriyle tanışmadım. Bunu da hemen öğrenmeni istiyorum çünkü eğer şimdi paylaşmazsam sonra senden bile saklamak zorunda kalacağım. Bu sırdan sonra senden saklayacak hiçbir şeyim olmayacak. Senin de böyle bir sırrın yok mu, gitgide ağırlaşıp bir duvara dönüşen, yıkılması imkânsızlaşan bir sır? Ben benimkini seninle sevişmeden önce yıkmak istiyorum," dedi.

"Elbette bir sırrım var. Hepimizin vardır," dedim. "Hepimiz ay gibiyiz, dünyaya yüzeyimizin sadece bir kısmını gösteriyoruz ama asla kürenin tamamını değil. Çoğumuz bütün yusyuvarlak benliğimizi anlayacak kimseyle tanışmıyoruz. Ben insanlara sadece idrak edebileceklerini düşündüğüm minik bir parçamı gösteriyorum. Başkalarına başka parçalar gösteriyorum. Ama her zaman kendime sakladığım karanlık bir yüzey var."

"Ben o karanlık yüzeyi bilmek istiyorum, bana hemen anlat. Önce sen anlat çünkü benimki senin söyleyeceğin herhangi bir şeyden çok daha kötü."

Belki de karanlıkta konuşmamız işi kolaylaştırıyordu; Trastevere Santa Maria Bazilikası'na yaklaşırken ona Bayan Margutta'yı anlattım. "Şöyle ki, ilk ve tek seferimiz Londra'daki ucuz, döküntü bir otelde yaşandı. Otelin sahibi bize odamızı gösterir göstermez soyunduk. Akşamüzeriydi. Sarıldık, öpüştük, tekrar sarıldık; fazla zorlamaydı ama devam ettik, arzu bizden kaçtıysa sadece geçici olarak kaçmıştır, birazdan döner, diye düşündük. Ama dönmedi. Genç ve zindeydim, yani bu beni de en az onun kadar şaşırtmıştı. Birçok şey denedi o ama hissi tuhaftı, ben de denedim ama ben de onu tahrik edemiyordum. Bir şeyler yolunda gitmiyordu ama sorunun ne olabileceğini konuşsak da ikimiz de anlayamıyorduk. Akşam olduğunda giyinip iki kayıp ruh gibi kendimizi Bloomsbury sokaklarına attık, ikimiz de açmışız da bir şeyler atıştıracak bir yer arıyormuşuz gibi davranıyorduk. Onun yerine bol bol içtik. Odaya döndüğümüzde hiçbir şey değişmemişti. Nihayetinde sevişmeyi başardık ama ortak bir arzunun değil ortak bir inadın sonucuydu bu; hepsinin üstüne bir de sözde esrime ânında ona o sıralar birlikte olduğum kadının adıyla seslendim. Bence ikimiz de iki gün sonra Roma'daki evlerimize dönünce rahatlamıştık. Arkadaş kalmak için çok ama çok çabaladı, bense ondan kaçtım, acımasızca kaçtım, belki de onu hüsrana uğratışımla yüzleşemediğimden ya da belki hem onunla hem de müstakbel kocasıyla dostluğumu lekelediğimi bildiğimden. Yıllar sonra, çok hastayken ve belli ki ölüm döşeğindeyken benimle birkaç kere iletişime geçmeye çalıştı ama ben yine kaçtım ve ona hiç yanıt vermedim. Bunu asla, asla unutmayacağım."

Beni dinledi ama bir şey demedi.

"*Gelato** ister misin?" diye sordum.

"Lütfen."

Bir dondurmacıya girdik. O greyfurtlu istedi, ben de şamfıstıklı. Ona anlattıklarımla ilgili daha fazla soru sormak istediği belliydi ama ben onun hikâyesini dinlemek istediğimi söyledim. "Sıra sende," dedim.

"Sonrasında benden nefret etmeyeceğine söz veriyor musun?"

"Senden hiçbir zaman nefret etmeyeceğim."

Dondurmacıdan çıkarken buna bayıldığını söyledi, günün gidişatına, tanışma biçimimize, okumaya, akşam yemeğine, içkiye, babasına, şimdi de buna. "On beş yaşımdayken oldu," diye başladı. "Benden iki yaş büyük olan abim bir gün eve arkadaşını

* (İt.) Dondurma. (ç.n.)

çağırmıştı ve odasında televizyon izliyorlardı. Her zamanki 'işlere burnunu sokan küçük kardeş' halimle onlara katılıp yatakta yanlarına oturdum, salonda tek başıma kalmak istemediğimde genelde böyle yapardım; sessiz sessiz televizyon seyrederken abim bazen yaptığı gibi kolunu omzuma attı. Ama sonra diğer çocuk da aynısını yaptı. Çocuğun eli yavaş yavaş omzumdan gömleğimin içine kaydı ve abim de, muhtemelen bunun hâlâ ben ağzımı açtığım anda bitecek masum bir dokunuş olduğunu düşünerek memelerimi sanki bir eşek şakası yapıyormuş gibi elledi; belki de yaptığımız şeyin tuhaf ya da şok edici bir yanı olmadığını vurgulamak için. Ama ben itiraz etmedim, ikisi de durmadı. Sonra arkadaşı fermuarını indirdi, bu bile hâlâ yaramaz bir oyundan ileri gitmeyebilirdi ama herhalde altta kalmak istemediğinden abim de aynısını yaptı. Her şey çok doğalmış gibi davrandım, sonra bir adım öteye gidip ikisinden de yanıma uzanmalarını istedim, üçümüz kucaklaşıp televizyon izlemeyi sürdürdük. Abime güveniyordum, kendimi güvende hissediyordum, olayın sınırı aşmasına asla izin vermeyeceğini biliyordum ama arkadaşı kotumu çıkarmaya başlayınca ses etmedim. Bir an bile duraksamadan hemen üstüme çıktı. Saniyeler içinde işini bitirdi. Şimdi utancını ömür boyu taşıyacağım kısma geldik. Benim için her şey öyle komik bir oyun gibiydi ki abime sıranın onda olduğunu söyledim, hatta duraksadığı için onunla dalga geçtim, tam da bu noktada -kesinlikle daha önce değil- arkadaşıyla yaşananın benim çevirdiğim bir dolaptan ibaret olduğunu fark ettim; aslında abimi istiyordum, abimin beni sadece becermesini değil, benimle sevişmesini istiyordum çünkü aramızda yaşanabilecek en doğal şey olurdu bu, sevişmek de zaten belki budur. Arkadaşı bile onu teşvik etti. *Yok, kalsın, neticede kardeşim* – bu kelimeleri asla unutmayacağım. Ayağa kalktı, kotunu yukarı çekti, geri yatağa uzandı ve televizyon seyretmeyi sürdürdü. O gün bugündür abim benimle odada asla yalnız kalmıyor, başka birileri var diye aynı kanepeye oturmamız gerekiyorsa mutlaka öteki uca geçiyor. Bu konuyu hiç açmadık, o günden beri ne zaman selamlaşmak için öpüşsek ya da vedalaşmak için kucaklaşsak bu meselenin aramızda durduğunu biliyorum, ki zaten bu hareketlerden de olabildiğince kaçınıyoruz. Kendini de beni de hiçbir zaman affetmediğini biliyorum. Ama aslında *ben onu* affetmedim. Ona olduğum her şeyi sunuyordum çünkü abime tapıyordum. Şok oldun mu? Tiksindin mi?"

"Hayır."

Dondurmasının kalanını attı. "Külahtan nefret ediyorum," dedi.

Sonra, otele yaklaşınca konuyu değiştirerek, "Bu sadece tek gecelik bir şey değil," dedi.

"Benim için de öyle."

"Bil diye diyorum," dedi. "Benim bir telefon açmam gerek. Senin?"

Hayır anlamında başımı salladım. "Ona ne diyeceksin?"

"Kime, babama mı? O çoktan uyumuştur."

"Erkek arkadaşına!"

"Bilmiyorum, önemli değil. Senin gerçekten araman gereken kimse yok mu?"

Ona baktım. "Uzun zamandır olmadı."

"Sadece emin olmak istedim."

"Hadi otele gidelim."

Telefon görüşmesi otuz saniyeden kısa sürdü. "Acele ve üstünkörü," dedim.

"Tıpkı onun sevişmeleri gibi. Şaşırmadığını söyledi. Şaşırmasına gerek yok. O kadardı. Ona, *Tartışma yok*, dedim."

Tartışma yok, hoşuma gitmişti. Bir gün bana da, *Tartışma yok*, diyecekti.

Odaya girdiğimiz anda, dar bir masanın yanında duran valiz sehpasındaki spor çantamı gördüm. İçeride tek bir sandalye vardı. Çantamı o sabahın erken saatlerinde hazırlayışımı hatırladım, şimdi bambaşka bir hayat gibi geliyordu. Çantanın babasının evinde, kanepenin yanında duruşunu hatırladım. Komi öğleden sonra bir ara çıkarıp buraya bırakmış olmalıydı. Odaya şöyle hızlıca bir bakınca her seferinde burayı istesem de düşündüğümden çok daha küçük olduğunu gördüm. Bu yüzden Miranda'dan özür diledim ve balkonundan dolayı Roma'ya her gelişimde burada kalmaktan hoşlandığımı açıkladım. "Odanın gerçekten yedi katı. Şehir manzarası inanılmaz." Böyle diyerek panjurları açıp balkona çıktım. Miranda da arkamdan geldi. Hava soğuktu ama manzara babasının evindeki gibiydi, nefes kesiciydi. Roma kiliselerinin bütün kubbeleri parlıyordu, hepsi görünür olmuştu. Ama oda bana hâlâ eskisinden küçük geliyordu, geniş yatağın etrafında ancak dikilecek kadar alan vardı. Odada yeterince ışık bile yoktu. Yine de hiçbir şeyden rahatsız olmadım. Bu halini sevdim. Göz ucuyla Miranda'ya baktım, herhangi bir şeyden rahatsız olmuşa benzemiyordu.

Ona sarılmak istiyordum, sonra aklıma değişik bir fikir geldi. Hemen soyunmayacaktım. Filmlerde yaptıkları gibi onun kıyafetlerini yırtıp atmayacaktım da.

"Seni çıplak görmek istiyorum, sadece bakmak istiyorum. Tişörtünü, gömleğini, kotunu, iç çamaşırını, yürüyüş botlarını çıkar."

"Yürüyüş botlarıyla çorapları bile mi?" diye takıldı. Ama beni dinledi, hiç itiraz etmedi ve soyunmaya başladı; ta ki çırılçıplak kalana, en az yirmi yıllık olması gereken eski püskü halının üstünde yalın ayak durana dek.

"Beğendin mi?" diye sordu.

Odamız avluya, dolayısıyla da oteldeki diğer tüm odalara baktığı için misafirlerin onu görebileceğinden endişelendim. Ama sonra: *Varsın görsünler*. Onun da umurunda değildi. Ellerini ensesine koyarak memelerini öne çıkaran bir poz verdi. Büyük değil ama dirilerdi.

"Şimdi sıra sende."

Duraksadım.

"Utanç istemiyorum, sır istemiyorum. Bu gece varımızı yoğumuzu ortaya koyacağız. Duş almak yok, diş fırçalamak yok, gargara yok, deodorant yok, hiçbir şey yok. Sana en büyük sırrımı söyledim, sen de bana seninkini. Bu akşamın sonunda aramızda hiçbir engel olmamalı; dünyayla ikimiz arasında da öyle çünkü dünyanın bizi birlikte olduğumuz kişiler olarak tanımasını istiyorum. Yoksa bunların hiçbirinin manası yok ve şimdiden babacığıma dönsem daha iyi olur."

"Babacığına dönme."

"Babacığıma dönmeyeceğim," dedi; karşılıklı gülümsedik, sonra güldük. Ona sol bileğimi uzattım, kol düğmelerimi çıkarmama yardımcı olmaya başladı. Bunu yapmasını istediğimi ben söylemeden tahmin etmişti. Bunu başka adamlarla da yaptığını hissettim. Sorun değildi.

Çırılçıplak olduğumda ona yaklaştım ve ilk defa tenini hissettim, bedenime yaslanan tüm bedenini hissettim.

Hep bunu istemiştim. Bunu ve seni. Sonra, duraksadığımı gördüğü için sağ elimi alıp apış arasına koydu ve şöyle dedi: "Bu senin, sana dedim ya, aramıza hiçbir şeyin gölgesinin girmesini istemiyorum, hiçbir şeyi yarım yamalak yapmak istemiyorum. Sana güzel vaatlerde bulunamam ama seninle sonuna kadar giderim. Sen de bana aynısını yapacağını söyle, hemen söyle ve elini çekme. Eğer sonuna kadar gitmeye hazır değilsen..."

"... babacığına döneceksin. Biliyorum, biliyorum."

Bu şekilde konuşmak beni tahrik ediyordu.

"Şu deniz fenerine bak hele," dedi.

Taktığı adı sevmiştim.

Valiz sehpasındaki çantayı indirip sehpaya oturdum; ben oturur oturmaz Miranda gelip kucağıma geçti ve yavaş yavaş içine girmeme izin verdi. "Şimdi biraz daha iyi misin?" dedi, birbirimize sıkı sıkı sarılmışken. "Sana bilmek istediğin her şeyi anlatırım, her şeyi. Ama kıpırdama." Böyle diyerek beni sıktı, bu ona daha da çok sarılmama yol açtı. Benimle oynuyordu, başımı ellerinin arasına alıp kahvecide yaptığı gibi doğrudan gözlerimin içine baktı ve sonunda şöyle dedi: "Bilmeni isterim ki hayatımda hiçbir zaman birine bu kadar yakın olmamıştım. Sen?"

"Hiçbir zaman."

"Yalancı seni," diyerek beni tekrar sıktı.

"Bunu bir kez daha yaparsan," dedim, "söylediklerini duymayacağım."

"Neyi, bunu mu?"

"Seni uyarmıştım."

"Sadece merhaba diyordu."

Ama kendimizi tutamayarak içtenlikle sevişmeye başladık, sonunda yatakta daha rahat ettiğimizi gördük. "Elimdeki bu, ben buyum," dedi.

Sonra, sevişmeye devam ederken yüzünü okşayıp ona gülümsedim. "Kendimi tutuyorum," dedim. "Ben de." Gülümsedi ve kendine dokunduktan sonra ıslak elini yüzüme, yanağıma, alnıma sürdü: "Ben kokmanı istiyorum." Dudaklarıma, dilime, gözkapaklarıma dokundu, ben de onu doya doya öptüm; bu ikimizin de anladığı bir işaretti zira bu ezelden beri bir insanın diğerine armağanıydı.

"Seni nerede icat ettiler?" dedim dinlenirken. Aslında demek istediğim bundan önce hayatımın ne olduğunu bilmediğimdi. O yüzden tekrar Goethe'den alıntı yaptım.

"Umarım gösteri hoşunuza gitmiştir," dedi pencereye, bir süre sonra dışarı bakıp panjurların açık kaldığını fark edince. Omuz silktim. İkimizin de umurunda değildi.

Hareket etmek üzereydim.

"Hemen kalkma. Böyle kalalım istiyorum." Sol tarafına baktı. Bir sokak lambasından odamıza kırmızı-yeşil ışıklar vurduğunu ikimiz de fark etmemiştik. "Kara filmimsi," dedim.

"Evet ama bunun şu Hollywood filmlerinden birine dönmesini istemiyorum, aklını başına devşiren profesör sessizce ve ıslah olmuş halde geride bıraktığı yaşamına döner, trendeki yabancı kadınla tek paylaştığı da bir kalp atışı bile sayılamayacak ufak, sığ bir titreşimden ibaret kalır."

"Asla!"

Ama çok üzgün görünüyordu, gözleri yaşarıyormuş gibi geldi. "Sahip olduğum her şey senin. Çok fazla bir şey olmadığını biliyorum." Avucumla yanağından akan yaşları sildim.

"Sendeki her şey benim hiçbir zaman sahip olmadığım şeyler. Daha ne isteyebilirim ki? Asıl soru şu: Benden çok daha iyisini bulabilecekken neden beni istiyorsun? Çocuk istemiyor musun örneğin?"

"Yani, bunu düşünmeme bile gerek yok. Çocuk istiyorum. Ama sadece senden istiyorum, başka kimseden değil; bu hafta sonundan ya da sahildeki evden ya da bilmem neden sonra birbirimizi bir daha asla görmesek bile. Bence Villa Albani'den çıktığımızda kesin biliyordum – belki öncesinde de."

"Ne zaman?"

"Beni öpmene ramak kaldıktan sonra kendini geri çektiğinde."

"Kendimi geri mi çektim?"

"Hem de nasıl!"

Çocuk fikri zihnimi sardı. "Ben de senin çocuğunu istiyorum. Hem de hemen istiyorum." Sonra kendime hâkim oldum. "Ama varsayımlarda bulunmamalıyım."

"Varsayımlarda bulun Tanrı aşkına!"

"Senin sunduğun her şeyi kabul edecek denli bencilim."

"O zaman delilik yapabilir misin?" diye sordu. "Çünkü ben yapabilirim."

"*Delilikten* kastın nedir?"

"Bu hayatta diğer tekdüze, gündelik, steril hayatında yapamadığın her şeyi yapmaya hazır mısın? Bunu benimle yapmak istiyor musun – hemen şimdi?"

"Evet. Ama sen gerçekten de her şeyi bırakabilir misin, babanı, işini?" diye sordum, karar almayı ertelemek için bahane arayan birine benzediğimin hayal meyal farkında olarak.

"İki tane fotoğraf makinem var. Başka pek bir şeye ihtiyacım yok. Geri kalan şeyleri her yerde alabilirim."

Uykum olup olmadığını sordu. Yoktu. Kısa bir yürüyüş yapmak ister miydim? Çok isterim, dedim. Via Giulia boşken bir rüyaya benziyordu. "Tam sonunda bir şarap evi var."

"Duş?" diye sordum.

"Sakın ha!" dedi.

Hızla giyindik. O trendeki giysilerini giymişti. Ben de üstüme, yanıma getirdiğime sevindiğim pamuklu pantolonu geçirdim.

Otelden çıktığımızda sokak neredeyse bomboştu.

"Boş olduğunda ve böyle göründüğünde hayalet Roma'ya bayılıyorum."

"Sana bir şey hatırlatıyor mu?"

"Pek sayılmaz. Sana?"

"Hayır. Hatırlatmasını da istemiyorum."

El ele tutuşmuştuk.

"Yeni hayatının nasıl olmasını istiyorsun?"

Ne diyeceğimi bilemedim. "Seninle olmasını istiyorum. Tanıdıklarımız bizi olduğumuz şekilde kabul etmezlerse onlardan kurtulalım. Senin okuduğun her kitabı okumak, sevdiğin müzikleri dinlemek, bildiğin yerlere gidip dünyayı senin gözlerinden görmek, değer verdiğin her şeyi öğrenmek, seninle bir hayata başlamak istiyorum. Tayland'a gittiğinde seninle geleceğim, ben bir konuşma ya da okuma yaptığımda da sen tıpkı bugünkü gibi son sırada olacaksın – ama bir daha asla kaybolma."

"Sana ve bana özel bir dünya. Hayatımızın geri kalanını bir kozanın içinde mi geçireceğiz? Bu kadar budala olabilir miyiz?"

"Bu rüyadan uyandığımızda ne olacak, diye mi soruyorsun? Hiçbir fikrim yok. Ama kendimle ilgili o kadar çok şey değiştirmek istiyorum ki."

"Örneğin?" diye sordu.

Hep bir deri ceketim olsun istemiştim, tıpkı onunki gibi. Pazarları kiliseye gittikten sonra golf sahasına geçerken kravatını çıkaran bir adama benzememe yol açan giysilerden de hep kurtulmak istemiştim. Adımı da lakabımla değiştirmek istiyordum, peki kafamı kazıtıp küpe takmama ne derdi. Her şeyin ötesinde tarih kitapları yazmayı bırakmak istiyordum; belki roman olabilirdi.

"Herhangi bir şey!"

"Bu rüyadan hiç uyanmayalım."

Via Giulia'da yürüyorduk. Haklıydı. Sokak ıssızdı ve katıksız sessizliğine, geceleyin *sampietrini*'nin* sırlı gibi duran ışıltısına, bir-iki sokak lambasının loş turunculuklarını Roma'ya taşırmasına bayılmıştım. Oğlum bana daha önce bir kere Roma'da geceden bahsetmişti. Şehri daha önce hiç böyle görmemiştim.

"Peki sen ne zaman anladın – beni?" diye sordu.

"Anlattım ya."

"Tekrar anlat o zaman."

"Trende. Hemen dikkatimi çektin. Ama bakmak istemedim. O huysuzluklarım numaradandı. Ya sen?"

"Ben de trende. *İşte hayatı tanıyan bir adam,* diye düşündüm, sohbetimiz hiç bitmesin istedim."

"Ah bir bilseydin."

"Ah bir bilseydim ki bu sokaklarda seninle hâlâ ıslakken yürüyeceğim."

"Şu konuşman yok mu... Buram buram sen kokuyorum."

Uzanıp boynumu yaladı. "Kendimi gerçekten sevmemi sağlıyorsun." Sonra biraz daha düşünüp ekledi: "Umarım bir gün beni kendimden nefret ettirmezsin. Şimdi aramızdakileri ne zaman anladığını bir kez daha anlat."

"Balıkçıda da bir an vardı," diye devam ettim, "sen istediğin balığa işaret edip duruyordun, öne eğilmiştin, işte o zaman boy-

---

* (İt.) Arnavutkaldırımı. (ç.n.)

nuna, yanağına, kulağına baktım ve imantahtanın yukarısında kalan açık teninin her bir noktasını okşamak istedim. Çıplak halini, seviştiğimizi bile hayal ettim. Sonra görüntüyü zihnimden uzaklaştırdım, *Ne manası var*, diye düşündüm."

"Kullanmamı istediğin lakap ne peki?"

"Sami değil," dedim. Sonra söyledim. Dokuz-on yaşımdan beri kimse bana böyle hitap etmemişti, belki hâlâ hayatta olan birkaç yaşlı akraba ve uzak kuzen hariç. Onlara yazdığımda hâlâ bu adla imza atıyorum. Yoksa kim olduğumu anlamazlar.

Döndükten sonra o gece dalgalar halinde hissettim. Bu hâlâ gerçekdışıydı... ve bunu karşılaştırabileceğim hiçbir şey yoktu... gerçekdışıydı çünkü böyle bir hummanın kalıcı olmayacağından korkmam gerektiğini bilecek kadar tecrübeliydim... gerçekdışıydı çünkü etrafımdaki her şeyi eşit derecede kırılganlaştırıyordu, hayatımı, dostlarımı, akrabalarımı, işimi, beni.

Dip dibe uzanmıştık. "Tek vücut," dedi. "Yemek yediğimiz ya da tuvalete gittiğimiz zamanlar hariç," diye ekledim. "O zaman bile!" diye takıldı. Bacaklarımızı iç içe geçirip sarılmış haldeyken bir süreliğine gözlerimi kapatınca bunun tanıdığım diğer birçok kadınla birlikteliğimden nasıl bütünüyle farklı olduğunu görmeye başladım; vücutlarımızın onlardan istediğimiz, onlarda aradığımız her konuda nasıl esneklik gösterebildiğini, istediğimizi ve aradığımızı bize nasıl sunduğunu gördüm. Geçmiş yılları düşündüğümde beni en çok şaşırtan, bir yabancıyla ilk gecemizde olsa olsa aralık bıraktığımız kapıları daha sonra da kilitlemek için ne denli uğraştığımızdı. Miranda bu konuda haklıydı: Birini ne kadar çok tanırsak aramızdaki kapıları açmak yerine bir o kadar sıkı kapatıyorduk. "Beni korkutan şey," diye başladım gözlerimi açmadan. "Seni korkutan şey?" diye sordu, söyleyeceğim şeyle dalga geçmeye hazırmış gibi bir tonla. "İkimizden..." diye başladım ama beni ânında susturdu. "Söyleme, söyleme," diye feryat etti, birden kollarımdan kurtularak avcunu şiddetle ağzıma yapıştırdı. Başta emin olamadım ama bir an sonra, hareketinin hızının verdiği keyifle doluyken ağzıma kan tadı geldi. "Çok, çok özür dilerim, seni incitmek ya da darıltmak istemedim," diye haykırdı. "Ondan değil." "Neyden o zaman?" Böylece ona ağzımın kanadığını, bunun bana anaokulunda bir öğrenciyle atıştıktan sonra ağzıma tuhaf bir tat geldiği ve bunun kan olduğunu ilk defa anladığım zamanı hatırlattığını söyledim. "Senin sayende tadı hoşuma gidiyor." Bu beni ta başlara götürdü. Sonra birden gördüm: Öyle uzun zamandır yalnızdım ki, yalnız olmadığımı düşündüğüm zamanlarda bile, kan gibi gerçek bir şeyin tadı yokluğun tadından çok, çok daha iyiydi; yitip gitmiş kurak yılların, uzun yılların hiçliğinden. "O zaman bana vur," dedi birden. "Delirdin mi?" "Bana vurmanı istiyorum." "Ne yani, ödeşmiş olalım diye mi?" "Hayır, sadece yüzüme tokat atmanı istediğimden." "Niye?" "Tanrı aşkına bu kadar çok soru sormayı bırak da tokatla beni. Hayatında kimseyi tokatlamadın mı?" "Hayır," dedim, bırak insanı, bir karıncayı bile incitmediğim için özür dilercesine. "O zaman böyle yap!" Bu dört kelimeyle birlikte avucuyla yanağına vahşice vurdu. "İşte böyle yapılıyor. Şimdi yap!" El hareketini taklit edip yüzüne hafifçe dokundum. "Daha sert, çok, çok daha sert, hem avucunla hem elinin tersiyle." Böylece onu bir kere tokatladım, irkildi ama ânında diğer yanağını dönerek orayı da tokatlamamı işaret etti, ben de tokatladım, "Tekrar," dedi. "İnsanları incitmekten hoşlanmıyorum," dedim. "Evet ama şimdi birlikte üç yüz yıl yaşamış insanlar kadar yakınız birbirimize, bu senin de dilin, istesen de istemesen de. Tadını seviyorsun, ben de seviyorum, şimdi öp beni." Beni öptü, ben de onu öptüm. "Canını acıttım mı?" "Boş ver. Sertleştin mi?" "Evet." "Güzel. Deniz fenerim benim," dedi elini bedenimde aşağı kaydırıp beni sertçe tutarak. "Tamamen giyinik ve takıp takıştırmış halde insan içine çıktığımızda da böyle olacağız, sen benim içimde, her yer meni ve sıvılar."

"Sakın kendini kandırma ha, bu balayı seksi falan değil," dedi, bana göstermek istediği *enoteca*'ya oturduğumuzda. Köşede bir masa bulmuş, iki kadeh kırmızı şarap söylemiştik. Sonra keçi peyniri çeşitlerinden oluşan bir tabak, peynirler bitince de bir şarküteri tabağı, sonra iki kadeh şarap daha. "Hep böyle olmamızı istiyorum."

"On iki saat önce tamamen yabancıydık. Ben uyuklayan bir adam sen de süs köpekli kadındın."

Etrafa bakındım. Buraya daha önce hiç gelmemiştim.

"Bana bir şey söyle, herhangi bir şey," dedi.

"Roma'yı senin gözlerinden görmeye bayılıyorum. Buraya yarın akşam seninle tekrar gelmek istiyorum."

"Ben de," dedi.

İkimiz de başka kelime etmedik. Kapanış saatinden önce mekândan son ayrılanlardandık.

Yılın bu zamanı otel boştu, beyaz ceketli görevliler ertesi sabah geyik yapıp birbirleriyle şakalaşmakla meşguldü, arka planda ise yüksek sesle uyduruk bir müzik çalıyordu.

"Fon müziğinden nefret ediyorum, şunların boş boş konuşmasından da nefret ediyorum," dedi çalışanları göstererek. Hiç duraksamadan arkasını döndü, yakınlardaki bir garsondan sessiz olmalarını rica etti. Adam şikâyete epey şaşırdı ama ne yanıt verdi ne de özür diledi, sadece sinmiş bir halde diğer erkek ve iki kadın garsonun gürültüyle kıkırdadığı yere döndü. Hemen sessizleştiler.

"Aslında bu otelden artık nefret ediyorum," dedim, "ama odamın balkonundan dolayı Roma'ya her gelişimde burada kalıyorum. Havanın iyi olduğu günlerde bir şemsiye altında oturup kitap okumaya bayılıyorum. Sonra akşamleyin arkadaşlarımla ya benim balkonda ya da üçüncü kattaki daha geniş terasta bir şeyler içiyorum. Yukarısı gerçekten harikulade."

Kahvaltıdan sonra köprüyü geçtik, Aventine'e doğru gitmek üzereydik ki fikrimizi değiştirip Lungotevere'ye döndük. Cumartesi sabahı hâlâ erken saatlerdi, Roma çok sessizdi. "Eskiden burada bir sinema vardı." "Yıllar önce kapandı." "Şuralarda bir yerlerde de ıvır zıvır satan bir dükkân vardı. Bir keresinde Suriye yapımı küçük bir tavla almıştım, içi sedef mozaiklerle süslüydü. Bir arkadaşım ödünç aldı, sonra ya kırdı ya da kaybetti, bir daha hiç görmedim." Yavaş yavaş Campo de' Fiori'ye yaklaştıkça elimi tuttu. Yakınlarda balıkçı, tezgâhını kurmakla meşguldü. Şarapçı daha açılmamıştı. Buraya balık almaya geleli asırlar geçmiş gibiydi.

"Haftayı burada, Roma'da geçiriyoruz," dedi bize kapıyı açan babasına. Ona üç hafta yetecek kadar yiyecek almıştı.

"Harika!" diye kekeledi babası, sevincini pek gizleyemeyerek. "Peki siz ikiniz tüm bir hafta boyunca ne yapacaksınız?"

"Bilmiyorum. Yemek yeriz, fotoğraf çekeriz, bir yerleri ziyaret ederiz, birlikte oluruz."

"Dolaşırız," diye ekledim. Babasının sevgili olduğumuzu anladığı ve şaşırmadığı belliydi, en azından şaşırmamış gibi davranıyordu. Yüzünden okunuyordu: *Dün trendeki iki yabancıydınız, birbirinize dokunmuyordunuz bile... şimdi ise kızımı beceriyorsun. Ne hoş! Bu kız iflah olmaz.*

"Nerede kalacaksın?" diye sordu Miranda'ya.

"Onunla. Buraya yürüyerek beş dakika, yani beni istemediğin kadar çok göreceksin."

"Bu kötü haber mi yani?"

"Bu harika bir haber. Ama köpeği sana bırakabilir miyim?"

"Peki ya işin?"

"Tek ihtiyacım olan şey makineler. Hem Uzakdoğu'dan sıkıldım. Belki *onun* gözlerinden Roma'nın ya da kuzey İtalya'nın bölgelerini keşfedebilirim. Dün Villa Albani'yi gördük, daha önce hiç görmemiştim."

"Onu bir de Napoli'deki Arkeoloji Müzesi'ne götürmek istiyorum. İki kardeş tarafından boğaya bağlanan Dirce heykelinin bir ustanın perspektifine ihtiyacı var."

"Napoli'ye ne zaman gidiyoruz?"

"İstersen yarın," dedim.

"Yine tren. Harika." Gerçekten çok mutlu olmuşa benziyordu.

Miranda odadan çıktıktan sonra babası beni bir kenara çekti. "Tam da göründüğü gibi değil aslında. Çok fevri davranır, zihninde hep bir fırtına kopmak üzeredir ama en kırılgan porselenden daha narindir. Lütfen ona iyi davran ve sabırlı ol."

Buna söyleyebileceğim bir şey yoktu. Babasına bakıp gülümsedim, nihayetinde elimi eline koydum. Bu hareketimle içini rahatlatmayı amaçlamış, sıcaklık, sükunet ve dostluk göstermek istemiştim. Küstahlık gibi algılamadığını ümit ettim.

Öğle yemeği sessiz geçti, kahvaltının bir uzantısı gibiydi. Miranda büyük bir omlet yaptı. Omletini nasıl istiyor, diye sordu. "Sade," dedi babası. "Belki biraz baharatlı?" diye sordu. Baharat seviyordu. "Ama lütfen bu sefer kuru olmasın. Gennarina'nın omletleri felaket."

Hava ısınmıştı, öğle yemeğini gene terasta yedik. "Ya ceviz?" dedi babası sonra.

"Tabii, ceviz."

Miranda tekrar içeri gitti, büyük bir kâse ceviz aldı, sonra kütüphaneye girdi, aradığı kitabı buldu ve yirmi dakika okuyacağını söyledi.

Chateaubriand hiç okumamıştım ama onun okumasını duyunca hayatımın geri kalanını tam olarak böyle geçirmek istediğime karar verdim. Her gün öğle yemeğinden hemen sonra, şimdi yaptığımız gibi kahvelerimizi yudumlarken, o da isterse ve meşgul değilse, yirmi dakika bu büyük Fransız'ın yazdıklarını dinlemek tüm günüme neşe katardı.

Kahveden sonra babası bizi kapıya kadar geçirmedi, onun yerine terasta, masasında kaldı ve çıkmamızı izledi.

"Onun için zor olmalı," dedim Miranda kapıyı arkasından kapatırken.

"Gerçekten korkunç. Bu kapıyı arkamdan kapatmak da her zaman büyük bir ıstırap."

Piazza di San Cosimato'ya giderken kararan gökyüzüne baktı ve, "Birazdan yağmur başlayacak gibi. Hadi dönelim," dedi.

Otele dönmek için henüz erkendi, biz de büyük bir ev eşyası mağazasına girdik. "Hadi aynı kupadan iki tane alalım, birinde senin başharfin diğerinde benimki olsun," dedi.

Kupaları almak için ısrar etti, benimki büyük M'li, onunki büyük S'li. Ama tatmin olmamıştı. "Dövme yaptırmaya ne dersin? Seni kalıcı olarak vücuduma kazımak istiyorum. Bir filigran gibi. Ben minik bir deniz feneri istiyorum. Ya sen?"

Bir an düşündüm.

"Bir incir."

"O zaman dövme yaptırıyoruz yani? Bir dövmeci biliyorum," dedi.

Ona baktım. *Neden duraksamıyorum bile?*

"Nereye yaptıracağız?" diye sordum.

"Yanına... şeyin."

"Sağa mı sola mı?"

"Sağa."

"Sağ o zaman."

Bir an sessizleşti.

"Senin için çok mu hızlı ilerliyoruz?"

"Hızlı ilerliyor oluşumuza bayılıyorum. Acıyacak mı?"

"Bilemem. Daha önce hiç dövme yaptırmadım. Kulaklarımı bile deldirmedim. Tek bildiğim vücutlarımızın bir daha aynı olmasını istemediğim."

"Oturup birbirimizin dövme yaptırmasını seyredeceğiz," dedim. "Sonra ben Yaradan'la tanışmaya gittiğimde ve soyunup kendimi ortaya koymam istendiğinde aletimin sağındaki bu incir dövmesini görüp ne diyecek dersin? 'Profesör, zımbırtının yanındaki şey de ne böyle?' 'Dövme,' diyeceğim. 'Bir incir dövmesi öyle mi?' 'Evet efendim.' 'Peki yapımı dokuz uzun ay süren bedenini bozmanın sebebi nedir?' 'Sebebi tutku.' 'Nasıl yani?' diyecek. 'Vücuduma her şeyin değiştiğini, başta da vücudumun değiştiğini gösterecek bir işaret kazımak istedim. Çünkü hayatımda ilk defa hiçbir şeyden pişman olmayacağımı biliyordum. Bu belki aynı zamanda, hayatıma girdiği kadar hızlı çıkabileceğinden hep korktuğum bir şeyden vücudumda bir iz bırakma yoluydu. Bu yüzden onu hatırlamak için sembolünü vücuduma kazıdım. Adını ruhuma kazıyabiliyorsanız şimdi kazımalısınız. Anlıyorsunuz ya Tanrım –size Tanrı diyebilir miyim?– pes etmek üzereydim, hükmünü kabul etmiş birinin hayatını yaşamak üzereydim, bayağı insancıkların önünde sinmiş halde hayatı buz gibi bir bekleme odasıymış gibi yaşamak üzereydim ki birdenbire bu güzel mahsup çıktı karşıma –ağdalı kelimeler kullandığımı biliyorum ama siz anlıyorsunuzdur efendim– ve hayat denen o karanlık, ıssız, çamurlu, dar, döküntü patika genişleyerek kocaman bir malikâneye dönüştü; engin bir tarlaya bakan, dört bir yanı sahil manzarasıyla kaplı, büyük odalı, ardına kadar açık geniş pencereleri evin içinden bir deniz esintisi geçtiğinde asla tangırdamayan, asla sallanmayan, asla çat diye kapanmayan bir eve, sizin ilk kibriti yakıp ışığın iyi olduğunu gördüğünüz günden bu yana asla karanlığa gömülmemiş bir eve dönüştü.'"

"Çok komiğiz bakıyorum! Bunun üzerine Tanrı ne yapacak peki?"

"Tanrı beni içeri alacak elbette. 'Girdin, iyi adam,' diyecek. Ama sonra ben soracağım: 'Affedersiniz yüce efendim ama cennetin artık bana ne yararı olacak?'

"'Cennet cennettir. Bundan iyisi yok. İnsanların burada yaşamak için neleri feda ettiklerinden haberin var mı senin? Diğer seçeneği görmek ister misin? Gösterebilirim. Hatta seni oraya götürüp malum yerine yaptırdığın zırvalık yüzünden rahatlıkla şişe geçirilip kızartılabileceğin yeri gösterebilirim. Ama surat asıyorsun? Neden?' 'Neden mi Tanrım? Çünkü ben buradayım ama o, orada.' 'Nasıl yani? O da mı ölsün istiyorsun, krallığımda birbirinizi kucaklayıp okşayabilin, eğlenip birbirinize sevgi sözcükleriyle hitap edin diye mi?' 'Ölmesini istemiyorum.' 'Başka birini bulma ihtimalinin yüksek olmasını mı kıskanıyorsun; çünkü illa başka birini bulacak.' 'Onu da önemsemiyorum.' 'O zaman derdin nedir azizim?' 'Sadece onunla bir saat daha, sonsuzluğun milyon trilyon bazilyon saatleri içinden küçücük bir saat, sonsuz zaman diyarından bir zerre hiçlik istiyorum. Size hiçbir şeye mâl olmayacak, sadece *enoteca*'mızdaki o cuma akşamına dönmek istiyorum, garsonlar bize şarapla peynir getirmeye devam ederken masada el ele tutuştuğumuz, içerisi boşalırken geriye sadece âşıklar ile çok yakın dostların kaldığı geceye dönmek; tek arzum ona aramızda yaşananın, sadece yirmi dört saat sürmüş olsaydı bile evrimden eskiye dayanan sayısız ışık yılı boyunca beklemeye değdiğini, katrilyon yıl sonra bizim tozumuz tozluktan bile çıktığında uzaklardaki bir başka takımyıldızdaki bir başka gezegende bir başka Sami ile Miranda tekrar buluşana dek beklemeye değdiğini söyleme fırsatını vermeniz bana. O yeni ikiliye tüm iyi dileklerimi sunuyorum. Ama şimdilik yüce Tanrım, tek istediğim bir saat daha.' 'Ama anlamıyor musun?' diyecek. 'Neyi anlamıyor muyum?' 'O bir saatini zaten aldığını anlamıyor musun? Üstelik sana sadece bir saat vermedim, sana yirmi dört saat verdim. Organlarının senin yaşında normalde bırak iki seferi, bir sefer bile yapmayı beceremediği şeyi yaptırmam ne kadar güç oldu, bir fikrin var mı?' 'Düzelti: üç sefer yüce Tanrım, üç sefer.' Birkaç saniye duracak. 'Hem sana şimdi bir saat versem bir gün isteyeceksin, bir gün versem bir yıl isteyeceksin. Senin gibileri bilirim.'

"Şu an Tanrı bana biraz daha zaman vermiş gibi görünüyor. Resmî değil, senden başka birine söylesem inkâr eder. Sahildeki evime bayılacaksın. Her gün kırlarda yürüyeceğiz, yüzeceğiz, meyve yiyeceğiz, bir sürü meyve yiyeceğiz. Eski filmler seyredip müzik dinleyeceğiz. Senin için küçük salonda piyano bile çalacağım, Beethoven'ın sonatındaki o harikulade ânı tekrar tekrar duyacaksın, birinci muvmanda fırtınanın dindiği ve tek duyulanın yavaş, çok yavaş notaların damla damla şıpırtısı ile tekrar fırtınavari bir şey kopmadan önceki sessizlik olduğu ânı. Myrrha ile Kinyras gibi olacağız ama Kinyras kızını onunla seviştiği için öldürmeyecek, Myrrha da babasının yatağından kaçıp bir ağaca dönüşmeyecek, şansımız gerçekten yaver giderse Myrrha gibi sen de dokuz ay içinde Adonis'i doğuracaksın."

"*Ben sevgilime aitim, sevgilim de bana.** Peki bu esriklik ne kadar sürecek?"

"Bilmek zorunda mıyız? Sınır yok."

Dövmeci gün boyunca doluydu. Biz de dövme fikrinden vazgeçtik. Onun yerine otele dönene dek aylak aylak dolaştık. Odamızda, "Ne kadar güzel olduğuna inanamıyorum. Benim neyimden hoşlandığını söyle... Hoşlandığın herhangi bir yanım var mı?" diye sordum. "Bilmiyorum. Vücudunu açıp, içine girip seni içeriden geri dikebilseydim yapardım, böylece senin sessiz rüyalarını kucağımda sallayıp sana benimkileri verebilirdim. Henüz bana dönüşmemiş kaburga olurdum, mutlu mutlu beklerdim, dediğin gibi dünyayı kendi gözlerimden değil senin gözlerinden görürdüm, düşüncelerimi seslendirdiğini duyardım ve bunların senin düşüncelerin olduğunu sanırdım." Yatağa oturup kemerimi çözmeye başladı. "Bunu bir süredir yapmadım." Sonra fermuarımı indirdi, giysilerini çıkardı ve gözlerimin içine baktı; eğer bu gezegende sevgi hiç varolmadıysa, şimdi dar bir sokağa bakan ve isteyen herkesin içeriyi görmesini sağlayacak bir sürü penceresi bulunan bu minnacık, dandik, sözde butik otel odasında doğdu, diyordu derin bakışıyla. "Şimdi öp beni," dedi ve hayatımda aniden beliren bu ham, yabani, dağınık, cüretkâr âna tanıklık edebildiğim için ne kadar şanslı olduğumu hatırladım. Uzun uzun öpüştükten sonra bana mey-

---

* Eski Ahit, "Ezgiler Ezgisi", 6:3. (ç.n.)

dan okurcasına baktı. "Artık biliyorsun," dedi. "Bana inanıyor musun?" diye sordu sonunda. "Sana elimdeki her şeyi verdim, vermediklerimin ise hiçbir anlamı yok, hiçbir anlamı yok. Asıl soru önümüzdeki hafta daha fazla ne verebileceğim ve senin bunu isteyip istemeyeceğin?"

"O zaman bana daha azını ver. Yarısı da, çeyreği de, sekizde biri de kabulüm. Daha devam edeyim mi?" Bir süre sonra: "Eski hayatıma geri dönemem. Senin de seninkine dönmeni istemiyorum Sami. Babamın eviyle ilgili tek iyi hatıram içinde senin olduğun an. Ben yakanı düzeltirken ellerimi tuttuğun âna dönmek istiyorum, sürekli şunu düşündüğüm âna: *Bu adam benden hoşlanıyor, benden gerçekten hoşlanıyor, o zaman beni neden öpmüyor?* Onun yerine bocalamanı izledim, sonunda çocukmuşum gibi alnıma dokundun, o zaman, *Fazla genç olduğumu düşünüyor,* dedim."

"Hayır, ben fazla yaşlıyım, diye düşünmüştüm."

"Çok aptalsın." Ayağa kalkıp kupaları saran kâğıdı açtı. "Çok güzeller."

"Ev bende, kupalar sende, geri kalan her şey teferruat. Öğle yemeğinde her gün aynı basit yemeği yiyeceğiz: dörde bölünmüş domatesler, pişirmeye bayıldığım köy ekmeği, fesleğen, taze zeytinyağı, konserve sardalye, tabii sen bize balık pişirmezsen, bahçeden patlıcanlar ve tatlı olarak yaz sonu taze incirler, sonbaharda hurma, kışın minik meyveler ve ağaçlarda başka ne yetişirse – şeftali, erik, kayısı. Sana Beethoven'ın sonatındaki o kısa pianissimoyu çalmak için sabırsızlanıyorum. Günlerimizi böyle geçirelim, sen sıkılıp benden usanana dek. Benden usanmadan önce hamile kalırsan da ben nalları dikene dek birlikte kalırız, o zaman ikimiz de bunun gerçek olduğunu anlamış oluruz. Ben asla üzülmem, sen de üzülmezsin çünkü sen de benim gibi bilirsin ki bana verdiğin anlar, çocukluğumdan itibaren tüm hayatım, okul günlerim, üniversite, profesör olduğum seneler, yazar olduğum seneler, geri kalan her şey sana açılan bir kapıydı. Bu da benim için yeterli."

"Neden?"

"Çünkü bana bunu sevdirdin, sadece bunu. Ben dünya denen gezegenin hiçbir zaman büyük bir hayranı olmadım, hayat denen bu diğer şeyde hiçbir zaman özel bir yan göremedim ama kuşluk vakti güneşinin altında balkonumuza çırılçıplak oturup denizi seyrederek öğle yemeği niyetine tuzlu domates ve zeytinyağı yeme, yanında buz gibi beyaz şarap içme düşüncesi şu saniye baştan aşağı ürpermeme neden oluyor."

Sonra aklıma bir şey takıldı. "Otuz yaşında olsaydım bunların herhangi bir kısmı sana daha çekici gelir miydi?"

"Otuz yaşında olsaydın bunların hiçbiri olmazdı."

"Soruma yanıt vermiyorsun."

"Benim yaşımda olsaydın mutluymuşum gibi, işimi, işini, hayatımızı seviyormuşum gibi davranırdım ama numara yapmış olurdum, tanıdığım herkese yaptığım gibi. Benim sorunum numara yapmamayı öğrenmek; bu benim için zor ve korkutucu çünkü yönümü olduğum kişi değil de olmam gereken kişi üzerinden buluyorum hep, arzuladığım şey değil de sahip olmam gereken şey üzerinden, kendimi sadece bir hayal olduğuna inandırdığım hayat değil de elimdeki hayat üzerinden. Sen benim için oksijen gibisin, bense bugüne dek metanla yaşamışım."

Yatak örtüsünün üstünde uzanıyorduk, örtünün muhtemelen bugüne dek hiç yıkanmadığını söyledi. "Bunun üstünde bugüne kadar kaç kişi bizim gibi çıplak ve terli halde yatmıştır bir fikrin var mı?"

Gülüp geçtik. Hiç konuşmadan trende tanıştığımızdan bu yana ilk defa duş aldık ve Elio'yla buluşmak için giyindik.

Elio otelin girişinde duruyordu. Sarıldık, sonra ben geri çekilirken yanımda duran kişinin benimle tesadüfen aynı anda otelden çıkan bir yabancı olmadığını fark etti. Miranda hemen elini uzattı, tokalaştılar. "Ben Miranda," dedi. "Elio," diye yanıt verdi.

Karşılıklı gülümsediler. "Hakkında çok şey duydum," dedi Miranda. "Hep senden bahsediyor." Elio güldü. "Abartıyor, anlatacak çok şey yok." Çakıl taşlı avludan çıkarken Elio bana gizlice bir bakışla, *Bu da kim?* diye sordu. Merakla baktığını fark eden Miranda hemen, "Ben dün trende tavlayıp yatağa attığı kızım," dedi. Elio güldü ama biraz rahatsız olmuştu. Miranda ekledi: "Sen dün onu Termini'de bekliyor olsaydın burada sana bunu söyleyemezdim." Hemen kamerasını çıkarıp kapıda durmamızı istedi. "Fotoğrafınızı çekmek istiyorum," dedi.

"Fotoğrafçı," diye açıkladım özür dilercesine.

"Peki ne yapalım?" diye sordu oğlum, ne yapacağını şaşırmış gibiydi.

Miranda hemen durumu tarttı. "Mabetlerinizi ziyaret edeceğinizi biliyorum, araya girmek istemem," dedi, baba oğul jargonumuza şimdiden aşina olduğunu belli etmek için mabet kelimesini vurgulayarak. "Ama size takılabilirim, söz çıtım çıkmaz."

"Ama bize gülmeyeceğine de söz ver," dedi Elio. "Çünkü *gerçekten* çok gülünç oluyoruz."

Birlikte yürüyüş şeklimiz yüzünden –birlikteydik ama yine de birlikte değil gibiydik– aramızda tuhaf bir hava oluşmuştu. Adımlarımı Miranda'ya uyduruyor, bir yandan da Elio'ya, Miranda'nın varlığı hayatımdaki yerini değiştirmiş ya da aza indirgemiş gibi hissettirmemeye çalışıyordum; ama birkaç adım sonra kendimi Elio'ya daha yakın buldum, neredeyse Miranda'yı ihmal ediyor gibiydim. Ayrıca Elio'nun, Miranda'nın bizimle gelmesine içerleyeceğinden de korkmuyor değildim, belki de benimle önemli, kişisel konular konuşmak istiyordu. Ayrıca belki onunla tanışmaya, hele de böyle aniden tanışmaya henüz hazır değildi. Huzursuzluğumu sezmiş olmalıydı, düşünceli bir şekilde önümüze geçti. Bunu özellikle, adeta Miranda'ya bir saygı gösterisi olarak yaptığını biliyordum çünkü normalde yan yana yürürdük. Üçümüz arasında bir gerilim oluştuysa da bu hareketi o gerilimi azalttı ve köprüyü birlikte geçerken yoldaşlık hissiyle dolmamızı sağladı.

Protestan Mezarlığı'na yürüyerek gitmeyi düşünmüştük ama hava bulutluydu, saat de geç olmaya başlamıştı. Mezarlık güneşli, sessiz bir hafta içi sabahı mükemmel oluyor, dedim, kalabalık bir cumartesi öğleden sonrası değil. Bu yüzden tekrar Via Giulia'da yürüyüp hepimizin bildiği bir kafeye gitmeye karar verdik.

Yolda Elio'ya bir gece önce ne çaldığını sordum, Lübliyana'dan bir orkestrayla Mozart'ın Mi Bemol Majör'ü ile Re Minör konçertolarını çaldığını söyledi. Konserden önceki gece ve konser günü tüm gün çalışmak zorunda kalmıştı. Ama çok iyi geçmişti. Pazar günü bir başka konser için Napoli'ye gidecekti.

"Pekâlâ, bugün hangi mabetle başlıyoruz?" diye sordu Miranda. "Yoksa sürpriz mi?"

Bir kez daha mabetler sadece ikimizin arasında mı kalmalıydı, üçüncü bir kişiyle paylaşılmamalı mıydı, diye endişelendim. Bu yüzden, havayı yumuşatmak için oğluma hile yapıp bir mabedi Miranda'yla çoktan ziyaret ettiğimi söyledim: Roma Libera'da, üçüncü kattaki genç bir öğretmenken yaşadığım evi.

"Portakallı hatun mu?" diye sordu.

Bu üçümüzü de güldürdü.

"Via Margutta'da başka bir mabet daha mı vardı?" diye sordu Miranda.

"Evet ama onu bugün yapmayalım."

"Aslında şu an gittiğimiz kafe bir tür mabet sayılır," dedi Elio.

"Kiminki, senin mi Sami'nin mi?" diye sordu Miranda.

"Tam emin değiliz," dedim. "Başta Elio'nundu, sonra ben onunla buraya gelmeye başlayınca benim de oldu, en sonunda ikimizin de sayıldı. Yani birbirimizin hatıralarını baştan yazıp yaşadığımız söylenebilir. Bu yüzden buraya gelmenin, içimdeki profesörün bile kelimelere dökemeyeceği daha başka, daha derin bir anlamı var. Şimdi sen de bu mabetlerin bir parçasısın Miranda."

"Bak işte bu huyunu çok seviyorum," dedi Elio'ya dönerek. "Zihni her şeyi çarpıtıyor, sanki hayat anlamsız kâğıt parçalarından ibaret de o katlamaya başladığı anda minik origamilere dönüşüyorlar. Sen de böyle misin?"

"Nihayetinde onun oğluyum." Elio tedirginlikle başını yukarı aşağı salladı.

Caffè Sant'Eustachio o kadar kalabalıktı ki masa bulamadık ve kahvelerimizi tezgâhta içmeye karar verdik. Elio buraya yıllardır gelmesine rağmen bir kere bile oturacak yer bulamadığını söyledi. Turistler masaları saatlerce meşgul ediyor, haritalara bakıyor, şehir rehberlerini okuyorlardı. Elio kahveleri ısmarlamakta ısrar etti. O sipariş verip hesap ödemek için bekleyen müşteri kalabalığına karışırken Miranda yanıma yaklaşıp sordu: "Sence onu şok mu ettim?"

"Hiç de bile."

"Sence size takılmamdan rahatsız olmuş mudur?"

"Hiç sanmam. Boşandıktan sonra birini bulmam için başımın etini yiyip duruyordu."

"Peki birini buldun mu?"

"Sanırım buldum. Benimle kalacağını söyledi."

"Kim seninle kalıyor?" diye sordu Elio, elindeki fişle espresso makinelerinin arkasında duran adamlardan birinin dikkatini çekmeye çalışarak.

"Miranda."

"Ona neyle karşılaşacağını söyledin mi?"

"Hayır. Zaten kısa zamanda dehşete düşecek."

Birkaç saniye sonra önümüzdeki tezgâha üç fincan yerleştirildi.

"Bu mabede özel bir anlam katmak için üç yıl önce bir kızla geldim, tam bir kâbustu," dedi Elio.

"Ne oldu?" diye sordu Miranda.

Elio kızın kafedeki varlığına derin bir anlam yüklemeye çalıştığını anlattı, özellikle de mekân halihazırda geçmişindeki olayların izini taşıdığından; ama kavga etmişlerdi. Kız sürekli burada yaptıkları kahvenin özel bir yanı olmadığını söylüyordu, Elio meselenin kahveden ziyade burada bir kahve içmekle ilgili olduğunu açıklıyordu. Tartışmaları mabedin tadını kaçırmakla kalmamış, kızdan nefret etmesine de yol açmıştı. Kahvelerini olabildiğince hızlı içip ters yönlerde uzaklaşmış ve birbirlerini bir daha hiç görmemişlerdi.

"Oysa epey bir zaman önce, sanatçıların arasında yaşayan bir sanatçı olarak sürebileceğim hayatın ilk örneğini burada görmüştüm. Babam Roma'ya her geldiğinde buraya mutlaka uğrarız."

"Peki bir sanatçı olarak yılların beklediğin gibi geçti mi?" diye sordu Miranda.

"Batıl inançlıyımdır, bu yüzden sözlerime dikkat etmem gerek," dedi Elio, "ama içimi rahatlattılar - piyanistlik yıllarım yani. Gerisi, eh, gerisini konuşmuyoruz."

"Oysa ben gerisini öğrenmek istiyorum," dedim; neredeyse Miranda'nın babası gibi konuştuğumu fark etmiştim. Miranda bu noktada konuşmanın kişisel meselelere kaydığını fark ederek tuvaleti bulmak için müsaade istedi.

"Gerisi, baba," diye devam etti Elio, "bugünlerde kapalı bir kutu. Ama buraya ilk gelişimde on yedimdeydim ve çok kitap okuyan, şiir seven, sinemayla haşır neşir, klasik müzikle ilgili her şeyi bilen insanlarla birlikteydim. Beni kabilelerine kabul ettiler ve her okul tatilimde, sonra da üniversite tatillerimde Roma'ya gelip onlarla kalarak bir şeyler öğrendim."

Yanıt vermedim ama gözlerimdeki ifadeyi yakaladı.

"Ama onlarla olan dostluğumun ötesinde, bugün olduğum kişi olmamı başka herkesten çok sen sağladın. Seninle aramızda hiç sır olmadı, sen beni biliyorsun, ben seni biliyorum. Bu konuda kendimi yeryüzündeki en şanslı evlat olarak görüyorum.

Sen bana sevmeyi öğrettin – kitapları sevmeyi, müziği, güzel fikirleri, insanları, zevki, hatta kendimi. Daha da güzeli sen bana sadece tek bir hayatımız olduğunu ve zamanın hep bize karşı olduğunu öğrettin. Gençliğime rağmen en azından bunu biliyorum. Sadece bazen dersi unutuyorum."

"Bana bunları neden anlatıyorsun?" diye sordum.

"Çünkü seni şimdi görebiliyorum – babam olarak değil ama âşık bir adam olarak. Seni daha önce hiç böyle görmemiştim. Seni görebilmek beni çok mutlu ediyor, neredeyse kıskançlığa kapılmama sebep oluyor. Birden gençleştin. Bu aşk olmalı."

O âna kadar farkına varmadıysam da şimdi gerçekten de hayattaki en şanslı baba olduğumu biliyordum. İnsanlar bizi sıkıştırıyor, bir şekilde tezgâha yanaşmaya çalışıyorlardı. Yine de hiçbiri bu mahrem ânımızı bozamıyordu. Roma'nın en kalabalık kafelerinden birindeydik ama bir şöminenin yanında sessizce sohbet ediyor gibiydik.

"Sevmek kolay," dedim. "Esas olan hem sevme hem de güvenme cesaretini gösterebilmek; bu ikisi çoğumuzda aynı anda yok. Ama belki de bilmediğin şey senin bana, benim sana öğrettiğimden çok daha fazla şey öğrettiğin! Örneğin bu mabetler belki de senin ayak izlerini takip etme arzumdan başka bir şey değil; seninle her şeyi, herhangi bir şeyi paylaşma arzumdan, hep senin hayatında olmaya, senin de hep benim hayatımda olmana dair arzumdan. Sana zamanın durduğu bu anlara bir işaret koymayı öğrettim ama bu anlar sevdiğin birinde yankılanmıyorsa pek bir anlamları yok. Öteki türlü içinde kalıp ya hayatın boyunca iltihap topluyor ya da şanslıysan –ve çok az kişi şanslı– onları sanat denen şeye aktarabiliyorsun, senin örneğinde müziğe. Ama her şeyin ötesinde senin hep cesaretine imrendim, müziğe duyduğun sevgiye güvenişine, daha sonra da Oliver'a duyduğun sevgiye."

O an Miranda yanımıza dönüp kolunu belime attı.

"Ben bu güvene hiç sahip olmadım, ne aşklarımda ne de inanır mısın işimde," diye devam ettim, "ama bu genç hanım dün beni öğle yemeğine davet ettiği anda adeta tesadüfen buldum, oysa ona sürekli, *Yo, teşekkürler, hayır, gelemem, hayır hayır*, diyordum; ama o bana inanmadı ve küçük kabuğuma çekilmeme engel oldu."

Konuştuğumuza sevinmiştim. "Dediğin gibi aramızda, seninle benim aramda hiç sır olmadı. Umarım hiç de olmaz."

Üç yudumluk kahvelerimizi hızlıca yuvarladıktan sonra Sant'Eustachio'dan çıktık, Corso'ya doğru ilerlemeye başladık.

"Sırada neresi var?" diye sordu Miranda.

"Herhalde Via Belsiana," diye tahmin ettim; Elio'yla hep Via Belsiana'ya çıktığımızı hatırladım, bir kitapçıya, *Eğer Aşk* yürüyüşü dediği şeyi yapıyorduk, on yıl önce basılan bir şiir kitabının anısına.

"Hayır, Via Belsiana'yı bugün atlayalım. Seni daha önce götürmediğim bir yere götürmek istiyorum."

"Yeni bir yer mi yani?" diye sordum, bana son aşkını anlatacağı ümidiyle.

"Hiç yeni değil. Ama hayatı kısa bir süreliğine avuçlarımda tuttuğum, hayatın sonrasında hiç aynı olmadığı bir ânın işareti. Bazen hayatımın burada durduğunu ve ancak burada tekrar başlayacağını düşünüyorum."

Düşüncelere dalmış gibiydi. "Miranda bunu isteyecek mi bilmiyorum, belki sen de istemezsin. Ama artık durmamıza gerek kalmayacak kadar şey anlattık birbirimize. Bu yüzden sizi oraya götüreceğim. Sadece iki dakikalık yol."

Via della Pace'ye vardığımızda bizi o bölgedeki en sevdiğim kiliselerden birine götürecek sandım. Onun yerine kilise karşımıza çıkar çıkmaz sağa dönüp bizi Via Santa Maria dell'Anima'ya götürdü. Sonra, birkaç adım daha atınca, tam da benim evvelsi gün Miranda'yla yaptığım gibi, duvara çok eski bir lambanın yerleştirilmiş olduğu bir köşede durdu. "Sana bunu hiç anlatmadım baba ama bir gece zil zurna sarhoştum, Pasquino heykelinin oraya kusmuştum, kafam hayatımda hiç olmadığı kadar güzeldi ama yine de tam da bu duvara yaslanırken, ne kadar sarhoş olursam olayım biliyordum ki bu, Oliver bana sarılırken bu, benim hayatımdı, daha önce başkalarıyla yaşanan her şey o anda bana olan şeyin kaba bir taslağı ya da silik bir eskizi bile sayılamazdı. Şimdi, on yıl sonra ise bu eski sokak lambasının altındaki duvara baktığımda tekrar onunlayım ve sana yemin ederim ki hiçbir şey değişmedi. Otuz, kırk, elli yıl sonra da hâlâ aynı şeyleri hissedeceğim. Hayatımda birçok kadınla, daha da çok erkekle tanıştım ama tam da bu duvara sinen iz, tanıdığım herkesi gölgede bırakıyor. Buraya geldiğimde ister yalnız olayım ister birileriyle, mesela sizlerle, hep onunlayım. Burada bir saat durup bu duvara baksam bir saat onunla olurum. Bu duvarla konuşsam o da benimle konuşur."

"Ne der?" diye sordu Miranda, Elio ile duvarın konuşma fikri onu etkilemişti.

"Ne mi der? Çok basit: 'Ara beni, bul beni.'"

"Peki sen ne diyorsun?"

"Ben de aynı şeyi diyorum. 'Ara beni, bul beni.' İkimiz de mutluyuz. Artık biliyorsunuz."

"Belki daha az gururlu ve daha cesaretli olmalısın. Gurur, korkuya taktığımız bir lakap sadece. Eskiden hiçbir şeyden korkmazdın. Ne oldu?"

"Cesur olduğum konusunda yanılıyorsun," dedi. "Hiçbir zaman onu arayacak, ona yazacak cesareti gösteremedim, bırak onu ziyaret etmeyi. Tek yapabildiğim yalnızken karanlıkta onun adını fısıldamak. Ama sonra kendime gülüyorum. Sadece başka biriyleyken fısıldamamayı umuyorum."

Miranda'yla sessizleştik. Miranda, Elio'nun yanına gidip onu yanağından öptü. Diyecek bir şey yoktu.

"Ben sadece bir kere bir başkasının adını fısıldadım ama sanırım bu tüm hayatımı etkiledi," dedim Miranda'ya dönerek, beni hemen anladı.

"O... ama anlatabilir miyim?" diye sordu bana.

Evet anlamında başımı salladım.

"O, seviştiği kadına bir başka kadının adını fısıldamış," dedi Miranda. "Hepimizin de ailesi ne acayip!"

Buna eklenecek başka bir söz yoktu.

Birkaç dakika sonra şarap için Sergetto'ya gitmeye karar verdik. Tam *enoteca* açılırken vardığımız için masalar boştu, biz de bir gece önce oturduğumuz masayı seçtik. "Bak, ben de mabet hastalığına yakalandım," dedi Miranda. Tüm ışıkların yanmaması, ortamın loş olması hoşuma gitmişti, olduğundan daha geç bir saatmiş izlenimi yaratıyordu. Bardaki adam bizi hemen tanıdı ve aynı kırmızıyı isteyip istemediğimizi sordu. Elio'ya Barbaresco uyar mı, diye sordum. Başını evet anlamında salladı, sonra bize bu akşam bir arkadaşıyla Napoli'ye döneceğini hatırlattı. Ta Roma'ya kadar beni görmeye gelmişti.

"Ne tür bir arkadaş?" diye sordum.

"Arabası olan bir arkadaş," diye yanıt verdi, soğuk bir bakışla başını sallayıp tamamen yanlış düşündüğümü belli ederek.

Şarap geldiğinde garson tezgâha dönüp atıştırmalık getirdi. "İkramımız," dedi.

"Ona dün iyi bahşiş bıraktığım için olmalı. Herhalde mekânı kapatıp çıktık."

Birbirimizin mutluluğuna içtik.

"Kimbilir, belki de yarın Arkeoloji Müzesi'ne gittikten sonra konserine geliriz – müzeye gidersek tabii."

"Lütfen, lütfen gelin. Sizin için gişeye iki bilet bırakacağım." Sonra kazağını giyip ayağa kalktı. "Tek bir şey söyleyeceğim. Bunu bana yıllar önce sen söylemiştin, şimdi sıra bende: İkinize imreniyorum. Lütfen bunu mahvetmeyin."

Hayatta en çok değer verdiğim iki kişiyle birlikteydim.

Öpüşüp vedalaştık. Sonra tekrar Miranda'nın karşısına oturdum. "Sanırım inanılmaz mutluyum."

"Ben de. Hayatımızın sonuna dek böyle yaşayabiliriz."

"Evet."

"Haftaya sahile gittiğimizde hava iyi olursa ilk yapmak istediğin şey ne?"

"Tren garından taksiyle eve gitmek, mayomu giymek, kayalıklardan aşağı inmek ve seninle suya dalmak istiyorum."

"Mayomu Floransa'da bıraktım."

"Evde bol bol var. Hatta daha da güzeli: Çıplak yüzeriz."

"Kasım ayında mı?"

"Kasım ayında su hâlâ sıcaktır."

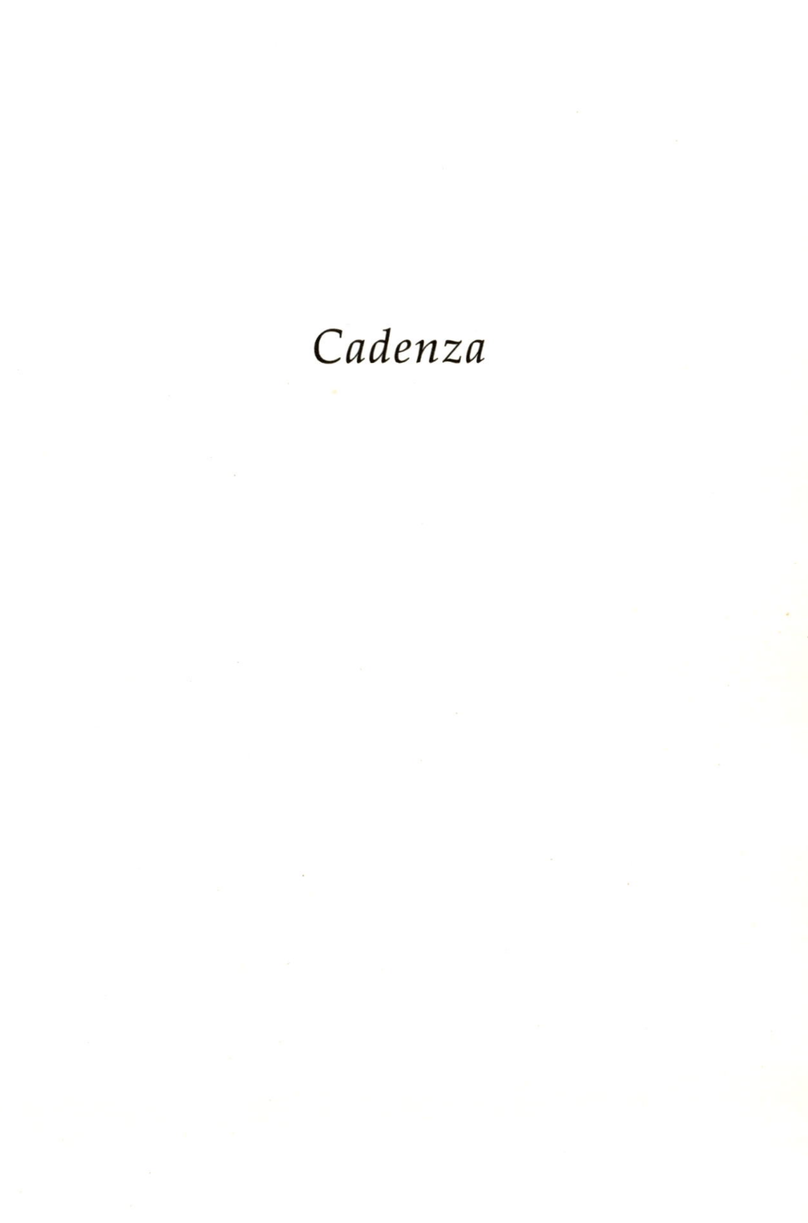

Cadenza

"Kızardın," dedi.

"Hayır, kızarmadım."

Masanın karşısından bana içten içe gülen, sözlerime inanmadığını belli eden bir bakış attı. "Emin misin?"

Birkaç saniye düşünüp teslim oldum. "Kızardım galiba değil mi?"

Bu kadar kolay anlaşılmaktan nefret edecek kadar gençtim, özellikle de yaşı neredeyse iki katım olan biriyle aramızda oluşan gergin sessizlik esnasında; ama açıklamaya çekindiğim bir şeyi yanaklarımın kızarmasıyla belli etmekten hoşlanacak kadar da yetişkindim. Sonra ona baktım.

"Sen de kızardın," dedim.

"Biliyorum."

Bu iki saat kadar sonraydı.

Onunla Sağ Yaka'daki Sainte U. Kilisesi'ndeki oda müziği konserinde, arada tanışmıştım. Kasım başlarında bir pazardı, hava ne serin ne sıcaktı, sıradan bir sonbahar akşamıydı sadece, erken kararan hava yaklaşan uzun kış aylarının alametiydi. Seyircilerin çoğu çoktan içeride oturuyordu, ellerinde eldivenler vardı, bazıları paltolarını çıkarmamıştı. Ama soğuğa rağmen insanlar sıralara doğru ilerlerken kiliseye sıcacık bir hava hâkimdi, belli ki müziğin beklentisiydi bunu yaratan. Bu kiliseye ilk gelişimdi ve en arkada bir sıra seçmiştim, olur da konserden hoşlanmazsam kimseyi rahatsız etmeden çıkabilmek için.

Florian Dörtlüsü'nün belki de son kez gerçekleşecek gösterisini merakla bekliyordum. En genç üyeleri seksene merdiven dayamıştı herhalde. Bu kilisede düzenli olarak çalıyorlardı ama onları daha önce hiç canlı dinlememiştim, sadece artık piyasada bulunmayan nadir kayıtlarından ve internette bulduğum birkaç gösteriden biliyordum. Bir Haydn dörtlüsü çalmışlardı, aradan sonra Beethoven'ın Do Diyez Minör'ünü çalacaklardı. Kilisedeki diğer insanlardan farklı olarak –ki o pazar günü en fazla kırk kişi vardı– ben geç gelmiş ve biletimi girişteki küçük masada duran rahibelerden almıştım. Geri kalan hemen herkes biletini postayla almış ve içeri ellerinde büyük biletlerle girmişlerdi, bunları açık tutmaları istenmişti ki kamburu çıkmış yaşlı bir rahibe eski, yeşil bir dolmakalemle herkesin adını ve soyadını büyük bir itinayla not alabilsin. Bu rahibe en az sekseninde vardı, bu işi kimbilir kaç yıldır yapıyordu, muhtemelen aynı kalemle ve aynı titrek, eski tarz elyazısıyla. Biletlerdeki küçük barkod numaraları muhtemelen kilisenin yeni cemaat üyelerine vermek istediği daha genç imajın bir parçasıydı ama yaşlı rahibe biletleri damgalamadan önce onları not etmekte zorlanıyordu. Yavaşlığı üzerine kimse yorum yapmadı ama biletlerini henüz onaylatmamış birkaç kişi birbirlerine hoşgörüyle tebessüm ettiler.

Arada, sıcak elma şarabı için sırada bekliyordum; aynı rahibe şimdi elinde doluyken zar zor kaldırabildiği bir kepçeyle plastik bardakları müthiş bir dikkatle dolduruyordu. Herkes sıcak şarap dolu kocaman kazanın yanındaki tahtaya asılı kâğıtta yazan bir euro'dan çok daha fazlasını bağışlıyordu. Sıcak elma şarabını hiçbir zaman sevmemiştim ama benden başka herkes seviyor gibiydi, bu yüzden ben de kuyruğa girdim ve sıram geldiğinde kâseye beş euro koydum; bana tekrar tekrar teşekkür etti. Yaşlı rahibe dikkatliydi. Kilisesine ilk gelişim olduğunu anlamıştı, Haydn'ı sevip sevmediğimi sordu. Hevesle evet, dedim.

Sırada önümde duruyordu, ben şarabımın parasını ödedikten sonra dönüp bana, "Böyle genç biri Florian Dörtlüsü'yle neden ilgileniyor? Çok yaşlılar," diye sordu. Sonra belki soruyu durup dururken sorduğunu fark edip ekledi: "İkinci keman en az seksenlerinde olmalı. Diğerleri de daha genç sayılmaz."

Uzun boylu, ince, kibar giyimli bir adamdı, mavi ceketinin yakasını kır saçları sarmıştı.

"Viyolonselisti merak ediyordum, bu yılın geri kalanında turneye çıkıp sonra da muhtemelen dağılacakları söylendiğinden onları tek görme fırsatımın bu olduğunu düşündüm. O yüzden buradayım."

"Senin yaşında birinin yapacak daha iyi bir işi yok mu?"

"Benim yaşımda biri mi?" diye sordum, sesimde iğneleyici bir alay ve şaşkınlık tınısıyla.

Aramızda bir an gergin bir sessizlik oluştu. Omuz silkti, bu herhalde bir çeşit özür dileme biçimiydi; sanki dönüp iki taçkapının arasındaki alana yürüyecekmiş gibi durdu, burada kimileri sigara içiyor, kimileriyse sohbet edip bacaklarını esnetiyordu. "Kilisede insanın ayakları hep üşür," dedi geri dönüp kapıya doğru ilerlerken. Konuşmayı bitiren, öylesine edilmiş bir laftı.

Sonra fazla sert çıkışmış olabileceğimi düşünerek, "Florian'ların hayranı mısın?" diye sordum.

"Pek sayılmaz. Oda müziğinin bile hayranı değilim. Ama babam klasik müzik sevdiğinden ve bu kilisedeki konserlerini desteklediğinden onları iyi tanıyorum; şimdi ben de aynısını yapıyorum ama aslında doğruyu söylemek gerekirse cazı klasik müziğe tercih ediyorum. Yine de gençliğimde pazar akşamları onun peşine takıldığımdan hâlâ birkaç haftada bir buraya gelmeye devam ediyorum, oturup müziği dinlemek, belki de bir süreliğine babamla olduğumu hayal etmek için; ama eminim tüm bunlar dörtlüyü dinlemek için aptalca bir sebep gibi görünüyordur."

Babasının hangi enstrümanı çaldığını sordum.

Piyano.

"Evde hiç çalmazdı. Ama hafta sonları, sayfiyede kaldığımızda gece geç saatte evin öteki ucuna giderdi, o zaman üst kattaki yatak odama piyano sesi gelirdi; parkelerin gıcırdadığını duysa çalmayı ânında bırakacak, eve gizlice girmiş bir berduş tarafından çalınıyormuş gibi bir ses. Piyano çalışından hiç bahsetmezdi, annem de konuyu hiç açmazdı; sabah olduğunda yapılacak en iyi şeyin gece rüyamda yine piyanonun kendi kendine çaldığını gördüm demek olduğunu anlamıştım. Sanırım profesyonel olarak çalmayı sürdürmüş olmayı diliyordu, tıpkı benim de klasik müzik sevmemi dilediği gibi. Tabiatı itibarıyla görüşlerini başkalarına neredeyse hiç dayatmazdı, yabancılarla ise hiç konuşmazdı; bu açıdan oğlundan tamamen farklı olduğunu eminim fark etmişsindir." Bu noktada kıkırdadı. "Bu pazar konserlerine katılmamı rica etmeyecek kadar nazikti, muhtemelen tek başına gideceği gerçeğini kabullenmişti. Ama annem geceleri tek başına çıkmasını istemediğinden ona eşlik etmemi söylerdi. Bir noktada alışkanlığa dönüştü. Konser sonrası bana bir tatlı alırdı. Yakınlarda bir yere otururduk, ben biraz daha büyüdükten sonra da akşam yemeklerine gitmeye başladık. Ama piyanist olduğu dönemden hiç söz etmezdi, hem zaten o yıllarda benim de aklım başka yerlerdeydi. Pazar akşamlarını hep son dakikaya kalan ödevlere ayırırdım, yani ona eşlik etmek çok daha erken bitirebileceğim ödevler yüzünden geç saatlere kadar ayakta kalmak anlamına gelirdi. Ama onunla vakit geçirmek beni mutlu ederdi, müzikten çok daha fazla; işte görüyorsun ya, bu alışkanlığımdan vazgeçemedim. Çok konuştum değil mi?"

"Sen herhangi bir enstrüman çalıyor musun?" diye sordum, konuşmasından rahatsız olmadığımı belli etmek adına.

"Pek sayılmaz. Babamın izinden gittim. Avukattı, onun babası da avukattı, ben de avukat oldum. Ne babam ne de ben avukat olmak istiyorduk ama ne yapacaksın... *Hayat!*" Hüzünle gülümsedi. Bu ikinci kez gülümseyip sonra omuz silkişiydi. Kocaman, şefkat dolu, aniden çıkagelen ve insanı hazırlıksız yakalayan bir tebessümdü onunki; ama *hayat* kelimesinin altında yatan alay düşünüldüğünde neşeli bir tebessüm sayılmazdı. "Peki ya *sen* hangi enstrümanı çalıyorsun?" diye sordu birden bana dönerek. Sohbetimizin bitmesini istemiyordum, onun da istemediğini sezince şaşırdım.

"Piyano," diye yanıtladım.

"Hobi mi meslek mi?"

"Meslek. Diye umuyorum."

Bir süre düşüncelere daldı.

"Sakın bırakma genç adam, sakın bırakma."

Böyle diyerek kolunu bilge bir edayla, hafif bir küçümsemeyle omzuma attı. Neden bilmiyorum ama omzumda duran ele dokundum. Öyle kendiliğinden olmuştu ki bu, bakışıp birbirimize gülümsedik, bu da omzumdan muhtemelen hemen çekeceği elini orada biraz daha tutmasını sağladı. Döndü ama sonra bana tekrar baktı, o anda aniden üstüne atılma dürtüsüne kapıldım, kollarımı ceketinin hemen altından beline yerleştirme dürtüsüne. O da benzer bir şeyler hissetmiş olmalıydı zira son sözünü izleyen gergin sessizlikte bana bakmayı sürdürdü, ben de ona baktım, tamamen fütursuzca; ama sonra birden işaretleri yanlış okumuş olabileceğimi fark edip bakışlarımı çevirmek istedim. Gözlerinin hâlâ üstümde olmasından hoşlanmıştım, kendimi yakışıklı ve arzulanmış hissediyordum; üstümde tutmak istediğim yumuşak, sevecen bir bakıştı bu, yüzümü göğsüne gömmek dışında kaçmak istemeyeceğim bir bakış. Bakışlarıyla verdiği söz hoşuma gitmişti, bütünüyle nazik ve samimi bir şeylerin sözüydü bu.

Ama sonra, belki de tebessümlerimize hızlıca bir açıklama getirmek adına, "Sen buraya müzik için geliyorsun, bense babam için geliyorum. Babam öleli neredeyse otuz yıl oluyor, yine de burada hiçbir şey değişmiyor," dedi. Kıkırdadı. "Aynı elma şarabı, aynı kokular, aynı yaşlı rahibeler, aynı bunaltıcı kasım geceleri. Kasım ayını sever misin?"

"Bazen, ama her zaman değil."

"Ben de. Kiliseyi bile sevmiyorum, gerçi belki de buraya böyle akşamlar gelmeyi seviyorum... işte, *me voici*, buradayım." Aklına söyleyecek başka bir şey gelmediğini, sohbetimizi devam ettirmek için bocaladığını hissettim. Sonra sessizlik oldu. Yine o sıcak, çekici tebessüm, bilgelik ve ironi karışımı, bir tutam da hüzün ki bana bu nazik, belki de mutsuz adamda ağır bir hava olduğunu hatırlatsın.

Dörtlünün ayaklarını sürüye sürüye yerlerine döndüğünü ve Beethoven vaktinin geldiğini görünce nerede oturduğumu sordu. Sorusunun sebebini anlamamıştım ama son sıralardan birinde sırt çantamla ceketimi bıraktığım köşeyi işaret ettim.

"Akıllıca." Sebebini anlamıştı. "Ama kaçıp gitme," diye ekledi. Alelacele kaçmadan önce dörtlüye bir şans daha vermemi istiyor sandım ama Haydn'dan sonra fikrimi zaten değiştirmiştim ve konser bitmeden kalkmaya niyetim yoktu. Sonra yanlış anlaşılmaya mahal vermemek adına doğrudan sordum: "Seni beklememi ister misin?" Sesimdeki vurgu tamamen yanlış olabilirdi. Yürüteciyle cebelleşen yaşlı birine kapıyı tutmama ihtiyacı olup olmadığını soruyor gibiydim. O yüzden tekrarladım: "Seni dışarıda beklerim."

Bir şey demedi, sadece başını salladı. Ama bu tamam anlamında bir tasdikleme değildi; normalde duyduklarının tek kelimesine bile inanmayı reddeden birinin dalgın, düşünceli, efkârlı baş sallamasıydı.

"Tabii, neden olmasın, bekle beni," dedi sonunda. "Bu arada adım Michel." Ben de adımı söyledim. Tokalaştık.

İlk muvmanın sonunda gideceğine emindim ama yarım saat sonra kilisenin basamaklarında buluştuk, tıpkı söz verdiğimiz gibi, yalnızca buluşmamızı unuttuğu hissine kapılmıştım. Bir çiftle konuşuyordu, üçü birlikte bir yerlere gidecek gibilerdi. Ama beni görür görmez döndü, sözünü apar topar bitirip tokalaşarak vedalaştı. Beni tanıştırmadığı için özür diledi. Ben o esnada atkımı sarmakla meşguldüm, özrünü geçiştiriyordum bu şekilde. Beni beklediği ya da sözleştiğimizi hatırladığı için şaşırmış görünmeye çalıştığımı fark ettim. Ya da belki de sadece ayrılmadan önce son kez vedalaşmak için beklemişti?

Onun yerine köprünün karşı tarafında, yakınlardaki küçük bir bistroda bir şeyler atıştırmamızı önerdi. Katlanan bisikletimi yakınlarda bir yere bıraktığımı söyledim. Yanıma alsam rahatsız olur muydu? Yo, katiyen. Pazar akşamı saat ona geldiğinden sokaklar boş sayılırdı. "Bu arada benim misafirimsin," diye ekledi, para konusunda endişe etmemem gerektiğini belirterek. Teklifini kabul ettim. Yürüyüş hoşuma gitti, özellikle de konser sırasında yağmur yağdığından arnavutkaldırımları sokak lambalarının altında ışıldadığı için. "Tam bir Brassaï fotoğrafı gibi," dedim. "Değil mi?" diye ekledi. "Peki ya piyano çalmak dışında neler yapıyorsun?"

Bazı cümlelere *peki ya* diye başladığını fark ettim, belki birbiriyle alakasız konular arasındaki aksak ya da hiç olmayan geçişi yumuşatmak adına, özellikle de daha sorgulayıcı, daha kişisel sayılabilecek konulara girdiği zaman. Konservatuvarda ders verdiğimi söyledim. Öğretmenlikten hoşlanıyor muydum? Çok. Ayrıca haftada bir, para almadan, sırf eğlencesine lüks bir otelin piyano barında çaldığımı söyledim. Otelin adını sormadı. Ya düşünceli davranıyor, diye düşündüm ya da sadece başkasının işine burnunu sokmayan, umursamaz biri olduğunu gösterme yoluydu bu.

Köprüye vardığımızda iki Brezilyalı sokak sanatçısı gördük, bir erkek ile bir kadın etraflarına toplanmış kalabalık bir gruba şarkı söylüyorlardı. Adamın sesi tiz, kadınınki ise çatallıydı. Birlikte çok güzel söylüyorlardı. Bisikleti yanımda sürüklemeyi bırakıp bir elim gidonda, öylece durdum. O da yanımda durdu, bisikleti düz tutmama yardımcı olmak istercesine gidonun diğer ucunu kavramıştı. Gerildiğini görebiliyordum. Genç şarkıcıların şarkısı bitince köprüdeki herkes alkışlayıp tezahürat etti, şarkıcılar ise ânında yeni bir düete geçti. İkinci şarkının bir kısmını dinlemek istediğimden yerimden kıpırdamadım ama kısa süre sonra yolumuza devam etmeye karar verdik, öteki yakaya vardığımızda kalabalığın alkışlarını tekrar duyduk, şarkı bitmişti. Döndüğümü gördü, sonra o da dönüp erkeğin gitarını yere koyuşunu izledi, o sırada kadın elinde bir şapkayla kalabalığın arasında gezinmeye başladı. Şarkıyı biliyor musun diye sordu. Evet, dedim. O biliyor muydu? "Galiba, sanırım." Aslında hiçbir fikri olmadığını anlamıştım; başka yer kalmamış gibi köprüde söylenen Brezilya müziğini dinlerken de kendini benzer şekilde yersiz hissetmişti.

"İşten eve dönen bir adamı anlatıyor, sevgilisine giyinmesini ve onunla dışarı çıkıp dans etmesini söylüyor. Sokaklarında öyle bir coşku patlaması yaşanıyor ki sonunda tüm şehir neşeyle coşuyor."

"Hoş bir şarkıymış," dedi. Huzursuz olmasını istemiyordum, birkaç saniye omzuna dokundum.

Ama bistrosunun kapısını açtığı andan itibaren kendini evinde hissetti. Gerçekten de dediği gibi küçük bir yerdi burası ama aynı zamanda çok seçkin görünüyordu. Tahmin etmeliydim. Desenli, geniş, dökümlü atkısı, lacivert Forestière ceketi* ile Corthay marka ayakkabıları onu ele veriyordu. Atıştırmalığımız üç çeşitli bir akşam yemeğine dönüştü. Kendine bir single malt sipariş etti, en çok Caol Ila'yı sevdiğini söyledi. Bana da ister miyim, diye sordu. Evet dedim ama single maltın ne olduğuna dair en ufak bir fikrim yoktu. Bu gerçeği fark ettiğini görebiliyordum, kimbilir kaç kişide fark etmişti. Tavrından hoşlanmıştım ama kendimi biraz tedirgin hissediyordum. Menüyü açıkladı. "Çok fazla et yok," dedi. "Ama şarap mahzenleri başarılı, sebzeleri de iyi pişiriyorlar. Balık da çok iyi." Menüyü açtığı gibi kapattı. "Hep aynı şeyi söylüyorum, bakmama gerek yok." Benim de bir şeyler seçmemi bekledi. Karar veremiyordum. Sonra tamamen içgüdüsel bir hareket yaptım. "Benim yerime seç," dedim. Bu fikre bayılmıştım, o da bayılmışa benziyordu. "Çok kolay. Sana da hep kendime söylediğim şeyden söyleyeceğim."

* "Ormancı" ceketi; modernist mimar Le Corbusier'nin (1887-1965) tasarladığı, adını Jean Renoir'ın *Oyunun Kuralı* filmindeki bekçiden alan, hem şık hem kullanışlı olmasıyla öne çıkan ceket türü. (ç.n.)

Garsonu çağırıp sipariş verdi. Sonra, viskisinden bir yudum alınca, onu bu lokantaya ilk getiren kişi olan babasının da hep aynı şeyi sipariş ettiğini söyledi. "Şeker hastasıydı," diye açıkladı, "bu yüzden şekeri olanların yememesi gereken şeylerden kaçınmayı öğrendim. Tatlı, pilav, makarna, ekmek yasak, tereyağı da nadiren serbest." Bunları sayarken *pain Poilâne*'ına* tereyağı sürüp üstüne tuz serpti, ağzına götürürken de kıs kıs güldü. "Her zaman babamın ayak izlerini takip etmem ama gölgesinden kaçınmak zordur. Tezatlarla dolu bir adamım."

Duraksadı. Sonra babasının diyetinden bahsetmeyi sürdürdü, oysa ben onun tezatlarını dinlemek istiyordum, bu konu ilgimi çekiyordu; bu adamın kim olduğunu, kendini nasıl gördüğünü daha iyi anlamamı sağlayabilirdi. Bana açılmak ile yemek ve diyet konularında devam etmek arasında gidip geliyor gibiydi. Bir an aramızda gerginlik bile oluştu, sanki sadece laf olsun diye konuştuğumuzu, her an havadan sudan bir sohbete takılıp kalacağımızı ikimiz de hissediyorduk. Bu tuhaflık hissini aşmak için ona hiç tanışmadığım iki büyük dayımdan söz ettim, maharetli fırıncılar olarak nam salmışlardı, Milano'da üç fırın açmışlardı ama savaş sırasında sosyalist diye tutuklanmışlardı. "Sonunda Birkenau'ya götürüldüler. Annem ben çocukken dayılarından çok bahsederdi. Senle babanın durumundaki gibi annemin ailesi de onların gölgesinden kaçamıyordu."

"Ne tür gölgeleri vardı?" diye sordu, ne demek istediğimi tam anlayamayarak.

"Annem çok güzel pastalar yapar."

İçtenlikle güldü. Espriyi kavramasına sevinmiştim. "Ama biliyorum: Bazı gölgelerden kaçış yoktur," diye ekledim.

"Haklısın. Babamın gölgesi de hep peşimde. Ben onun hukuk bürosunu devraldıktan iki yıl sonra öldü. O sırada senin yaşlarındaydım."

* (Fr.) Poilâne ekmeği. Fırıncı Lionel Poilâne'ın (1945-2002) meşhur ekşi maya köy ekmeği. (ç.n.)

Ama sonra tekrar sustu, bir süre düşündü; sanki az önce söylediği sözle bir süredir aklına takılan bilmediğim bir şey arasında aniden görünmez bir bağ kurmuştu. "Peki ya yaşımın seninkinin iki katı olduğunun farkında mısın?"

İşte bu noktada kızarmıştım. Gergin ve huzursuz bir andı, kısmen tamamen vakitsiz gelen, özenle kaçınmaya çalıştığımız konuya fazla yaklaştığından; henüz mevzubahis olmamış, en azından bir süre daha mevzubahis olmaması gereken bir şeyin teferruatına girdiğinden. Ama aynı zamanda bu yorumu karşısında ne diyeceğimi şaşırmıştım, doğru kelimeleri bulmaya çalışırken yüzümün kızarması rahatsızlığımı ele vermişti herhalde. Belki de bu şekilde konuyu açıp onu teskin edecek bir şeyler söylememi sağlamaya çalışıyordu. Aramızdaki sessizliği bozmaya çalıştım ama yapamadım. Sonunda kaçamak bir yanıt vermek adına, "Yaşını hiç göstermiyorsun," dedim.

"Onu kastetmemiştim," diye cevabı yapıştırdı.

"Ne kastettiğini biliyorum." Aramızda bir yanlış anlaşılma olmadığını belli etmek adına: "Yoksa burada seninle oturuyor olmazdım değil mi?" Yine mi kızarıyordum? Kızarmadığımı umuyordum. Birdenbire çöken sessizlikten hoşlanmış gibiydi, başını yine o aynı hüzünlü ve düşünceli edayla önce aşağı yukarı salladı, sonra da hafifçe sağa sola, olumsuzluk anlamında değil ama hayatın bazen tam da insanın istediği gibi gitmesi karşısında duyulan kuşku ve hayret yüzünden dilini yutmuşçasına. "Seni rahatsız etmek istememiştim."

Özür diliyordu.

Belki de dilemiyordu.

Başımı sağa sola sallama sırası bendeydi.

"Rahatsızlık falan yok," dedim. Bir anlık duraksamadan sonra: "Şimdi de sen kızardın."

Dudaklarını büzüştürdü. Masanın üstünden eline uzanıp dostça bir tavırla bir an tuttum, huzursuzlanmayacağını umuyordum. Elini geri çekmedi.

"Kadere inanmıyorsun değil mi?" diye sordu.

"Bilmem," dedim. "Pek düşündüğüm bir konu değil."

Ben biraz daha imalı konuşmayı tercih ederdim. Lafın nereye varacağını tahmin edebiliyordum; dürüstlüğe bir itirazım yoktu ama meselenin enine boyuna ele alınmasına da ihtiyaç duymuyordum. Belki de o, tartışılması zor sayılanın peşine düşen nesildendi, ben ise yeterince bariz olanı dile getirmeyen nesilden. Konuşma gerektirmeyen, doğrudan yaklaşıma alışıktım ben ya da sadece bir bakışa, aceleyle yazılmış bir mesaja. Bu üstü kapalı, uzun konuşma beni fora ediyordu.

"Peki kader değilse seni bu gece konsere getiren neydi?"

Sorumun üstüne biraz düşündü, sonra bakışlarını benden uzakta, aşağıda tutarak daha kullanmadığı çatalla masa örtüsüne tepecikler çizmeye başladı. Ekmek tabağının etrafında aniden kıvrılan sığ olukları andırıyorlardı. Öyle derin düşüncelere dalmıştı ki sorumu unuttuğuna emindim, bu durumdan da memnundum zira bu temkinli atışmadan vazgeçeceğini umuyordum. Ama sonra bana bakıp yanıtın çok basit olduğunu söyledi.

"Nedir?" diye sordum, babasıyla ilgili bir şey söyleyeceğini bilerek.

Onun yerine, "Sen," dedi.

"Ben mi?"

Başını salladı. "Evet, sen."

"Ama benimle tanışacağını bilmiyordun ki."

"Önemsiz bir ayrıntı. Kader ileriye doğru, geriye doğru, çapraz, yanlamasına işliyor; amaçlarını bizim basit önce ve sonra ayrımımıza nasıl uyarladığımızı zerre umursamıyor."

Sözlerini sindirdim. "Bu benim için fazla, gerçekten fazla derin." Aramızda yine bir an sessizlik oldu.

"Şöyle ki, babam kadere inanırdı," diye devam etti.

Ne kadar düşünceli bir ruhu var, diye düşündüm. Konudan kaçınmak istediğimi hissetmiş, lafı hemen babasına geri çevirmişti. Ama aslında onu dinlemiyordum, dinlemediğimi görüyordu. Sonra sustu. Herhalde hâlâ konuşulmamış konuyu nasıl açacağını tartıyordu, bu da bana uzun uzun bakıp sonra gözlerini çevirmesini açıklıyordu. Ama beni asıl şaşırtan masamızdan kalkıp lokantadan çıkmaya hazırlanırken söylediğiydi. "Bir daha görüşecek miyiz? Görüşmek isterim."

Soru beni afallattı. Fazla acele, zayıf bir, "Evet, tabii," diyebildim. O kadar hızlı yanıt vermiştim ki kulağa samimiyetsiz gelmiş olmalıydı. Vedalaşmak yerine daha cesurca davranmasını beklemiştim.

"İstersen tabii," diye ekledi.

Ona baktım. "İstediğimi biliyorsun." Bana bu lafı söyleten single malt ya da şarap değildi.

Kendine has edasıyla başını salladı. İkna olmamıştı. Ama hoşnutsuz da değildi.

"O zaman haftaya pazar aynı saatte kilisede."

Buna başka bir şey eklemeye çalışmadım. *Demek bu akşam kartlarda yazılı değilmiş,* diye düşündüm.

Lokantadan en son biz ayrıldık. Garsonların etrafımızda dolaşmasından biz dışarı adım atar atmaz lokantayı kapatmaya sabırsızlandıkları belliydi.

Kaldırımda içgüdüsel bir hareketle birbirimize sarıldık. Ama üstünkörü, öylesine bir kucaklaşmaydı bu, daha önce arada tanıştığımızda beklediğim gibi beni kollarında uzun uzun tutmak yerine kendini geri çekiyor gibiydi. Kolları uzaklaşmaya başlamıştı bile. Yine kendimi üstüne atıp ona sarılma dürtüsüne kapıldım ve bu dürtüyü bastırmama rağmen ânın karmaşası içinde onu yanaklarından değil, istemsizce kulaklarının altından öptüm. Bu sefer suçlu kesin single malt ile şaraptı. Yaptığımı fark etmemiş olamazdı. Ama hoşuma gitmişti. Sonra ikileme kapıldım. İşte *bu* garipti, diye düşündüm. Üç garsonun ince muslin perdelerin aralığından bize baktığını görünce durum iyice garipleşti. Onu iyi tanıyorlardı, bu tür sahnelere daha önce çok tanıklık etmiş olmalılardı.

Benimle bisikletimi bıraktığım yere yürüdü, kilidi açmamı seyretti, bisikletin katlanınca nasıl küçüldüğüne dair bir şeylerden bahsetmeye başladı, hatta kendisinin de böyle bir bisiklet almayı düşündüğünü söyledi. Ama sonra, ayrılmadan önce elini yanağıma koyup öylece tuttu; bu hareket beni bütünüyle afallattı, sarstı, yoğun duygulara kapılmama neden oldu. Beklenmedik bir anda gelmişti. Öpüşmek istiyordum. *Öpsene beni, hadi, en azından böyle alenen bocalamış görünmemem için.*

Dönüp uzaklaşmasını seyrettim.

Böyle bir hareket yapıp sonra uzaklaşamazsın, diye düşündüm, *hele de böyle soğuk bir şekilde.* Diğer elini de yanağıma getirip yüzümü avuçlarının arasına almasını istiyordum, yüzümü avuçlarının arasına alıp benim daha genç olmama izin vermesini, sonra beni dudaklarımdan dolu dolu öpmesini. Sanki az önce birlikte yataktaydık da şimdi benimle konuşmayı bırakıp bir anda ortadan yok olmuştu.

Tüm gece böyle hissettim, sürekli irkilip titreyerek uyandım. Saat çok geç değildi, rahatlıkla başka bir yere bir şeyler içmeye gidebilirdik. Arkasından koşup ona yakınlarda bir kafede bir şeyler ısmarlamayı teklif edebilirdim; maksat birlikte olmak, bu kadar çabuk ayrılmamaktı. Ama bir sebepten kendimi tutmuştum; zaten sonunda içimden bir ses, böyle sonuçlanmasını hiç beklemediğim uzun ve sıkıcı pazar gününün gidişatından aslında gayet hoşnut kaldığımı hatırlattı bana. Belki de bazen işleri mükemmel oldukları anda bırakmanın, zorla devam ettirip bozulmalarını görmekten daha iyi olduğunu biliyordu.

Bu güzel kasım gecesinde bisikletimi yanımda sürükleyerek yürüdüm: ıssız sokaklar, ışıltılı arnavutkaldırımları, daha önce konuştuğumuz Brassaï benzerliği, afallayarak onu kulaklarının altından öpmem, neredeyse yarı yaşında olmam, bunların hepsi ruhumu canlandırıp kendimi oldukça mutlu hissetmeme yol açtı. Belki de her şeyi benim asla anlayamayacağım kadar iyi anlamıştı, öyleyse benim daha yeni yeni idrak etmeye başladığım bir şeyi biliyordu: Belki de henüz hazır olmadığımı, o nasıl hazır değilse benim de hazır olmadığımı, ne bu gece ne yarın gece hatta ne de önümüzdeki hafta; bu noktada önümüzdeki pazar konsere katılmama ihtimali olduğunu fark ettim, katılmak istemediği için değil ama benim önümüzdeki pazar akşamı son dakikada bir bahane bulup kaytaracağımı çoktan hissettiğinden.

İki gece sonra, Beethoven'ın Re Minör sonatının son muvmanını çalıştığımız yüksek lisans dersimi bitirmek üzereydim ki birden kapıda belirdi, elleri mavi ceketinin ceplerindeydi, böylesine zarif bir adama göre biraz sakar duruyor, yine de gayet rahat görünüyordu. Salondan çıkan altı-yedi öğrenciye kapıyı tuttu, yol vermeden ya da teşekkür etmeden çıkmayı sürdürdüklerini görünce onlara kocaman gülümseyip sonunda bahşiş için teşekkür etti. Suratım ışıldıyor olmalıydı. Ne kadar hoş bir sürprizdi bu.

"Rahatsız olmadın yani?"

Başımı hayır anlamında salladım. *Sanki sormana gerek varmış gibi.*

"Dersten sonra ne yapacaktın?"

"Genelde bir yerlerde kahve ya da meyve suyu içiyorum."

"Sana katılabilir miyim?"

"Sana katılabilir miyim?" diye onu taklit ettim.

Onu en sevdiğim kafeye götürdüm; buraya derslerden sonra geliyordum, bazen bir meslektaş ya da öğrenci de bana katılıyordu, birlikte oturup insanların günün bu saatinde kaldırımda koşuşturmasını izliyorduk: son dakika işleri yetiştirmeye çalışan insanlar, bazen eve geç gitmek için oyalananlar, kapılarını dünyaya kapatanlar, sonra sadece hayatlarının bir köşesinden bir başka köşesine koşturanlar. Etrafımızdaki masalar tıklım tıkış doluydu; katiyen çözemediğim bir sebepten insanların birbirine sokulmasından, yabancılarla neredeyse dirsek dirseğe oturmasından her zaman hoşlanmışımdır. "O zaman gerçekten de gelmemden rahatsız olmadın mı?" diye sordu tekrar. Gülümseyip hayır anlamında başımı salladım. Sonra ona hâlâ sürprizin şaşkınlığı içinde olduğumu söyledim.

"Güzel bir sürpriz oldu mu yani?"

"Çok güzel bir sürpriz oldu."

"Seni konservatuvarda bulamasaydım," dedi, "piyano barı olan bütün lüks otelleri deneyecektim. İşte o kadar."

"Bu epey vaktini alırdı."

"Kendime kırk gün kırk gece vermiştim, sonra konservatuvarı deneyecektim. Onun yerine önce konservatuvara uğradım."

"Ama bu pazar buluşmayı kararlaştırmamış mıydık?"

"Emin olamadım."

İtiraz edip varsayımına karşı çıkmadığımdan şüphelerinin doğrulandığını hissetmişti herhalde. Önümüzdeki konsere dair sessizliğimiz gergince gülümsememize sebep oldu. "Geçen pazardan çok hoş anılarım var," dedim sonunda. "Benim de," diye yanıt verdi.

"Birlikte çaldığın güzel piyanist kimdi?" diye sordu.

"Çok başarılı bir üçüncü sınıf öğrencisi, Taylandlı, çok, çok yetenekli."

"Çalarken birbirinize bakışınız aranızda basit bir öğrenci-öğretmen ilişkisinden fazlası olduğuna işaret ediyordu."

"Evet, buraya kadar benimle çalışmaya geldi." Lafı nereye getirmeye çalıştığını anlamıştım, bu imasına karşı şakadan bir alınganlıkla başımı salladım.

"Peki ya daha sonra ne yaptığını sorabilir miyim?"

Cüretkârca, diye düşündüm.

"Bu akşam mı? Hiçbir şey."

"Senin gibi birinin bir dostu, bir eşi yok mu, hayatında özel biri?"

"Benim gibi biri mi?" Gerçekten de geçen pazarki konuşmamızı yineleyecek miydik?

"Genç, parlak, belli ki büyüleyici, bir de tabii son derece yakışıklı biri demek istedim."

"Kimse yok," deyip bakışlarımı çevirdim.

Onu gerçekten durdurmaya mı çalışıyordum? Yoksa belli etmek istemesem de keyif mi alıyordum?

"İltifatlar karşısında bocalıyorsun değil mi?"

Ona bakıp tekrar başımı salladım ama bu sefer şaka yapmıyordum.

"Kimse yok mu yani, hiç kimse?" diye sordu sonunda.

"Hiç kimse."

"Ara sıra bile..."

"Ara sıra benim tarzım değil."

"Asla mı?" diye sordu, neredeyse hayrete düşmüştü.

"Asla."

Ama sesimin katılaştığını duyabiliyordum. O şakalaşmaya, beni dürtüklemeye, neredeyse flört etmeye çalışıyordu; ben ise neşesiz, somurtkan, en kötüsü de kendini beğenmiş davranıyordum.

"Ama özel birileri olmuş olmalı?"

"Oldu."

"Neden bitti?"

"Arkadaştık, sonra sevgili olduk, sonra beni bıraktı. Ama arkadaş kaldık."

"Hayatına bir erkeğin girdiği oldu mu hiç?"

"Evet."

"O nasıl bitti?"

"Evlendi."

"Ah, evlilik uydurmacası!"

"Ben de başta öyle sandım. Ama yıllardır birlikteler. Benimle olmadan önce de birliktelerdi."

Başta bir şey demedi ama bu düzeni sorguluyor gibiydi. "Arkadaş kaldınız mı?"

Bu soruyu sormasını isteyip istemediğimden emin değildim, yine de sorması çok hoşuma gitti.

"Yıllardır konuşmadık, arkadaş mıyız bilmiyorum ama bir yandan da hep arkadaş kalacağımıza eminim. Beni hep çok iyi anladı, içimden bir ses diyor ki ona hiç yazmıyorsam bu umursamadığım için değil, bilakis bir parçam hâlâ umursadığı, her zaman da umursayacağı için; aynı şekilde ben de onun hâlâ umursadığını, hiç yazmama sebebinin de bu olduğunu biliyorum. Bunu bilmek de bana yetiyor."

"Evlenen kişi o olmasına rağmen mi?"

"Evlenen kişi o olmasına rağmen," diye tekrarladım. "Hem zaten," diye ekledim, bu bilgi belirsizliği ortadan kaldıracakmışçasına, "o Amerika'da ders veriyor, bense Paris'teyim – bu meseleyi çözüyor, öyle değil mi? Hiçbir zaman görmesem de hep orada bir yerlerde."

"Hiçbir şeyi çözmüyor. Neden peşinden gitmedin, evli olsa bile? Neden bu kadar çabuk pes ettin?"

Sesindeki neredeyse eleştirel tınıyı kaçırmak mümkün değildi. Bana neden sitem ediyordu? Benimle ilgilenmiyor muydu yani?

"Hem bu ne zamandı?" diye sordu.

Yanıtımın onu afallatacağını biliyordum. "On beş yıl önce."

Birden soru sormayı bırakıp suskunlaştı. Beklediğim gibi, aradan bunca yıl geçtikten sonra artık hayalî bir varlığa dönüşmüş birine hâlâ bağlı kalabileceğimi tahmin etmemişti.

"Geçmişte kaldı," dedim barışmaya çalışarak.

"Hiçbir şey geçmişte kalmaz." Ama sonra hemen şöyle sordu: "Onu hâlâ düşünüyorsun değil mi?"

Başımı sallayarak yanıt verdim çünkü evet demek istememiştim.

"Onu özlüyor musun?"

"Yalnızken, bazen, evet. Ama yaşamıma engel olmuyor, beni üzmüyor. Bazen onu düşünmeden haftalar geçiyor. Bazen ona bir şeyler anlatmak istiyorum ama öteliyorum, hatta kendime ötelemenin bana zevk verdiğini bile söylüyorum, belki de hiçbir zaman konuşmayacak olmamıza rağmen. Bana her şeyi o öğretti. Babam yatakta tabular olmayacağını söylemişti, sevgilim ise onlardan kurtulmamı sağladı. İlk onunla oldum."

Michel beni rahatlatan, güven veren bir tebessümle başını salladı. "Ondan sonra kaç kişi oldu?" diye sordu.

"Fazla değil. Hepsi kısa sürdü. Hem erkekler hem kadınlar."

"Neden?"

"Belki hiçbir zaman kontrolü tamamen bırakıp kendimi başkasına kaptıramadığım içindir. Bir anlık tutkudan sonra hep bağımsızlığıma dönüyorum."

Kahvesinin son yudumunu içti.

"Hayatının bir noktasında onu araman gerekecek. Vakti gelecek. Hep gelir. Ama belki de bunları söylememem gerekir."

"Neden?" diye sordum.

"Ah, nedenini biliyorsun."

Böyle demesi beni sevindirdi ama ardından sessizleştik. "Bağımsızlığın demek," dedi sonunda, belli ki tam o saniye aramızda yaşanan şeyi geçiştiriyordu. "Zor birisin değil mi?"

"Babam da öyle derdi, hiçbir şeye karar veremediğimden, hayatta ne yapacağıma, nerede yaşayacağıma, ne okuyacağıma, kimi seveceğime. Müziği bırakma, dedi. Gerisi eninde sonunda kendiliğinden gelir. O kariyerine otuz ikisinde başlamıştı, yani onun takvimine göre hâlâ biraz vaktim var ama çok az. Hep çok yakın olduk, bebekliğimden beri. Filologtu, doktorasını evde yazıyordu, annemse terapistti ve hastanede çalışıyordu, yani bezimi değiştirip bana bakan babamdı. Bakıcı da vardı ama hep babamlaydım. Bana müzik aşkını aşılayan babamdır, komik bir şekilde tam da bugün içeri girdiğin anda çaldığım parçayla. Ders verirken hâlâ onun sesini duyarım."

"Benim babam da bana müzik öğretti. Ama ben kötü bir öğrenciydim."

Aniden ortaya çıkan bu tesadüf hoşuma gitmişti, öte yandan üstünde fazla durmak da istemiyordum. Bir şey demeden bana bakmayı sürdürdü. Ama sonraki sözüyle beni yine hazırlıksız yakaladı: "Çok yakışıklısın." Hiç beklenmedik bir anda ortaya atmıştı bunu, tepki vermektense konuyu değiştirmeye çalıştım ama daha da beklenmedik bir şey mırıldanırken buldum kendimi. "Yanında geriliyorum."

"Niye böyle diyorsun?"

"Bilmiyorum. Belki neyin peşinde olduğunu tam bilmediğimden ya da hangi noktada daha fazla ilerlemeyip durmamı isteyeceğini kestiremediğimden."

"Artık gayet açık olmalı bu. Gerilmesi gereken biri varsa o da benim."

"Neden?"

"Çünkü ben muhtemelen senin için geçici bir hevesten ibaretim, 'ara sıra'lardan sadece birkaç basamak yüksekteyim."

Buna burun kıvırdım.

"Bu arada," –devam etmeden önce duraksadım ama bunu söylemek zorunda hissediyordum kendimi– "başlangıçlarda çok iyi değilimdir."

Güldü. "Bunu kendimi daha iyi hissedeyim diye mi ortaya attın şimdi?"

"Belki."

"Ama daha önce dediğime dönersek: Olağanüstü derecede yakışıklısın. Sorun da şu ki ya bunu biliyorsun ve başkaları üzerindeki etkisinin farkındasın ya da bilmiyormuş gibi davranmak zorundasın; bu da seni hem çözmesi daha zor birine hem de benim gibi biri için bir tehlikeye dönüştürüyor."

Sadece ruhsuzca başımı salladım. Bana söylediklerini dinlemediğimi düşünmesini istemiyordum. Bu yüzden ona bakıp gülümsedim, başka bir yerde olsaydık gözkapaklarına dokunup her ikisini de öperdim.

Hava karardıkça oturduğumuz kafenin de yandakinin de ışıkları yandı. Yüz hatlarına ışıltılı, titrek bir parlaklık düştü ve ilk defa dudaklarının, alnının, gözlerinin ayırdına vardım. Asıl yakışıklı olan *o*, diye düşündüm. Bunu söylemeliydim, bunu söylemek için doğru andı. Ama sessiz kaldım. Onun kelimelerini tekrar etmek istemiyordum; aramızda denklik kurmak için zorlama, yapmacık bir çaba gibi gelecekti bu kulağa. Ama gözlerine bayılmıştım. Hâlâ da bana bakıyordu.

"Bana oğlumu hatırlatıyorsun," dedi sonunda.

"Benziyor muyuz?"

"Hayır ama aynı yaştasınız. O da klasik müziğe bayılıyor. Bu yüzden onu pazar akşamı konserlerine götürürdüm, tıpkı babamın benimle yaptığı gibi."

"Hâlâ gidiyor musunuz?"

"Hayır. Çoğunlukla İsveç'te."

"Ama yakın mısınız?"

"Keşke. Annesiyle boşanınca aramız bozuldu ama annesinin ilişkimizi zedeleyecek bir şey yapmadığına eminim. Ama beni öğrendi tabii, herhalde beni hiç affetmedi. Ya da bunu bana karşı cephe almak için bir bahane olarak kullandı, Tanrı bilir neden, yirmilerinin başından beri bana cephe almak istiyordu."

"Nasıl öğrendiler?"

"Önce eşim öğrendi. Bir akşamüstü eve geldiğinde beni elimde bir içkiyle sakin bir caz parçası dinlerken buldu. Yalnızdım, sadece beni izleyip yüzümdeki ifadeye bakarak âşık olduğumu anladı. Klasik kadın içgüdüsü! Çantasını sehpaya koydu, kanepede yanıma geçti, elini uzatıp içkimden bir yudum aldı. 'Tanıdığım bir kadın mı?' diye sordu uzun, upuzun bir sessizlikten sonra. Tam olarak ne kastettiğini anlamıştım, inkâr etmenin bir anlamı yoktu. 'Kadın değil,' diye yanıt verdim. 'Ah,' dedi. Günün son ışıklarının halıyla mobilyalara vuruşunu, viskimin isli kokusunu, yanımda yatan kediyi hâlâ hatırlıyorum. Salonuma güneş ışığı vurduğunda hep o konuşma gelir aklıma. 'Demek korktuğumdan da kötü,' dedi. 'Neden?' diye sordum. 'Çünkü bir kadına karşı hâlâ bir şansım olabilirdi ama senin benliğine karşı hiçbir şey yapamam. Seni değiştiremem.' Neredeyse yirmi yıllık evliliğimiz böylece sona erdi. Oğlum sebebini er ya da geç öğrenecekti, öğrendi de."

"Nasıl öğrendi?"

"*Ben* söyledim. Beni anlayacağı yanılsamasına kapılmıştım. Anlamadı."

Sadece "Üzgünüm," diyebildim.

Omuz silkti. "Hayatımdaki değişimden pişman değilim. Ama oğlumu kaybettiğime üzülüyorum. Paris'e geldiğinde hiç aramıyor, nadiren yazıyor, ben aradığımda açmıyor."

Saatine baktı. Kalkma vakti gelmiş miydi bile?

"Demek seni bulmam hata değildi?" diye sordu üçüncü kere, belki de kesinlikle hata olmadığını duymaktan hoşlandığından; ben de tekrar tekrar söylemekten hoşlanıyordum.

"Hata değildi."

"Peki ya geçen geceden dolayı bana kırgın değilsin değil mi?" diye sordu.

Tam olarak neden bahsettiğini çok iyi anlamıştım.

"Belki... biraz."

Gülümsedi. Kafeden kalkmak için sabırsızlandığını görebiliyordum, bu yüzden ona sokulup omzumu omzuna yasladım. O da kolunu atıp beni kendine çekti, başımı omzuna yaslamamı istiyordu adeta. İçime su serpme yolu muydu bu yoksa sadece kendinden büyük bir adama dokunaklı sözlerle açılmış bir gencin gönlünü hoş etme çabası mı, anlayamadım. Bu yüzden kaçınılmaz olarak ayrılacağız korkusuyla, "Bu akşam bir işim yok," dedim.

"Biliyorum. Söylemiştin."

Gergin olduğumu ya da sesinin sert çıktığını hissetmiş olmalıydı.

"Gerçekten inanılmazsın ve..." Cümlesini yarıda bıraktı.

Hesabı ödemek üzereyken elini tutup onu durdurdum. Sonra avucumdaki ele baktım.

"Ne yapıyorsun?" diye sordu neredeyse sitemkârca.

"Hesabı ödüyorum."

"Hayır, elime bakıyordun."

"Bakmıyordum," diye karşı çıktım. Ama bakmıştım.

"Buna yaşlılık deniyor," dedi. Bir an sonra: "Fikrini değiştirmedin değil mi?" Altdudağını ısırdı ama sonra hemen bıraktı. Yanıtımı bekliyordu.

Sonra, aklıma söyleyecek bir şey gelmese de bir şey, herhangi bir söz söyleme ihtiyacı duyarak, "Ayrılmayalım, hemen değil," dedim. Sonra bu talebimin, birlikte geçirdiğimiz vakti sadece kafede biraz daha oturarak uzatmak şeklinde algılanabileceği düşüncesiyle daha cesurca bir teklifte bulunmaya karar verdim. "Beni bu akşam eve gönderme Michel," dedim. Bunu söylerken kızardığımı biliyordum, beynim şimdiden özür dileyip sözlerimi geri alma yolları aramaya başlamıştı ki beni kurtardı.

"Ben de aynı şeyi söylemeye çalışıyordum ama yine benden hızlı davrandın. Doğrusu," diye devam etti, "bu çok sık yaptığım bir şey değil. Hatta bunu uzun zamandır yapmadım."

"Bunu mu?" dedim sesimde hafif bir alayla.

"Bunu."

Biraz sonra kafeden kalktık. Bisikletimle evine kadar en az yirmi-otuz dakika yürüdük. Taksi tutmayı önerdi. Hayır, dedim, yürümeyi tercih ediyordum, hem zaten bisikleti katlaması kolay değildi, taksiciler de hep şikâyet ediyordu. "Bisikletine bayıldım. Böyle bir bisikletinin olmasına bayıldım." Sonra ne dediğini fark etti: "Saçmalıyorum değil mi?" Yan yana yürüyorduk, dipdibeydik, ellerimiz sürekli birbirine sürtüyordu. Sonra uzanıp bir anlığına elini tuttum. Bu aramızdaki buzları eritir, diye düşündüm. Ama o sessiz kaldı. Arnavutkaldırımlı sokakta birkaç adım daha attıktan sonra elini bıraktım.

"Bu gerçekten hoşuma gidiyor," dedim.

"Bu derken?" diye takıldı bana. "Brassaï benzerliğinden mi bahsediyorsun?" diye sordu.

"Hayır, senle benden bahsediyorum. İki gece önce böyle yapmalıydık."

Gülümseyerek başını eğip kaldırıma baktı. Acaba işleri aceleye mi getiriyordum? Bu akşam evvelsi geceki yürüyüşümüzü tekrarlamamız hoşuma gitmişti. Kalabalık, köprüde şarkı söyleyenler, parıldayan yassı taşlar, sonunda bir direğe kilitleyeceğim çantalı bisiklet, tıpkı bunun gibi bir bisiklet almak istediğine dair öylesine yaptığı yorum.

Beni tanıştığımızdan beri hayrete düşüren ve akşamımızı parlatan şey aynı biçimde düşünmemizdi, aynı biçimde düşünmüyoruz ya da birbirimizi utandırıyoruz diye endişeleniyorsak bu kimse bizim gibi düşünüp davranamaz diye şartlandığımızdandı sadece; işte bu yüzden onun karşısında kendimi çekingen hissediyor, dürtülerimden şüphe ediyordum, işte bu yüzden bazı maskelerimizi ne kadar kolay çıkardığımızı görünce çok sevinmiştim. Geçen pazardan beri aklımda olan sözleri nihayet söyleyebilmek ne güzeldi: *Beni bu akşam eve gönderme.* Pazar gecesi kızardığımı görüp bende de kızardığımı kabullenme arzusu uyandırması, sonrasında kendisinin de kızardığını kabullenmek zorunda kalışı ne güzeldi. Nihayetinde birlikte topu topu dört saat bile geçirmemiş iki insan birbirinden bu kadar az sır saklıyor olabilir miydi? Ödlekçe yalanlardan oluşan mahzenimde sakladığım suçluluk dolu sırrı düşündüm.

"Ara sıralarla ilgili yalan söyledim," dedim.

"Tahmin etmiştim," diye yanıt verdi, böyle bir itirafta bulunmanın güçlüğünü neredeyse yok sayarak.

Sonunda o küçük, dar Paris asansörlerinden birine sıkışarak binince, "Artık bana sarılır mısın?" diye sordum. İnce asansör kapılarını kapatıp katının düğmesine bastı. Motorun gürültüyle şangırdayarak çalıştığını ve asansör yükselmeye başlarken zorlandığını duydum, sonra birdenbire bana sadece sarılmakla kalmadı, yüzümü elleriyle tutup beni doya doya öptü. Gözlerimi kapatıp ben de onu öptüm. Bunu o kadar uzun zamandır bekliyordum ki. Tek duyduğum, onun katına çıkan çok eski bir asansörün gıcırdayıp teklemesiydi; sesi hiç kesilmesin, asansör hiç durmasın istiyordum.

Sonra, dairesine girip kapıyı ardımızdan kapatınca onu öpme sırası bana gelmişti, tıpkı onun beni öptüğü gibi. Benden uzun olduğunu biliyordum, ayrıca benden güçlü olduğunu tahmin ediyordum. Sadece kendimi hiçbir şekilde geri tutmadığımı, hiçbir zaman da tutmayacağımı anlamasını istiyordum.

"Belki de şöyle sert bir içkiye ihtiyacımız var," dedi. "Çok güzel single malt'larım var. Single malt seviyordun değil mi?"

İçki sorusu beni hazırlıksız yakalamıştı, özellikle de tam sırt çantamı atıp, paltomla kazağımı çıkarıp bana tekrar sarılmasını istemek üzere olduğumdan. Kalbim küt küt atıyordu, yine de, içinde bulunduğumuz durum bana tanıdık gelse de kendimi garip hissettim. Ortalıkta bu kadar çok dolaşmasından rahatsız oluyordum. Ama bir şey demedim, sırt çantamı yavaşça çıkarıp bir koltuğa koydum.

"Paltonu çıkarmak istemiyor musun?" diye sordu.

"Birazdan," dedim.

"Sırt çantanı sevdim," dedi dönerek.

"Hediyeydi. Bir arkadaştan" –sonra, yüzündeki duraksamayı görünce– "sadece bir arkadaştan."

Oturmam için koltuğu işaret edip kadeh getireceğini söyledi. Oturdum. Neden bilmiyordum ama birden üşüdüm, bu yüzden o antredeyken kalkıp kalorifere yaslandım. Sıcaklığı yetersiz bulunca kollarımı da dayadım.

"İyi misin?"

"Evet, sadece üşüdüm," dedim. Ona kendimi bir anda donuyormuş gibi hissettiğimi söylemeyecektim.

"O zaman pencereyi kapatayım." Kapattı.

Viskimde buz ister miydim?

Başımı iki yana salladım.

Ama uzaklaşmadım, ellerimi de vücudumun ön kısmını da kalorifere yapıştırmış halde durdum. Kadehleri sehpaya koydu, arkadan bana yaklaştı ve omuzlarıma masaj yapmaya başladı. Ensemi ve kürekkemiklerimi ovuşuna bayılmıştım.

"Biraz daha iyi misin?" diye sordu.

"Devam et," dedim. Sonra neden bilmem: "Sana gerildiğimi söylemiştim."

"Benim yüzümden mi?"

Omuzlarımı kamburlaştırdım, *Bilmiyorum, belki sen ya da gece yüzünden değildir, kimbilir, yeter ki durma,* dediğimi anlayacağını biliyordum.

Elleri güçlüydü ve biliyordu, bilmesini istediğim gibi biliyordu ki kafatasımın hemen altından bastırıp omurgamdan aşağı tüylerimin ürpertici bir şekilde diken diken olmasına her yol açışında kendimi ona biraz daha bırakıyordum. Masajı bitirince beni kollarıyla sarıp göğsünü sırtıma bastırdı, her iki eliyle karnımı tutuyordu. Ellerini daha aşağı kaydırsa rahatsız olmazdım ama yapmadı; yine de aklından geçirdiğini biliyordum çünkü bir salise duraksadığını hissettim. Beni nazikçe koltuğa çekti.

Ama sonra viskiye geçti, kadehlerimizi doldurdu, aklına birden bir şey gelince mutfağa koştu, elinde biri çerez diğeri küçük kraker dolu iki kâseyle geri döndü. Koltuğun diğer ucuna geçti, kadehlerimizi tokuşturduk ve şerefe diyerek ilk yudumu aldık. Viskiyi nasıl bulduğumu merak ediyordu. Viskiyi nasıl bulduğumu bilmiyordum. Bu yüzden single malt'la yeni tanıştığımı ama tadını sevdiğimi söyledim. Çerez kâsesini uzattı, bir avuç çerez almamı izledi, sonra kendi almadan geri sehpaya koydu. Viskiden ikinci bir yudum alıp hâlâ üşüdüğümü söyledim. "Bunun yerine çay alabilir miyim?" Ne tür çay isterdim, çeşit çeşit vardı. Fark etmez, dedim, sıcak olsun yeter. Mutfağa giderken yanağıma ve boynumun yan tarafına dokundu. Bu bana annemi, hasta olduğumda ateşim var mı diye bakışını hatırlattı. Ama bu dokunuş bir ateş kontrolü değildi, ben de yanıt olarak gülümsedim. Mikrodalganın biplerinin ardından birkaç dakika içinde dönüp ellerime sıcak bir kupa tutuşturdu. "Böyle çok daha iyi," dedim, çayın beni bu kadar mutlu etmesine neredeyse gülerek.

Bir kere daha ayağa kalkıp müzik açtı.

Bir süre dinledim. "Brezilya mı?"

"Evet." Kendinden memnun görünüyordu. CD'yi bir gün önce aldığını söyledi.

Tebessümümden neden aldığını anladığımı gördü.

Portekizce biliyor muyum, diye sordu.

Biraz, o biliyor muydu?

Tek kelime bile anlamıyordu.

Güldük. İkimiz de gergindik.

Genelde eski sevgililerimizden konuştuk. Onunki mimardı, yıllar önce Montreal'e taşınmıştı. "Seninki?" diye sordu. "Evlilik uydurmacasından bahsetmiyorum ama." Demek ki elimden kaçırdığım ve hayatımı rayından çıkaran adamı hatırlıyordu. Ona en uzun ilişkimin bir ilkokul arkadaşımla olduğunu anlattım, neredeyse on beş yıl sonra Roma'nın dışındaki köhne bir mahalledeki bir gey barda karşılaşmıştık. Beni şaşırtan sekiz yaşındayken benden hoşlandığını itiraf etmesi olmuştu. Ona dokuz yaşındayken beni bütünüyle büyülediğini söylemiştim. Neden bir şey dememişti? Ben neden dememiştim? Neden ikimiz de kim olduğumuzu bilmiyorduk? Tek istediğimiz yitirdiğimiz zamanı telafi etmekti. Tekrar buluşacak kadar şanslı olduğumuza inanamıyordum.

"Ne kadar birlikteydiniz?"

"İki yıldan az."

"Neden ayrıldınız?"

"İlişkimizi bildiğin, sıradan ev hayatı öldürdü sanıyordum. Ama dahası vardı. O çocuk evlat edinmek istiyordu, hatta benim bir çocuk yapmamı istiyordu. Bir aile istiyordu."

"Sen istemiyor muydun?"

"İsteyip istemediğimi bilmiyordum. Tek bildiğim hazır olmadığımdı, kendimi tamamen müziğe adamıştım, hâlâ da adamış haldeyim. Doğrusu tekrar tek başıma yaşamak için sabırsızlanıyordum."

Bana sorgulayıcı bir bakış attı: "Bunu bir uyarı olarak mı algılamalıyım?" diye sordu.

"Bilmiyorum." Utancımı gizlemek için gülümsedim. Bu tamamen zamansız bir soruydu. Ama onun yerinde olsam herhalde ben de aynı soruyu sorardım.

"Belki de bir şey dememem gerekirdi ama ben her şeye öteki taraftan bakıyorum. Yaş tarafından. Eminim bu senin de aklından birçok kere geçmiştir."

"Yaş sorun değil."

"Değil mi?"

"Sana bunu pazar günü de söyledim. Ne çabuk unutuyoruz böyle."

"Hatırlamıyorum."

"Hafızanı yitiriyorsun."

"Heyecanlıydım."

"Ben değil miydim sanki?"

"Lokantanın dışında vedalaştığımız andan beri seni düşünüyorum. Seni düşünerek yattım, seni düşünerek kalktım, pazartesi tüm gün uyuşuk haldeydim, kendime kızıyordum. Şu an çatımın altında oturduğuna inanmakta zorlanıyorum."

Sustu, bana baktı ve sadece, "Seni öpmek istiyorum," dedi.

Bu beni asansörde öpüştüğümüz zamandan daha çok şaşırttı. Daha önce hiç öpüşmemişiz gibi, onunla el ele tutuşamadan eve yürümenin huzursuz gölgesi üstümüzden henüz kalkmamış gibi hissettim. Kadehini sehpaya koydu, yanıma yaklaştı ve beni dudaklarımdan hafifçe, adeta çekinerek öptü; o sırada, odada hafifçe çalan Brezilya parçasının ardında bir önceki öpüşmemizi teşvik eden fon müziğini, aşağı inen asansörün sesini duyuyordum; bu ses bana, inip çıkan eski bir asansör sesi eşliğinde öpüşmenin, bir sayfiye evinin çatısına vuran yağmurun patırtısında öpüşmeye benzediğini hatırlatıyordu; bana bu sesi sevdiğimi, bitmesini istemediğimi hatırlatıyordu çünkü bu sesle kendimi korunaklı bir şekilde sarıp sarmalanmış, güvende hissediyordum; çünkü bu ses salonun dışındaki dünyayı bizi bölmeden gerçek kılıyor, bana tüm bunların bir hayalden ibaret olmadığını hatırlatıyordu. Belki de benden asıl istediği telaşa kapılmadan yavaş hareket etmemizdi, gerekirse, olaylar birimizin istediğinden daha hızlı gelişirse iki adım gerilememizdi. Bunu daha önce hiç yapmamıştım. Sonra beni ikinci kere öptü, yine hafifçe.

"Biraz daha iyi misin?" diye sordu.

"Çok daha iyiyim. Tekrar sarıl bana lütfen." Beni kucaklamasını istiyordum, ona sarılmak istiyordum. Kazağını yüzümde hissetmekten hoşlanıyordum; yünün kokusunu almaktan, yünün altından, koltukaltlarından gelen, ancak bedenine ait olabilecek hafif kokuyu almaktan.

Böylece şarkının Portekizce sözlerini fısıldadım:

De que serve ter o mapa se o fim está traçado
De que serve a terra à vista se o barco está parado
De que serve ter a chave se a porta está aberta

"Çevir," dedi.

Son çoktan biliniyorsa harita ne işe yarar?
Gemi durursa karanın görünmesi ne işe yarar?
Kapı ardına kadar açıksa anahtar ne işe yarar?

Buna bayıldığını söyledi, kelimeleri tekrarlamamı istedi, ben de tekrarladım.

Kısa bir süre sonra, "Hadi uzanalım," dedi. Beni yatak odasına götürdü. Gömleğimin düğmelerini açmak üzereydim ki, "Dur," dedi, "ben yapayım." Önünde çıplak durmak istiyor ama bunu nasıl söyleyeceğimi bilemiyordum. Bu yüzden gömleğimin düğmelerini açarken onun giysilerine dokunmadım. Bu durumdan rahatsız olmuşa benzemiyordu. "Şey" –duraksadı– "bunun çok özel olmasını istediğim için," dedi.

Yatağa uzanırken kucaklaştık, dudaklarımız kavuştu. Ama hâlâ titrek ve dengesiz olduğumuzu hissediyordum. Bir şeyler eksikti. Tutku değildi ihtiyaç duyduğumuz şey, ikna olmaktı. Acaba fazla yavaşladığımızdan durma noktasına mı gelmiştik? Onu yarı yolda mı bırakmıştım? Fikrimizi mi değiştiriyorduk? O da bir şeyler hissetmiş olmalıydı; bu saklanacak, fark edilmeyecek bir şey değildi. Bana baktı ve sadece şöyle dedi: "Seni mutlu etmeme izin verir misin, sadece izin ver, seni mutlu etmeyi öyle çok istiyorum ki."

"Ne istersen yap. Beni her şekilde mutlu ediyorsun."

Bunu duyunca sabırsızlandı ve beni tekrar öptü, bir yandan da düğmelerimi açmaya devam etti. "Gömleğini çıkarabilir miyim?" *Ne biçim bir soru bu,* diye düşündüm başımı sallarken. Sonra, soyunmama yardım ederken: "Tenine bayılıyorum, göğsüne bayılıyorum, omuzlarına, kokuna. Hâlâ üşüyor musun?" diye sordu, göğsümü nazikçe okşarken.

"Hayır," dedim, "geçti."

Sonra beni yine şaşırttı: "Birlikte sıcak bir duş almayı çok isterim."

Ona şaşkın şaşkın bakmış olmalıyım. "İstiyorsan neden olmasın."

Kalkıp banyosuna geçtik. Benim salonumdan büyüktü.

Büyük, camla kaplı duşunda sıralı kutuların sayısına inanamıyordum. "İki sana, iki de bana," dedi dört tane lacivert, katlı havlu çıkararak. Soyunurken ve birbirimize çoktan dokunmaya başlamışken havayı yumuşatmak için sabahları kahvaltı servisi olup olmadığını sordum. "Hem de ne kahvaltı," diye yanıt verdi. "Tüm otel müşterileri için kahvaltı dahil." Tekrar öpüştüğümüzde çıplaktık ve sertleşmiştik.

"Bana güven ve gözlerini kapat," dedi. "Seni mutlu etmek istiyorum." Ne yapacağını bilmiyordum ama sözünü dinledim. Bir bez aldığını duydum, hemen duş jeli kokusu aldım; jel papatya gibi koktuğundan, bu da bana çocukluk evimi hatırlattığından o geceki sonbahar havasına rağmen İtalya'daki yaz günlerine döndüm, bu da evim olmayan bu evde kendimi evde hissetmeme yol açtı. Vücudumu ovmaya başladı, kendimi tamamen bunun hissine bıraktım. "Gözlerini açma," diye uyardı yüzümü nazikçe sabunlarken, sonra saçımı şampuanlayabilir mi, diye sordu, ben de tabii, dedim; saçıma şampuanı sürüp beklettikten sonra kendini yıkadığını duydum, ardından parmaklarıyla kafamı uzun uzun ovduğunu, kafatasıma bastırdığını hissettim. "Hile yapıp gözlerini açma," dedi; sesinden duştaki bu halimize güldüğünü, neredeyse kahkaha atacağını anladım.

Duştan sonra, gözlerim hâlâ kapalıyken cam kapıyı açıp yavaşça çıkmama yardımcı oldu, sonra vücudumu, saçımı, sırtımı, koltukaltlarımı kurulamakta ısrar etti, ardından beni yatak odasına götürdü ve yatağa uzanmamı istedi. Çıplakken birinin beni seyrettiğini bilmek çok hoşuma gitmişti, bu şekilde üstüme titrenmesi çok hoşuma gitmişti; vücuduma krem sürmeye başlaması da çok hoşuma gitti, avucuna her seferinde daha fazla krem alıp her yerime dokunması harikulade bir histi. Annesi ya da babası tarafından yıkanıp kurulanan bir bebek gibi hissettim kendimi, bu da aklıma ilk çocukluk anımı, babamın kucağında benimle yıkanmasını getirdi. Bir yaşlarında olmalıydım, bu neden şimdi aklıma gelmişti; kapalı kapağıyla beni havadan, ışıktan, sesten, yaz çiçekleri ile otlarının kokusundan yoksun bırakan kutudan birdenbire neden kurtarmıştı beni? Neden kendi içimden çekilip çıkarılıyordum, gardiyanı sadece ve bizzat ben olan, benden başka kimse olmayan bir mahkûmmuşum gibi? Peki ya tenimde daha önce hiç hissetmediğim bu krem de neyin nesiydi? Bu adamdan ne istiyordum, karşılığında ona ne verecektim? Tüm bunları gerginim dediğim için, ona başlangıçları zor bulduğumu itiraf ettiğim için mi yapıyordu? İstediğini yapmasına izin verdim çünkü hepsi çok hoşuma gidiyordu, kendimi öyle arzulanmış hissediyordum ki karşılığında ben de onu daha çok arzuluyordum, onu kilisede gördüğüm ve göğsüne yumulmamak için kendimi tuttuğum andakinden de çok. Bir sonraki adımını tahmin ettiğimi sanıyordum ama o sırada yaptığı şey beni bir kez daha bütünüyle şaşırttı, öyle ki nihayet gözlerimi açıp doğrudan gözlerinin içine bakmamı istediğinde her şeyimle onundum ve beni tekrar tekrar, tekrar tekrar öptüğünde bir şey söylememe de düşünmeme de gerek kalmamıştı, kendimi beni tanıyormuş gibi görünen birine vermekten başka bir şey yapmama gerek yoktu; beni, bedenimi, bedenimin neye aç olduğunu benden iyi biliyor gibiydi, kilisede konuştuğumuz ve onun eline dokunduğum andan beri biliyor olmalıydı; onunla kilisenin önünde buluşmamı istediğinde, sonra beni akşam yemeğine davet ettiğinde biliyor olmalıydı, o gecenin gidişatını yarıda kesip aniden vedalaştığında da biliyor olmalıydı, nasıl kolayca kızardığımı görüp ne tepki vereceğimi merak ettiği için beni azıcık sıkıştırdığında hakkımda her şeyi çoktan biliyor olmalıydı; ruhumu yıllar önce yitirdiğimi ama şimdi aslında hep içimde olduğunu anladığımı biliyor olmalıydı, sadece nerede arayacağımı ya da onsuz nasıl bulacağımı çözememiştim – *Ruhumu yitirdim, ruhumu yitirdim,* demek istedim, sonra, *Ruhumu yitirdim, bunca yıldır,* diye mırıldandığımı duydum. "Yapma," dedi, gözlerimden her an yaşlar fışkıracağından korkuyormuş gibi. "Sadece canını yakmadığımı söyle," dedi. Başımı salladım. "Hayır, 'Canımı yakmıyorsun,' de, içten söyle." "Canımı yakmıyorsun," dedim. "Bir daha söyle, tekrar tekrar söyle." Söyledim, "Canımı yakmıyorsun," dedim içtenlikle, "canımı yakmıyorsun, canımı yakmıyorsun, yakmıyorsun, yakmıyorsun," dedim, sonra, bu sözleri istemediği kadar çok tekrarlarken onun aynı zamanda o gece yanımda taşıdığım her şeyi geride bırakmama yardımcı olduğunu fark ettim; düşüncelerimi, müziğimi, hayallerimi, adımı, aşklarımı, tereddütlerimi, bisikletimi; geri kalan her şey salondaki ceketimle çantamın ceplerindeydi ya da sokaktaki bisikletimin, asansöre binmeden önce ta aşağıda bir işaret levhasına kilitlediğimiz bisikletimin çantasına tıkıştırılmıştı; asansör de şimdi biz sevişirken tekrar varlığını bildiren tiz sesini çıkarıyordu çünkü kimbilir binadaki hangi kiracı asansörü aşağı çağırmak için düğmeye basmıştı, birazdan da asansöre binecek, dar kapıları ardından tık diye kapatacak, sarsılarak kimbilir kaçıncı kata çıkacaktı; ama umurumda değildi kaçıncı kat olduğu çünkü bu bulanık düşünceleri aklıma getirmemin tek sebebi kayıp gitmemek için uğraşıp her seferinde başarısız olmamdı, oysa çok iyi biliyordum ki çaresizce tutunmaya çalıştığım sadece gerçeklik zerrecikleriydi, parmaklarımın arasından kayıp gittiklerini hissediyordum ve her seferinde kayıp gitmelerinden zevk alıyordum çünkü onun şu an yaşadıklarımı seyrediyor oluşuna bayılıyor, izlerini suratımda görsün istiyordum; o ise gelmiş geçmiş en cömert hareketi yapıyor, yani bekliyordu, ben canımı yakmadığını, yakmadığını söylemeye devam ederken, ricası üzerine bunu tekrarlarken beklemeyi sürdürüyordu, ta ki ondan daha fazla beklememesi için yalvardığımı fark edene dek; çünkü nezaketen bunu sormam gerekiyordu, aynı zamanda benim adıma da karar vereceğini umuyordum çünkü bu noktada vücudu vücudumu, vücudumun kendini bildiğinden daha iyi biliyordu.

O âna dek birbirini çıplak görmemiş iki erkek arasında yaşanan kusursuz samimiyet dakikaları sadece tek sefer kısacık bir kesintiye uğramıştı. Michel duşta penisimi tutarken, benim de gözlerim sabun yüzünden kapalıyken, "Bunu nasıl soracağımı bilemiyorum," demişti, "ama..." Sonra yine duraksamıştı.

"Ne oldu?" Şimdi *beni* geriyordu, üstelik gözlerimi açamıyordum bile.

"Yahudi misin?" diye sordu sonunda.

"Ciddi misin?" diye yanıt verdim, gülmeme ramak kalmıştı. "Anlayamadın mı?"

"Bariz kanıtın dışında bir şeylere dayandırmaya çalışıyordum tahminimi."

"Bariz kanıt da gerçekten büyük bir kanıt. Bugüne kadar kaç Yahudi ya da Müslümanı çıplak gördün?"

"Sıfır," dedi. "Sen ilksin."

Bu ani dürüstlüğü beni daha da tahrik etmişti, o yüzden bedenini bedenime bastırmıştım.

"Fabiola," diye açıkladı, hizmetçi kapısının çarpma sesine irkilerek uyandığımızda. "Kapıyı hep cereyandan çarpmaya bırakıyor." Saate baktığımda sekizi çoktan geçtiğini gördüm; on birde dersim vardı. Ama kendimi tembel hissediyordum. Oysa Michel çoktan bana sarılmayı bırakıp yatakta oturmuştu, ayaklarıyla yerde terliklerini arıyor gibiydi.

"Yatağa dön," dedim.

"Nasıl yani, yine mi istiyorsun?" diye sordu şoke olmuş gibi yaparak. Sırtım ona dönükken bana sarılmasını, nefesini ensemde duymayı çok sevmiştim. Kendimi geri çekmiyordum.

O gece sevişmemizden hemen sonra bir duraksama ânı yaşamış, giyinip gitme vaktimin geldiğini hissetmiştim. "Yataktan çıkmıyorsun değil mi?" diye sormuştu.

"Tuvalet," demiştim.

Yalan söylüyordum.

"Ama gitmiyorsun."

"Gitmiyorum." Oysa yine yalan söylüyordum.

Gitmeyi düşünmüştüm, sırf alışkanlıktan bile olsa. Seksten sonra hep gittiğimi açıklayacaktım, ya istediğimden ya da ev sahibinin benim bir an önce gitmemi istediğini fark ettiğimden; çünkü ben de ara sıraların seksten sonra hemen gitmesini istemişimdir. *Öf hadi, giy artık şu çoraplarını, cebine tık gerekirse, yeter ki git.* Hatta acele çıkışımı üstünkörü bir şekilde bile olsa nezaketen geciktirme sanatında da ustalaşmıştım; bir ev sahibinin onun dünyasından, eşyalarından, saçının kokusundan, çarşaflarından, havlularından kaçıp gitmeden önce bir bardak suyu ya da atıştırmalık bir lokmayı reddetmenizi istemiyormuş gibi davranmasına benzer bir şekilde. Bu sefer oldukça garip bir durumdaydım; bir şey demedim. Aslında yataktan çıkmak istemiyordum ama yüzündeki şaşkın ifadeyi neye yoracağımdan, dahası bu ifadenin samimiyetine güvenip güvenemeyeceğimden emin değildim. Öte yandan, dairesine yürüdüğümüz ve ellerimizin birbirine sürtünüp bir türlü tam değmemesinin tadını çıkardığımız andan itibaren fark ettiğim üzere, seks yapacağımız da önceden kesin değildi.

O akşam seviştikten sonra bir şeyler yemeye gitmemizi önerdi. "Açlıktan ölüyorum." "Ben de," dedim. "Ama acele etmeliyiz." İkimiz de saatin gece yarısını geçtiğini fark etmemiştik. "Düzüştüğümüz belli mi?" "Evet," dedim. "Belki insanlar anlar." "Anlamalarını istiyorum." "Ben de."

Geç saatlere kadar açık, küçük ama gürültülü bir yerde yemek yedik. Buradaki garsonlar onu tanıyordu, müdavimlerden bazıları da tanıyordu. Daha on beş dakika önce ne işler çevirdiğimizden şüphelendiklerini hissetmek ortak bir heyecana kapılmamıza yol açtı.

"Bir kere daha sarılmak istiyorum," dedim o sabah.

"Sadece sarılmak mı?"

Daha ne olduğunu anlamadan bacaklarımı onun beline sıkı sıkı kenetlemiştim.

"Peki sana bir şey sorabilir miyim?" dedi; yüzlerimiz dip dibeydi, bir eliyle alnımı okşayarak saçlarımı gözlerimden geri itiyordu.

Ne soracağına dair hiçbir fikrim yoktu; belki de vücutlarımızla ilgili bir şey, diye düşündüm ya da hafif bir gerginlik yaratacak, performansımızla ilgili bir şey, yoksa korunmayla mı alakalıydı?

"Bu akşam işin var mı?"

Bu soruya neredeyse gülecektim. "Tamamen boşum," dedim.

"O zaman küçük bistromuza gitmeye ne dersin?"

"Kaçta?"
"Dokuz?"
Başımı salladım.

Lokantanın adresini unutmuştum. Sokağın adını söyledi. Sonra, fazla kibirli konuşmamaya çalışarak bazen ona bir masa ayırdıklarını ekledi. "Oraya öğle ya da akşam yemeğine sık sık müşteri götürüyorum."

"Ya müşteri dışında kişiler?"

Gülümsedi.

"Ah bir bilsen."

Hizmetçiye evde misafir olduğu söylenmiş olmalıydı -muhtemelen ben duştayken- çünkü beni yemek odasına aldığında kahvaltı sofrası iki kişilik hazırlanmıştı. Kahve ve bir sürü güzel yiyecek, ekmekler, peynirler, ev yapımı görünen reçeller. Ayva reçelini ve incir reçelini sevdiğini söyledi. İnsanlar genelde dut reçelleri ve marmelatlar severdi. "Ama ne istiyorsan ondan al."

Ofise koşturması gerekiyordu. "O zaman dokuzda görüşüyoruz?"

Evden birlikte çıktık. Ona üstümü değiştirmek için eve geçeceğimi, sonra konservatuvara gideceğimi, ardından bir iş arkadaşımla öğle yemeği yiyeceğimi söyledim. Günümle ilgili neden bu kadar çok ayrıntı verdiğimi bilmiyordum. Beni dinledi, bisikletimin kilidini açmamı seyretti, bisikleti tekrar övdü, bir sonraki sefer katlayıp içeri almamı söyledi, sonra orada ilk seferki gibi öylece durup bisiklet üstünde uzaklaşmamı izledi.

Ama saat daha erkendi. Ben de bir o sokağa bir bu sokağa girdim, köprüyü geçtim, nereye gittiğimi önemsemiyor, oturup bir fincan kahve içerek Michel'i düşünebileceğim bir kafe bulmaya çalışıyordum; sabah yaşananların dün gecenin hislerini ya da hatıralarını silmesini istemiyordum, sonunda nasıl vahşice öpüştüğümüzün hatırasını; o esnada tek duyduğum sessizlik ve inip çıkan eski asansörün rahatlatıcı gıcırtısıydı, her seferinde onu son kullananın artık bizler olmadığını hatırlatıyordu bu ses.

Genelde geceleyin olanı unutur ya da zihnimin bir köşesine itmeye çalışırım; geceler genelde bir-iki saatten uzun sürmediği için zor da değildir bu. Bazen gece hiç yaşanmamış gibi olur, ben de hatırlamadığım için mutluyumdur.

Bu berrak sabahta kafeye oturup ben uzatılmış bir Noel günü yaşıyormuş gibi hissederken diğer tüm insanların işe koşturmasını keyifle seyrettim. Seksin sıradışı bir yanı yoktu ama bana havluları uzattığı andan itibaren her şeye dikkat etmesi çok hoşuma gitmişti, vücudumla ilgilenişi, zevk almamı istemesi, her şeye özen göstermesi, hep nazik ve ince davranması, onun yarı yaşındaki genç bedene adeta hürmet etmesi. Önce elimi sonra da bileğimi ovup okşaması bile, gözlerim kapalıyken benden ona güvenmemi istemesi, başka da bir şey istememesi, sadece bileklerimi ovup elimi nazikçe yatağa koyması; insanın görüp görebileceği en nazik davranış. Bugüne kadar neden kimse bileklerimi bu şekilde tutup böyle küçük ve görünürde önemsiz okşamalarla bana bu kadar çok keyif vermemişti? İleride yapmayı unutursa bileklerimi yine önceki gibi ovmasını isteyecektim.

Gazeteyi masaya koydum, yün ceketimin yakasını istemsizce kaldırıp yüzüme sürttüm. Bana bu sabah tekrar sevişirken yüzüme sürten tıraşsız yanaklarını hatırlattı. Paltomun onun gibi kokmasını istiyordum. Hangi tıraş losyonunu kullanıyordu? Çok hafif bir kokuydu ama öğrenmek istiyordum. Yarın sabah yanağını yanağıma sürtmeyi unutmayacaktım.

Sonra aklıma babam geldi, birkaç haftaya Noel için Paris'e geleceğini söylemişti. Acaba o zaman Michel'le hâlâ birlikte olur muyduk? Babamın onunla tanışmasını istiyordum, acaba hakkında ne düşünürdü? Miranda'yla bu sefer oğlanı da getireceklerine söz vermişlerdi; kardeşimi tekrar görme vaktimin gelip geçtiğini söylemişti babam. Onları buradaki kafeme getirecektim, Michel de hâlâ hayatımda olursa Miranda'yla arkamıza yaslanıp bu iki adamın hangisinin daha genç olduğunu çözmeye çalışmasını seyredecektik.

Günün geri kalanını yarı sersemlemiş bir halde geçirdim. Üç öğrenci, ayrıca dersten on beş dakika önce hazırlanmış bir seminer. Öğle yemeği boyunca tek düşünebildiğim o akşamki yemekti, single malt'lar, çerezler, krakerler, yine iki bana iki kendine havlu alacağı an. Bu akşam da yine misafirperver mi davranacaktı yoksa tanımadığım birine mi dönüşecekti? En iyi gömleğimin ütülü olduğunu umdum, baktığımda öyle olduğunu gördüm. Kravat takmayı bile düşündüm ama sonra vazgeçtim. Saçımı taradım, oysa akşam saçlarımı alnımdan geri itmesi için sabırsızlanıyordum. Sonra, dışarı çıkıp ayakkabılarımı boyatmak için mahallemin ayakkabıcısına uğradım.

Galiba mutluyum. Ona böyle diyecektim. *Galiba mutluyum.* Bunu üçüncü gecemizde söylemekten kaçınmam gerektiğinin farkındaydım ama umursamıyordum. Söylemek istiyordum.

O akşam lokantaya vardığımda onu göremeyince utanç içinde soyadını bilmediğimi fark ettim. Bu tamamen bocalamama sebep oldu. Michel'le ya da Mösyö Michel'le buluşmaya geldiğimi söylemeye asla cesaret edemezdim. Ama ben kuşkusuz rezil olmama yol açacak bir şeyler mırıldanamadan garsonlardan biri beni tanıyıp hemen üç gece önce oturduğumuz masaya götürdü. Michel inkâr etse de bu lokantaya hafif şaşkın bir şekilde giren ve çalışanların onun misafirlerinden biri olarak ayırt etmeyi öğrendiği ilk genç olmadığım kafama dank etti. Bu keyfimi kaçırmıştı ama kendimi bu hisse kaptırıp kin gütmemeye karar verdim. Belki de kuruntu yapıyordum. Belki gerçekten de kuruntu yapıyordum çünkü kapının olsa olsa beş adım ötesindeki masasına gittiğimde işte oradaydı, çoktan oturmuş bir aperatif içiyordu. Kafa karışıklığı içinde lokantaya girdiğimden beri bana baktığını fark etmemiştim.

Sarıldık. Sonra, kendime hâkim olamayarak ona şöyle dedim: "Yılın en güzel gününü geçirdim."

"Neden?" diye sordu.

"Nedenini daha çözemedim," dedim, "ama dün geceyle bir ilgisi olabilir."

"Benim için hem dün gece *hem* bu sabahtan." Gülümsedi. Sabahleyin maceramızı alelacele tekrarlamış olmaktan duyduğu memnuniyeti gizlememesi hoşuma gitmişti. Ruh halini, gülümsemesini, her şeyini sevmiştim. Bir an sessizlik oldu, sonra kendimi tutamadım: "Harikasın, sana bir süredir söylemek istiyordum, gerçekten harikasın!"

Peçetemi açarken birden fark ettim. İştahım kaçmıştı. "Hiç aç değilim," dedim.

"Şimdi harika olan sensin."

"Neden?"

"Çünkü ben de aç değilim ama bir şey demeyecektim. Hadi eve gidelim. Belki bir şeyler atıştırırız. Bir kadeh single malt?"

"Bir kadeh single malt. Yanına da çerez ve tuzlu atıştırmalıklar?"

"Kesinlikle çerez ve tuzlu atıştırmalıklar."

Başgarsona döndü: "Şefe özürlerimizi iletin ama fikrimizi değiştirdik. *À demain.*"*

Evine vardığımızda içki ve atıştırmalıktan vazgeçtik. Soyunduk, giysileri yerde bıraktık, duşu es geçtik ve doğrudan yatağa gittik.

O hafta perşembe aynı lokantada dokuzda yine buluştuk.

Cuma öğle yemeğine.

Aynı zamanda akşam yemeğine.

Cumartesi kahvaltıdan sonra sayfiyeye gideceğini söyleyip beni de davet etti; *müsaitsen,* diye ekledi; sesinde, genelde mütevazı ve alaycı bir tınıya sahip o tedbirli yükselişle; bu şekilde bana buluşmalarımız dışında da bir hayatım olduğunu kabul etmeye bütünüyle hazır olduğunu ve hiçbir zaman neden, nereye, ne zaman ya da kiminle diye sormayacağını ifade ediyordu.

---

* (Fr.) Yarın görüşürüz. (ç.n.)

Ama bir kere teklifte bulunduktan sonra herhalde sonuna kadar gidebileceğini düşündü: "Pazar akşamı birinci 'hafta dönümü' konserimize yetişecek şekilde dönebiliriz." Onu hafiften huzursuz edenin ne olduğunu çözememiştim, hafta sonunu onunla birlikte geçirme daveti mi yoksa ikimizin şimdiden kutlayacak bir "dönümümüz" olduğunu açıkça kabul etmesi mi. Mevzuyu her zamanki mesafeli haliyle toparlamak için hızlıca ekledi, ona katılmak istersem beni evime götürüp ben birkaç parça kalın giysi alırken –geceleri soğuk oluyordu– arabada beklerdi, sonra da yola çıkardık.

"Nereye?" diye sordum; bu telaşla, *Elbette gelirim,* yanıtı verme yolumdu.

"Şehirden bir saat kadar mesafede bir evim var."

Espri yapıp kendimi Külkedisi gibi hissettiğimi söyledim.

"Neden?"

"Saat ne zaman gece yarısını vuracak? Cicim ayları ne zaman bitecek?" diye sordum.

"Ne zaman biterse o zaman bitecek."

"Son tüketim tarihi var mı?"

"İmalatçılar tüketim tarihini henüz belirlemedi. Bu yüzden kendi başımızın çaresine bakmak durumundayız. Hem zaten bu farklı," dedi.

"Herkese böyle demiyor musun?"

"Evet. Böyle demişliğim var. Ama senle aramızdaki şey çok özel ve benim için tamamen sıradışı. Bana izin verirsen sana bunu bu hafta sonu kanıtlayabileceğimi umuyorum."

"Kanıtlamak mümkünmüş gibi," dedim. Gülüştük.

"İşin komik tarafı şu ki kanıtlamayı gerçekten de başarabilirim – o zaman ne yaparız?" Bana baktı. "İşte beni asıl korkutan –merak ediyorsan– işin bu kısmı."

Kastettiği şeyi biraz daha açmasını isteyebilirdim ama bunun yine konuyu ikimizin de değinmek istemediği taraflara çekmesinden çekindim.

Bir saatten uzun bir süre sonra vardığımız ev bir Brideshead değildi ama Howards End de sayılmazdı.* "Ben burada büyüdüm," dedi. "Çok büyük, çok eski ve hep ama hep soğuk. Bisikletler bile eski ve külüstür, seninkine hiç benzemiyorlar. Ormanın öte tarafında bir göl var, orayı seviyorum. Kendime gelmek için oraya gidiyorum. Sana daha sonra civarı gezdiririm. Ayrıca eski bir Steinway de var."

"Harika. Ama akortlu mu?"

Hafif utanmış göründü. "Akort ettirdim."

"Ama ne zaman?"

"Dün."

"Durup dururken herhalde."

"Durup dururken."

Karşılıklı gülümsedik. İşte aniden ortaya çıkan bu parlak samimiyet anları bende, *Biriyle bu şekilde birlikte olmayalı yıllar olmuştu*, diye haykırma arzusu uyandırıyordu.

Kolumu omzuna attım. "Demek geleceğimi biliyordun."

"Bilmiyordum. Umuyordum."

Bana evi gezdirdi, sonra büyük salona geçtik.

Odaya tam girmeden, Velázquez'in resmettiği hükümdarları andıran iki karakter misali kapıda durup içeri baktık. Geniş İran halılarının etrafında görünen, zamana direnen ahşap parke parlak altın rengiydi ve yıllarca cilalanarak bakıldığı belliydi. İnsan cila kokusunu alabiliyordu. "Her sonbaharda okul açıldıktan sonra," dedi Michel, "hafta sonları buraya geldiğimizde nasıl yalnız kaldığımı hiç unutmayacağım. O günler bana sonu asla gelmeyecek yağmurlu pazarlar gibi geliyordu, sabah dokuzda başlayan ve kış gelene dek bitmeyen yağmur, saat dörtte Paris'e dönüyor olurduk ve arabada sessizlik içinde giderken kendimizi çökmüş hissederdik. İçimizde neşe uyandıran tek şey –ki

---

* Evelyn Waugh'nun *Brideshead Revisited* romanındaki malikâne ile E.M. Forster'ın *Howards End* romanındaki eski ev. (ç.n.)

bu aslında neşeden çok rahatlamaydı– pazar akşamı şehirdeki dairemizin kapısını açıp evdeki ışıkları teker teker yaktığımız andı, hayat akşamki konserin vaadiyle tekrar hızlanıp akışına otururdu, bu konserler ise dünyamın ödev denen, akşam yemeği denen, anne denen, sessizlik ve yalnızlık denen, en kötüsü de daimi çocukluk denen suni koma halinden çıkması anlamına geliyordu. Bu evde yaşadığım çocukluğu ya da gençliği düşmanımın başına dilemem. Hayat bir doktorun muayenesinde beklemek gibiydi, sıram hiç gelmezdi."

Gülümsediğimi gördü. "Burada sadece ödev ve mastürbasyon yapardım. Bu koca malikânede ödev yapmadığım tek bir oda bile yoktur."

"Mastürbasyon yapmadığın da yoktur."

Bu ikimizi de güldürdü.

Yemek odasında basit, neredeyse ucuz bir öğle yemeği yiyorduk. Anladığım kadarıyla buraya genelde cumartesi sabahları gelip pazar öğleden sonra dönüyordu. "Alışkanlık," diye açıkladı.

L şeklindeki ev büyüktü, dışı geç 18. yüzyıl palladyendi: Son derece sade, iddiasız, alışılageldik simetrisiyle neredeyse yavan; bu da donuk olsa da bir sıcaklık yayan zarafetini açıklıyordu. Sonra dik açıyla dönen esrarengiz kanat başlıyordu, bu kanadın yarattığı teklifsiz alan yarı kapalı, bakımlı bir İtalyan bahçesine açılıyordu. Pencereli mansart çatısını görünce hemen oradaki soğuk bir odada oturan yalnız çocuğu hayal ettim; bir gün benim sevgilim olacak çocuk masasına oturmuş, görev bilinciyle ödevini yapıyordu, bir yandan da aklından türlü türlü kösnül düşünce geçiyordu. Ona acıdım. Annesi yanına hep ödevini aldırıyordu, böylece burada başka bir şey pek yapamıyordu, zaten keyif alınacak bir şey yoktu, dedi.

Okul günlerini sordum. Lycée J.'ye gitmişti. "Nefret ediyordum," dedi, "ama babam bazen gelip beni birkaç saatliğine kaçırırdı. Aramızda sırdı bu. O da aynı okulda okumuştu, bu yüzden hafta içi onunla mahallede dolaşıp dükkânlara girip çıkmak, henüz hakkım olmayan ışıltılı yetişkinler dünyasına girmek gibiydi; eminim benim küçük dünyama girmek de ona *lycéen** yıllarını hatırlatıyor, o günleri sonsuza dek ardında bıraktığı için şükretmesine neden oluyordu. Okuldan nefret ediyorsan buna şaşırmam, demişti. Bir gün ona boş sınıfımı gösterdiğimde savaş öncesi günlerden o yana hiçbir şeyin değişmediğini fark edip şaşakaldı. Odaya hâlâ eski tahta masaların baskın kokusu hâkim, dedi; Lycée J.'deki kokuşmuş, koyu kahverengi sınıfımın koyu kahverengi eşyalarını kaplayan tozun üstüne öğleden sonranın zayıf ışığı loş ve eğik bir şekilde vuruyordu hâlâ, bir çocuğun zihnindeki her ahlaksızca düşünceyi boğabilecek bir ışıktı bu."

"Onu özlüyor musun?"

"Özlüyor muyum? Pek sayılmaz. Belki sekiz yıl önce ölen annemden farklı olarak benim nazarımda hiç ölmediğindendir. Sadece yok. Sanki her an fikrini değiştirecek de bir yerlerde arka kapıdan içeri girecek. Bu yüzden onun ardından aslında hiç yas tutmadım. Hâlâ buralarda – sadece başka bir yerde." Bir an düşündü.

"Çoğu eşyasını sakladım, özellikle kravatlarını, tüfeklerini, golf sopalarını, hatta eski tahta tenis raketlerini. Onları anı olarak sakladığımı düşünürdüm, kokusu gitmesin diye plastik poşetlere sardığım iki kazağı gibi. Reddettiğim şey ölüm değil, yok olma. Eski kirişten, yamulmuş tahta raketini hiç kullanmayacağım. Şimdi çocukları varken oğlumla aramızın bozuk olmasına üzülmemin sebebi harika bir büyükbaba olacağımı bilmem değil, onun benim babamla tanışmış olmasını dilemem, onu benim sevdiğim gibi sevebilmiş olmasını, ki buradaki bu kasım günü gibi günlerde oğlumla oturup babamı anabilelim. Babamı birlikte anabileceğim kimsem yok."

"Bu benim görevim olabilir mi?" diye sordum tamamen safça.

Yanıt vermedi.

---

* (Fr.) Lisedeki. (ç.n.)

"Ama sana şunu söyleyebilirim, şimdi, neredeyse otuz yıl sonra üzüldüğüm bir şey varsa o da seninle tanışmaması. Bugün bunun yükünü hissediyorum, hayatımda bir bağ eksikmiş gibi, neden bilmiyorum. Belki seni buraya bu hafta sonu bu yüzden getirmek istedim."

Ailesiyle tanışmak için biraz erken değil mi diye soracaktım –bu düşünce gülümsememe neden oldu– ama bir şey dememeye karar verdim; bu alaycı yorum o ân yakışıksız kaçacağından değil; içimden bir ses erken olmadığını, gerçekten de tam da ailesiyle tanışma ya da en azından ailesiyle ilgili anlattıklarını dinleme zamanının geldiğini söylediğinden.

"Beni biraz korkutuyorsun," dedim, "çünkü bu, babanın onayı olmadan asla yeterli olmayacağım anlamına geliyor; baban beni hiç tanımayacağına göre beni hiç onaylamayacak mısın?"

"Hayır. Onun seni onaylayacağını biliyorum. Mesele bu değil. Bence bu bütün hafta boyunca mutlu olduğumu bilmek onu mutlu ederdi." Bir an durdu. "Yoksa bunlar senin neslin için baskı mı sayılıyor?"

Başımı hayır anlamında sallayıp gülümsedim, *Benimle ve benim neslimle ilgili o kadar yanılıyorsun ki!* demek istemiştim.

"Babamla ilgili o kadar çok gevezelik ettim ki takıntılı olduğumu düşüneceksin. Onu hemen hiç düşünmüyorum. Ama rüyalarıma giriyor. Genelde çok tatlı ve iç rahatlatıcı rüyalar. İşte işin komik tarafı: Aslında seni biliyor. Bir rüyada beni piyano barlarını aramaktan vazgeçirip doğrudan konservatuvara yönlendiren o. Belli ki bilinçdışım onun aracılığıyla konuşuyor."

"Beni gene de arar mıydın?"

"Muhtemelen hayır."

"Ne yazık olurdu."

"Peki ya sen bu pazar günü konsere gelir miydin?"

"Bunu bana daha önce de sordun."

"Ama yanıt vermedin."

"Biliyorum."

Başını salladı, *Tam da bunu demek istiyorum*, diyordu.

Öğle yemeğinden sonra piyanoyu denemek ister miyim, diye sordu. Oturdum, deneme amaçlı birkaç hızlı akor çaldım, müthiş ciddi bir hava takındım, sonra "Chopsticks"i* çalmaya başladım. Güldü. Ne yaptığımı anlamadan "Chopsticks" üzerinden doğaçlamaya geçtim, sonunda durdum ve yakın zamanda eski tarzda bestelenmiş bir chaconne çalmaya başladım. Çok güzel çalıyordum çünkü onun için çalıyordum, çünkü sonbahar uyuyordu, çünkü eski eve hitap ediyordu, içindeki çocuğa, aramızdaki silmeye çalıştığım yıllara.

Durduğumda benim yaşımdayken tam olarak ne yaptığını anlatmasını istedim.

"Herhalde babamın hukuk bürosunda çalışıyordum, tamamen sefil bir haldeydim çünkü işimden nefret ediyordum; ama bir de tabii kimse yoktu, hayatımda özel hiç kimse yoktu... ara sıralar dışında."

Sonra durup dururken en son ne zaman seks yaptığımı sordu.

"Gülmeyeceğine söz veriyor musun?"

"Hayır."

"Geçen kasım."

"Ama bu bir yıl önce."

"O zaman bile..."

Cümleyi bitirmedim.

"Eh, ben de bu eve en son birini getirdiğimde herhalde senin yaşındaydım, burada bir gece geçirdi, sonra onu bir daha görmedim." Sözünü yarıda kesti. Herhalde aklımdan geçeni tahmin etmişti: Sevgilisini buraya çağırdığında ben daha doğmamıştım. Sonra, konuyu değiştirmek adına ekledi: "Eminim babam çaldığın parçayı çok severdi."

"Baban çalmayı neden bıraktı?"

---

* Özgün adıyla "The Celebrated Chop Waltz", Euphemia Allen'ın (1861-1948) bestelediği basit, popüler vals. (ç.n.)

"Bunu hiçbir zaman öğrenemeyeceğim. Benim için sadece bir kere çaldı. Herhalde on beş-on altı yaşlarındaydım. Bana çok zor bir parça çaldığını söyledi. O noktada müziğe eğilimim olduğu konusunda ümidini hepten kesmişti. Bir keresinde annem Paris'teyken tam bu piyanoya oturdu ve çaldı: Çok kısa bir parçaydı, bana göre muhteşem bir şekilde çalınmıştı, Liszt'in *La Chapelle de Guillaume Tell*'i. Babamın gerçekten de harikulade bir piyanist olduğunu hemen, su götürmez bir şekilde anladım. Onun frakıyla piyano başında oturduğu ya da seyircilere eğildikten sonra ayakta durduğu birçok fotoğrafını görmüştüm. Ama piyanist yönüyle hiç yüz yüze gelmemiştim. Kapalı bir kapıydı bu. Asla yanıtlayamayacağım soru, çalmayı neden bıraktığı ya da bu konuyu neden hiç konuşmadığı. Ona bir keresinde geceleri çaldığını duyduğumu, müziğin evin uzak bir kanadındaki odama kadar geldiğini söylediğimde inkâr etti. 'Plak olmalı,' dedi. Bana çaldığı o tek seferde Liszt bittiğinde, 'Sevdin mi?' diye sordu. Ne diyeceğimi şaşırdım. Sadece, 'Seninle gurur duyuyorum,' diye mırıldanabildim. Böyle bir şey dememi beklemiyordu. Birkaç kere başını salladı ama duygulandığını görebiliyordum. Sonra piyanonun kapağını kapattı ve benim için bir daha asla çalmadı."

"Tuhaf."

"Ama kapalı bir adam değildi. Kadınlardan bahsetmeyi severdi, özellikle de ben onlu yaşların ortalarında ve sonlarındayken, kilisedeki o konserlerden sonra. Müzikten de bahsederdi ama bazen dağılır ve sonunda aşktan konuşmaya başlardı, gençliğinde tanıdığı kadınlardan, zevk denen soyut şeyden, kimsenin tam nasıl anlatacağını bilmediği konudan bahsederdi; ki bu da zevk ve arzuyu neden bana bunları keşfettirmesi gereken insanlardan değil de konserden eve dönerken ondan öğrendiğimi açıklıyor. Zevk peşinde koşan bir adamdı ama aradığını annemde bulduğunu sanmıyorum. Aslında bunu bana kendi de söyledi, bir daha asla görmeyeceğin bir kadınla yarım saat geçirmek için para ödemenin, bacakları arasında birkaç dakika hopladıktan sonra kendini yapayalnız hissettiğin bir kadınla vakit geçirmeye yeğ olacağını söylemişti. Bu şekilde konuşurdu. Komik bir adamdı.

"Bir gün pazar konserimizden sonra eğer ilgilenirsem bir kadının bana yetişkinlerin birlikte ne yaptığını kolayca öğretebileceği bir yer bildiğini söyledi. Meraklanmış, biraz da ürkmüştüm ama bana yeri ve kimi soracağımı söyledi, üstüne bir de para verdi.

"Bir hafta sonra yine pazar akşamı birlikteydik, yolda gülerek gidiyorduk. 'Ee, oldu mu?' diye sordu sadece. 'Oldu,' diye yanıt verdim. Bu bizi birbirimize daha da yakınlaştırdı. Birkaç hafta sonra onun muhtemelen hakkında hiçbir şey bilmediği farklı tür bir zevki keşfettim. Şimdi geri dönüp bakınca bundan ona söz etmediğime pişmanlık duyuyorum. Ama o günlerde..."

Cümlesini yarıda bıraktı.

Yürüyüşe çıkmak ister miyim, diye sordu.

Evet, dedim.

Michel eskiden bir köpeği olduğunu, birlikte uzun yürüyüşlere çıktıklarını, karanlık bastıktan sonra döndüklerini anlattı. Ama köpeği öldükten sonra yeni bir tane almak istememişti. "Ölmeden önce çok acı çekti, onu uyutmak zorunda kaldım, bir daha böyle bir kayıp yaşamayacağım."

Sormadım. Ama sormadığım için soruyu düşündüğümü kuşkusuz anlamış olmalıydı.

Kısa sürede ormana vardık. Bana gölü göstereceğini söyledi. "Bana Corot'yu hatırlatıyor. Burada hava hep akşamüstü gibi, hiç güneş yok. Corot'nun resimlerinde kayıkçının başlığında hep bir damla kırmızı olur – kasım günlerinde, üstünde hiç kar görülmeyen kasvetli tarlalarda bir neşe dalı. Bu bana annemi hatırlatıyor; gözyaşlarına boğulmasına hep ramak kalırdı ama bir kere bile hıçkırmazdı. Buranın doğası beni mutlu ediyor, belki benden daha kasvetli olduğunu hissettiğim için." Göle vardığımızda, "Demek burada kendine geliyorsun?" diye sordum.

"Tam tamına burada!" Ona takıldığımı biliyordu.

Çimlere oturacaktık ama nemliydi, biz de biraz kıyıda durup geri döndük.

"Sana bunu nasıl söyleyeceğimi bilemiyorum ama seni buraya çağırmamın bir sebebi var."

"Yakışıklı, genç, parlak zekâlı, hepsinden de öte taş gibi olmam değil miydi sebep yani?"

Bana sarılıp dudağımdan kana kana öptü.

"Tabii sensin sebep; ama göreceğin şeyin seni şaşırtacağını söyleyebilirim."

Hava kapanmaya başlamıştı. "Gerçekten de bir Corot manzarası gibi değil mi, müthiş kederli. Ama bana kendimi iyi hissettiriyor. Ama belki de sen buradasın diye iyi hissediyorumdur," dedi.

"Herhalde ben buradayım diye." Ona yine takıldığımı biliyordu. "Ya da belki ben de mutluyum diye."

"Gerçekten mutlu musun?"

"Gizlemeye çalışıyorum, fark etmedin mi?"

Beni kollarıyla sardı, sonra yanağımdan öptü.

"Geri dönsek iyi olabilir. Bir yudum Calvados iyi gelir."

Geri dönerken ailemden bahsetme sırasının bende olduğunu söyledi. Herhalde sadece kendinin ailesinden bahsetmeyeceğini, bana da konuşmak için eşit süre tanıyacağını göstermek istiyordu. Ama anlatacak o kadar az şey var ki, dedim. Annem de babam da amatör müzisyenlerdi, yani ben onların hayallerini gerçekleştirmiştim. Profesör olan babam ilk piyano öğretmenimdi ama ben sekiz yaşlarındayken becerimin onunkini katbekat aştığını fark etmişti. Üçümüz birbirimize çok yakındık. Bana hiç karşı çıkmazlardı, onların nazarında hiç hata yapamazdım. Sessiz bir çocuktum, on sekizime geldiğimde yönelimimin sınırlandırılamayacağı belli olmuştu. Başta bir şey dememiştim ama birçok ebeveynin ima etmekten bile kaçındığı bir konuyu konuşmamızı kolaylaştırdığı için babama hep minnettar kalacaktım.

Ben üniversitedeyken ayrılmışlardı. Sanırım farkında değillerdi ama onları bir arada tutan bağ bendim, oysa ilgi alanları hep farklı olmuş, hep farklı hayatlar sürmüş, çok farklı dostlara sahip olmuşlardı. Sonra annem bir gün babamdan yıllar önce tanıdığı biriyle karşılaşıp onunla Milano'ya taşınmaya karar vermişti. Babam bir eş bulma ümidini hepten kesmişti ama birkaç yıl önce biriyle tanışmıştı, üstelik trende, şimdi bir çocukları vardı, vaftiz evladım ve yarı kardeşim. Genel olarak herkes gayet mutluydu.

"Beni biliyorlar mı?" diye sordu.

"Biliyorlar. Babama perşembe günü aradığında söyledim. Miranda da biliyor."

"Senden çok daha büyük olduğumu biliyorlar mı?"

"Biliyorlar. Babamın yaşı da Miranda'nın iki katı."

Bir an duraksayıp sustu.

"Onlara beni neden anlattın?"

"Önemli olduğu için. Gerçekten önemli mi, diye de sorma bana."

Yürümeye ara verdik. Ayakkabılarının tabanını yerdeki bir kütüğe sürttü, bir dal koparıp geri kalan yerleri temizledi, sonra bana baktı.

"Tanıdığım en tatlı insan olabilirsin. Bu aynı zamanda beni incitebileceğin anlamına geliyor, hatta perişan edebileceğin. Senin neslinden insanlar böyle konuşuyor mu?"

"Başlatma neslime! Böyle şeyler demeyi de bırak. Böyle konuşmalar beni üzüyor."

"Peki, tek kelime daha etmeyeceğim. Tanıdıkların o büyük kelimeyi kullanıyor mu hiç?"

Yaklaşmakta olduğunu hissedebiliyordum. "Lütfen sarıl bana, sadece sarıl bana."

Beni kollarıyla sıkı sıkı sardı.

Sessizce, kol kola yürümeyi sürdürdük, sonra ayakkabımın tabanını silme sırası bana geldi. "Corot manzarası!" diye lanet okudum. Bu ikimizi de güldürdü.

Eve dönünce: "Sana mutfağı göstermek istiyorum. Asırlardır aynı." Büyük mutfağa girdik, burası belli ki hiçbir zaman ev sahiplerinin oturup bir fincan kahve içeceği ya da yumurta yiyeceği bir alan olarak düzenlenmemişti. Duvarlara çeşit çeşit tencere tavalar asılıydı ama dergilerde ve ev dekorasyonu kataloglarında karşılaşılan şu yapay, modaya uygun olarak sıkış tıkış, şık Fransız rüstiği biçiminde değil. Mutfak bazı açılardan antika sayılabilecek denli eski ve kullanışsızdı, hiçbir güç de bunu gizleyemezdi. Odaya bakarken elektrik kabloları ile gaz ve su borularının muhtemelen on yıllar, belki de nesiller önceden kaldığını, sökülüp yenilenmeleri gerektiğini düşündüm.

Mutfaktan çıkıp küçük salona geçtik; burada küçücük, ahşap, antik bir dolap açıp içinden bir şişeyle iki konyak kadehi çıkardı, parmaklarını kadeh saplarına geçirip tek elinde tuttu. Bu tutuş biçimi çok hoşuma gitti.

"Sana bugüne dek hiç kimsenin görmediği bir şey göstereceğim. Babamın eline Almanlar evimizden gittikten kısa bir süre sonra geçmiş bu. Yirmilerimin sonlarında, babam komaya girmeden birkaç gün önce –sonunun geldiğini biliyordu, kimse de ona aksini söylemeye çalışacak kadar aptal değildi– başbaşa kaldığımız bir sırada benden bu küçücük dolabı açıp geniş, deri bir zarfı çıkarmamı istedi.

"Babam bu zarfın içindekiler eline geçtiğinde benden genç olduğunu söyledi."

"İçinde ne var?" diye sordum zarfı tutarak.

"Açsana."

Bir tür tapu, vasiyet, sertifika ya da uygunsuz fotoğraflar bulmayı bekliyordum. Onun yerine deri zarfı açınca sekiz tane şeffaf kâğıda çift taraflı basılmış bir partisyon buldum. Dizekler belli ki cetveli olmayan birinin titrek eliyle çizilmişti. Önde şu yazıyordu: *Léon'dan Adrien'a, 18 Ocak 1944.*

"Adrien, babam, bunun ne olduğunu hiç açıklamadı. Sadece şunu dedi: 'Yok etme, bir arşive ya da kütüphaneye verme, sadece bununla ne yapacağını bilecek birine ver.' Bu kalbimi kırmıştı çünkü bu sözleri söylerken yüzündeki ifadeden ne onun ne benim hayatımda bunu verebileceği başka kimsenin olmadığını bildiğini görüyordum. Bence aynı zamanda biliyordu, bir şekilde biliyordu – beni yani. İşin tuhafı, ölmek üzere olduklarını bilenlerin o derin, keskin bakışıyla bana bakarken aramızdaki her şey, her sevgi ânı, her hayal kırıklığı, her yanlış anlaşılma, her imalı bakış, hepsi dağılıp gitti. 'Bul birini,' dedi.

"Tabii partisyona bakar bakmaz kafam karıştı. Piyano çaldığım birkaç yıl öğrendiklerim dışında klasik müziğe dair hiçbir şey bilmiyordum, babam da beni hiçbir zaman bilgimi ilerletmeye zorlamamıştı. O yüzden bu partisyonla hiç uğraşmadım.

"Ama partisyona bakınca şaşırmama sebep olan bir şey daha vardı. Üstünde yazan tarihten yirmi yıl sonra doğmuştum ama hiç tanışmadığım, hatta hakkında konuşulduğunu bile duymadığım birinin adı, Léon, benim göbek adımdı. Babama bu adamın kim olduğunu sordum ama bana boş boş baktı, eliyle konuyu geçiştiren bir hareket yaptı, sonra anlatmanın fazla uzun süreceğini, yorgun olduğunu, anlatmamayı, düşünmemeyi tercih ettiğini söyledi. 'Bana hatırlatıyorsun, bense hatırlamak istemiyorum,' dedi. Morfin zihnini mi bulanıklaştırmıştı yoksa nazik bir konudan kaçınmaya çalıştığı zaman, özellikle de tek kelime daha ederse Pandora'nın kutusunun açılacağını bilmeni istediği zaman hep başvurduğu ifadeyi mi kullanıyordu –*Söylememeyi tercih ederim*– emin değildim. Sormaya devam etseydim o kısa, kayıtsız el hareketini tekrar ederdi; tahammül edemediği dilencilere hep böyle davranırdı. Ona yine de tekrar sormayı planlamıştım ama aklımdan uçtu gitti, zaten durumu giderek kötüleştiğinden sağlığıyla ilgilenmem gerekiyordu. Şimdi geriye dönüp bakınca hastalığı sırasında onu hayatta tutan şeyin bana o partisyonu annemin haberi olmadan verme fırsatını bulma ihtiyacı olduğunu düşünüyorum. Öldükten aylar sonra konuyu soruşturunca ne anne ne baba tarafında Léon adında biri olduğunu öğrendim. Sonunda anneme, 'Léon kimdi?' diye sordum. Bana espri yapmışım gibi şaşkın bir ifadeyle baktı: 'Sensin tabii.' Başka bir Léon daha olmamış mıydı, diye sordum. Olmamıştı. Léon adı babamın fikriydi. İsim konusunda tartışmışlardı. Annem babamın, mülkünü bize devreden büyükbabasının adı diye Michel'i istiyordu. O kazanmıştı tabii. Léon bir uzlaşma niyetine ikinci ismim olmuştu. Kimse beni bu adla çağırmıyordu.

"İşte o zaman annemin Léon'un da partisyonun da varlığından bihaber olduğunu fark ettim. Partisyonu görmüş olsaydı Léon'un kim olduğunu sorar ve meseleyi köküne inene dek irdelemeyi sürdürürdü. Annem böyleydi: Bir konuya taktı mı herkese karışır ve iflah olmazdı. Avukat olmam konusunda ısrarcıydı – itiraz etmek nafileydi.

"Babamın ölümünden sonra hizmetkârlara sorup soruşturunca gerçekten de eskilerden birinin bir Léon hatırladığı ortaya çıktı. Evde ona *Léon le juif*, Yahudi Léon derlermiş, ta Yahudilerden nefret eden büyükbabamdan aşçıya ve oda temizlikçilerine kadar. 'Ama,' demişti aynı yaşlı aşçı, 'bu çok uzun zaman önceydi, annen baban tanışmadan önce.' Aşçıdan daha fazla bilgi almanın deveye hendek atlatmaktan zor olacağını anlayınca konuyu kapattım, başka zaman, onu sorguluyormuş hissi yaratmadan sormaya karar verdim. Ona evimizi işgal eden Almanları sordum, o günlerden bahsetmenin Léon'a dönmemizi sağlayacağını biliyordum ama tek dediği Almanların iyi bahşiş veren ve aileme olağanüstü saygılı davranan *de vrais gentlemen*'lar* olduklarıydı. O Yahudi gibi değil, dedi, daha önce Léon'u sorduğumu hatırlayarak. Ailemizde Léon'u tanıyan son o kalmıştı ama babam öldükten sonra emekliye ayrıldı ve kuzeye taşınıp kayıplara karıştı. Böylece iz yok oldu.

"Annem öldükten sonra ailevi belgeleri ayıklamaya karar verdim ama Yahudi'yle ilgili hiçbir şey bulmadım. Algılamakta zorlandığım şey babamın partisyonu neden kilitli tuttuğu

* (Fr.) Gerçek beyefendiler. (ç.n.)

ve bana neden Léon'un adını verdiğiydi. Adaşıma ne olmuştu? Babamın gençlik yıllarından kalma bir günlük ya da okul belgesi bulmayı umuyordum. Ama babam hiç günlük tutmadı. Kâğıtlarının arasında diplomalar, sertifikalar ve sayısız partisyon buldum; bazı kâğıtlar öyle incelmişti öyle asitliydi ki dokunur dokunmaz dağılıyorlardı. Ama tuhaftır babamın bu partisyonları bir kez bile karıştırdığını görmemiştim. Ara sıra radyoda piyanistleri duyduğunda eleştirir, hep, 'Sanırsın Remington çalıyor,' derdi. Ya da başka bir dünyaca ünlü piyanist için, 'Büyük bir piyanist ama rezil bir müzisyen,' demişliği vardı.

"Hukuka yönelmek onu nasıl değiştirdi ya da müzisyenlik kariyerinden neden vazgeçti, hiç bilmiyorum. Ya da daha açıkça söylemek gerekirse babam olduğunu düşündüğüm adamın arkasındaki adamı hiç tanımadım. Ben sadece avukatı tanıyordum ama piyanisti hiç görmemiş, onunla hiç tanışmamış, hiç yaşamamıştım. Piyanisti hiç tanımamış, piyanistle hiç konuşmamış olmak yüreğimi bugün bile dağlıyor. Benim tanıdığım kişi ikinci benliğiydi. Herhalde birinci benliklerimiz ve ikinci benliklerimiz var, hatta belki üçüncü, dördüncü, beşinci benlikler, aralarda da başka birçok benlik."

"Ben şu an kiminle konuşuyorum," diye sordum onun sözünü devam ettirerek, "ikinciyle mi, üçüncüyle mi yoksa birinci benlikle mi?"

"İkinciyle. Sanırım. Yaş, dostum. Ama içimde bir parçam genç halimle konuşabilmen için yanıp tutuşuyor; burada, bu evde ben senin yaşındayken olabilmen için. İşin komik tarafı seninleyken senin yaşını hissediyorum, kendiminkini değil. Eminim bunun bir bedeli olacak."

"Ne kadar karamsarsın."

"Belki öyleyimdir. Ama genç halim hayatta o kadar çok şeyi yüzüne gözüne bulaştırarak, acelece geçiştirerek yaşadı ki. İnsanın yaşı ilerlemiş hali daha tutumlu, daha temkinli, dolayısıyla bir daha asla bulamayacağından korktuğu şeylere atılma konusunda daha çekimser –ya da daha atılgan– oluyor."

"Ama ben şu an buradayım."

"Evet ama ne kadarlığına?"

Yanıt vermedim. Gelecek konusundan kaçınmaya çalışıyordum ama sonuç olarak kuşkusuz hoşuna gitmeyecek kadar şapşal görünmüştüm.

"Bu, bugün, tıpkı dün gibi," dedi, "tıpkı perşembe gibi, çarşamba gibi, bir armağan oldu. Seni bir daha bulamayabilirdim de, seninle bir daha hiç karşılaşmayabilirdim."

Ne diyeceğimi bilemiyordum, ben de gülümsedim.

Bunun üstüne birer kadeh Calvados daha doldurdu. "Umarım sevmişsindir."

Single malt'ı ilk içişimizdeki gibi başımı salladım.

"Kader diye bir şey varsa şayet," dedi, "döngüleriyle bizimle oyun onuyor, oysa bunlar belki de döngü bile değiller, hâlâ çözümlenmeye çalışılan daralmış bir anlama işaret ediyorlar. Benim babam, senin baban, piyano, hep piyano, sonra oğluma benzeyen ama benzemeyen sen, ikimizin de hayatında izi sürülebilen bu Yahudilik meselesi, hepsi bana hayatlarımızın aslında bir kazı çalışması olduğunu hatırlatıyor, hep düşündüğümüzden daha derin katmanları ortaya çıkan bir kazı. Ya da belki hiçbir şey değildir, sadece bir hiçtir.

"Her halükârda seni partisyonla başbaşa bırakıyorum. Bu akşam yemeğe ne hazırlıyorlar diye bakmaya gideceğim. O sırada sen de partisyonla ilgili ne düşünüyorsun, bir bak. Unutma ki bunu gören az, çok az birkaç kişiden birisin."

Kapıyı ardından usulca kapattı, yapacağım şey büyük bir odaklanma gerektiriyormuş ve beni katiyen rahatsız etmek istemiyormuş gibi.

Bu odada yalnız kalmak hoşuma gitmişti. Büyüklüğüne rağmen sıcak bir havası vardı. Arkamdaki eski, kalın perdelerin kokusu bile hoşuma gitmişti; duvarlardaki eskimiş maun lambri duvar ile koyu kırmızı halı da öyle; hatta oturduğum çökmüş, döşemesi soyulan eski deri koltuk da, harikulade Calvados da. Her şeyde eskimişlik havası vardı; her şey miras kalmış, yüzyıllar önce gelecek yüzyılları düşünerek yerleştirilmiş gibiydi. Savaşlar ve devrimler bunları değiştiremezdi çünkü bu malikânenin her bir köşesine, elimde tuttuğum narin kadehe kadar her yere sarsılmaz bir sabitlikle miras ile ebedilik hissi sinmiş gibiydi. Michel burada büyümüştü, burada korunmuştu, burada boğulmuştu. Yeniyetmeliğinde dergilerde erotik resimler ararken acaba tam da bu koltukta mı oturuyordu?

Benden bu partisyonla ne yapmamı bekliyordu – ona iyi ya da kötü dememi mi, Yahudi'nin bir dâhi olduğunu söylememi mi? Ya da aptalın teki olduğunu? Yoksa babasının ondan önce olduğu adamı bulmaya çalışıyordu da bu nota yığınının altından çıkmasına yardımcı olacağımı mı umuyordu?

Partisyonu karıştırmaya başladım, ikinci sayfasına baktıkça dizeklerin neden bu denli titrek bir elle çizildiğini daha fazla sorguladım. Bunun tek bir açıklaması olabilirdi: Yazıldığı dönemde dizekli kâğıtlar satılmıyor olmalıydı. Hem Léon, Adrien'ın notaları görür görmez tanıyacağını ya da en azından bu partisyonla ne yapacağını bileceğini varsaymış olmalıydı.

Ama sonra bir şey daha fark etmeye başladım. Partisyonun belirli bir başlangıcı yoktu, bu da ya eksik olduğu ya da yapıtın modernist dönemin tam doruğunda bestelendiği anlamına geliyordu. Yine de bu ne kadar klişe, diye düşündüm, alayla sırıtarak. Partisyonun son sayfasına baktım, belirgin bir sonunun olmasını da beklemiyordum, gerçekten de hiçbir yere çıkmayan uzun bir trille bitiyordu. Ne kadar öngörülebilir bir son, diye düşündüm, ne kadar sıkıcı! Sonu gelmeyen son – modernizmin en korkunç yanı!

Bir yanım bunları Michel'e söylemeye cesaret edemiyordu. Ona babasının müthiş bir bağlılıkla bunca yıldır gözü gibi baktığı partisyonun, kilitli dolapta içinde durduğu Cartier marka deri portfolyodan çok daha değersiz olduğunu söylemek istemiyordum. Olduğu yerde bırakmış olsa daha iyiydi.

Sonra, ilk üç sayfayı karıştırırken gerçekten yüreğimi dağlayan bir şey fark ettim. Bu notaları daha önce görmüştüm. Tanrım, hatta bunları beş yıl önce Napoli'de çalmıştım! Ama tam olarak bu sırayla değil. Notaları hemen tanıdım. Zavallı adam Mozart'ı kopyalamıştı. Ne kadar bayağı! Daha da kötüsü –gördüklerime inanamıyordum– birkaç bar sonra son derece aleni bir şekilde, herkesin bildiği bir parçanın izlerini gördüğümü düşündüm: Beethoven'ın "Waldstein" sonatından yürütülmüş, tanıdık, hareketli rondo. Sevgili Léon'umuz sağdan soldan apartıyordu.

Soluk, kahverengi mürekkebe baktım. Ya yıllar içinde solmuştu ya da yazar sulandırılmış mürekkep kullanıyordu. Öyle çaresiz bir telaşla karalanmışa benziyordu ki Léon'un bunu Gare du Nord'dan, tren 1944'de kimbilir nereye gitmek üzere yavaş yavaş istasyondan çıkmaya başladığı esnada postaladığını hayal edebiliyordum. Besteci notaları oradan buradan şaka olsun diye mi apartmıştı? Zeki miydi yoksa budala mıydı? İnsan bunu elyazısından kestirebilir miydi? Léon acaba kaç yaşlarındaydı? O sıralar Michel'in olduğu gibi yirmilerinin ortasında bir şakacı mıydı yoksa daha da mı gençti?

Léon'un kim ya da ne olduğunu çözmeye çalışırken birden baştaki notaları tanımamın bir sebebi olduğu kafama dank etti. Bunlar Mozart tarafından ya da kısmen Mozart tarafından bestelenmişti. Ama bu bir sonat, prelüt, fantezi ya da füg değildi. Bu, Mozart'ın Re Minör piyano konçertosunun bir kadansıydı, temayı bu yüzden tanımıştım. Ama Léon Mozart'ı kopyalamamıştı, Beethoven'ın Mozart'ın konçertosu için kadansından alıntı yapıyordu ki Léon'u "Waldstein" sonatından birkaç bar almaya iten de buydu. Léon eğleniyordu. Tek yaptığı piyanist Adrien'ın ilk muvmanın sonunda muhtemelen doğaçlama çalacağı, orkestranın durup piyanistin kendince çalmasına izin verdiği o muazzam bölümü bestelemek olmuştu; hayal gücünün, cesaretin, sevginin, özgürlüğün, maharetin, yeteneğin ve Mozart'ın konçertosunun özünde yatan niteliğe dair derin bir kavrayışın nihayet bir kadansta müzik ile keşfe duydukları aşkı haykırabileceği bölümü.

Kadansın bestecisi Mozart'ın bestelemeyi bitiremediği bölümleri, müziğin bütünüyle değiştiği bambaşka bir çağda yaşasalar bile başkaları bestelemeyi onun adına bitirsinler diye açık bıraktığı bölümleri Mozart olsa nasıl yazardı, tahmin etmişti. Mozart'ın bestesinin gizemine ulaşabilmek için yapılması gereken onun gibi davranmak, onun gibi yürümek, onun üslubunu, sesini, damarını, hatta tarzını taklit etmek değildi; yapılması gereken onu, kendisinin dahi hayal edemeyeceği biçimlerde yeniden yaratmaktı, Mozart'ın durduğu noktada üretmeye devam etmek ama Mozart'ın yine de su götürmez bir şekilde kendinin, sadece kendinin sayacağı bir şeyi üretmekti.

Michel döndüğünde ona partisyonu anlatmak için sabırsızlanıyordum. "Bu bir sonat değil, bir kadans..." diye başladım.

"Tavuk mu et mi?" diye araya girdi. O akşamki yemeğimiz ve rahatımız her şeyden önce geliyordu.

Böyle yapmasına bayılıyordum. "Uçakta mıyız?" diye sordum.

"Vegan yemek servisine de başlasak iyi olacak," diye devam etti bir Air France hostesini taklit ederek. "Harikulade de bir kırmızı şarabım var." Bir an durdu. "Ne diyordun?"

"Bu bir sonat değil, bir kadans."

"Kadans ha. Tabii ya! Baştan beri şüpheleniyordum zaten." Bir saniye duraksadı. "Peki ya kadans ne?"

Güldüm.

"Piyano konçertosunda piyanistin halihazırdaki tema üzerinden doğaçlama yaptığı kısa, bir-iki dakikalık an. Orkestraya gürleyerek tekrar başlayıp muvmanı kapatması için verilen işaret genelde piyanistin kadansının en sonunda çaldığı trildir. Trili ilk gördüğümde ne olduğunu anlamamıştım ama şimdi taşlar yerine oturdu. Ama bu kadans bitmek bilmiyor, daha tam süresini bilmiyorum ama beş-altı dakikadan uzun olduğu belli."

"Yani babamın büyük sırrı bu muymuş? Sadece altı dakikalık bir müzik miymiş?"

"Galiba."

"Kulağa mantıklı gelmiyor, öyle değil mi?"

"Daha tam emin değilim. Biraz daha incelemem gerek. Léon sürekli 'Waldstein'dan bölümler almış."

"'Waldstein'dan." Kelimeyi kocaman bir tebessümle tekrar etti. Biraz vaktimi aldı ama sonra neden gülümsediğini bir kez daha anladım.

"Yaşın benimkinin neredeyse iki katı olmasına rağmen 'Waldstein' sonatını hiç duymadım deme."

"İçini dışını bilirim." Yine gülümsedi.

"Sallıyorsun. Biliyorum. Görebiliyorum."

"Herhalde sallıyorum."

Kalktım, piyanoya gittim ve "Waldstein"ın girişini çaldım.

"Ha, 'Waldstein', tabii," dedi.

Hâlâ alay mı ediyordu?

"Gerçekten birçok kez duydum."

Çalmayı bırakıp rondoya geçtim. Bunu da bildiğini söyledi. "O zaman söyle," dedim.

"Katiyen öyle bir şey yapmayacağım."

"Benimle birlikte söyle," dedim.

"Hayır."

Rondoyu söylemeye başladım, ona piyanonun başından dik dik bakarak yalvardıktan sonra usulca mırıldanmaya başladığını duydum. Daha yavaş çaldım, sonra ondan daha yüksek sesle söylemesini istedim, nihayetinde ahenk içinde söylemeye başladık. Ellerini omuzlarıma koydu, durmamı istediğini sandım ama sonra, "Durma," dedi, ben de çalmaya ve söylemeye devam ettim. "Ne kadar güzel sesin var," dedi. "Elimde olsaydı sesini öperdim." "Söylemeye devam et," dedim. O da söylemeye devam etti. Mırıldanmamız bitince arkamı döndüğümde gözlerinin yaşlı olduğunu fark ettim. "Ne oldu?" diye sordum.

"Ne oldu bilmiyorum. Belki hiç ama hiç şarkı söylemediğimdendir. Ya da belki sadece seninle olduğumdandır. Şarkı söylemek istiyorum." "Bazen duşta söylemiyor musun?" "Yıllardır söylemedim." Ayağa kalktım, sol başparmağımla gözlerindeki yaşları sildim. "Birlikte söylemek hoşuma gitti," dedim. "Benim de," dedi. "Seni üzdü mü?" "Yo. Sadece duygulandım, beni içimden çekip çıkardın gibi hissettim. Bunu yapman hoşuma gidiyor, beni içimden çekip çıkarman. Hem öyle utangacım ki bazı insanların kolayca kızarması gibi benim de hemen gözlerim doluyor."

"Sen mi utangaçsın? Utangaç olduğunu hiç sanmıyorum."

"Ne kadar utangaç olduğuma inanamazsın."

"Benimle durup dururken konuşmaya başladın, hatta bana kur yaptın, üstelik bir kilisede, sonra beni yemeğe çıkardın. Utangaç insanlar bunları yapmazlar."

"Olayların bu şekilde gelişmesinin sebebi hiçbirini önceden tasarlamamam, hatta düşünmeden hareket etmem. Her şey kendiliğinden oldu, belki sen de yardımcı oldun. Elbette seni hemen o gece eve çağırmak istedim ama cesaret edemedim."

"Sonra beni sırt çantam, bisikletim ve kaskımla bir başıma bıraktın. Teşekkür ederim!"

"Senin için sıkıntı değildi."

"Tabii ki sıkıntıydı. İncindim."

"Ama yine de şu an bu odada benimlesin." Bir an duraksadı. "Bunlar sana fazla mı?"

"Yine benim neslimden mi başlayacaksın?"

Gülüştük.

Léon konusuna geri dönmek için partisyonu tekrar elime aldım. "Sana kadansın ne olduğunu anlatayım."

Plak koleksiyonunu karıştırdım, hepsi cazdı ama sonunda bir Mozart konçertosu bulabildim. Sonra 18. yüzyıldan kalma bir orta sehpanın üstünde duran, son derece karmaşık ve pahalı görünümlü pikaba yöneldim. Nasıl çalıştığını çözmek için karıştırırken ona bakmaktan kaçındım ki soracağım soruya gereksiz bir anlam yüklenmesin. "Sana bunu almanı kim söyledi?" diye sordum.

"Kimse söylemedi. Ben kendime söyledim. Tamam mı?"

"Tamam," dedim.

Yanıtının hoşuma gittiğini biliyordu. "Nasıl çalıştırıldığını da biliyorum. Sorman yeterliydi."

Birkaç dakikamı aldı ama sonunda Mozart'ın piyano konçertosunu dinlemeye başladık. İlk muvmanı biraz dinlettikten sonra iğneyi kaldırıp tahminimce kadansın başladığı noktaya yerleştirdim. Bunu Mozart kendi bestelemişti. Kadansı dinledik, sonra tüm orkestranın dönüşüne işaret eden trile dikkatini çektim.

"Bunu Murray Perahia çalıyordu. Son derece zarif, son derece berrak, tek kelimeyle harika. Kadansının anahtarı ana temadan alınan bu birkaç nota. Onları senin için söyleyeceğim, sonra da sen söyleyeceksin."

"Katiyen olmaz!"

"Çocuklaşma."

"Asla!"

Önce notaları çaldım, sonra çalarken söylemeye başladım ve biraz hava atmak için çalmayı sürdürdüm. "Şimdi sıra sende," dedim notaları tekrar çalmaya başlayarak, sıranın onda olduğuna işaret etmek için de ona döndüm. Önce duraksadı ama sonra ricamı yerine getirip notaları mırıldanmaya başladı. "Güzel bir sesin var," dedim sonunda. Sonra, ilham gelmiş gibi hissettiğim için notaları bir kez daha çalmaya başlayıp ondan tekrar eşlik etmesini istedim, "Beni çok mutlu eder," dedim.

Tekrar söyledi, sonunda da birlikte söylemeye başladık. "Önümüzdeki hafta piyano derslerine başlayacağım," dedi. "Piyanonun tekrar hayatıma girmesini istiyorum. Beste yapmayı da öğrenmek istiyor olabilirim."

Benim gönlümü mü hoş etmeye çalışıyordu, emin olamamıştım.

"Öğretmenin olmama izin verir misin?" diye sordum.

"Elbette veririm. Ne kadar aptalca bir soru. Asıl soru sen..."

"Öf, şişşt! "

Sonra ona oturmasını söyledim, Beethoven'ın, ardından da Brahm'ın Mozart'ın Re Minör konçertosu için kadansları çalacaktım. "Harikuladeler," dedim çalmaya başlarken, her ikisini de kusursuzca çaldığımı hissediyordum.

"Daha çok var. Mozart'ın oğlunun bile bestelediği bir tane var," dedim.

Çaldım. Dinledi.

Sonra, ilhamla dolduğumu hissettiğimden ona kendi doğaçlama kadansımı hemen oracıkta çalıverdim. "Bu istersen sonsuza dek sürebilir."

"Böyle bir şey yapabilmeyi o kadar çok isterdim ki."

"Yapacaksın da. Bu sabah pratik yapabilseydim piyanoda daha iyi olurdum ama birilerinin başka planları vardı."

"Kabul etmek zorunda değildin."

"Ama istedim."

Sonra durup dururken: "Taylandlı öğrencine çaldığın notaları çalabilir misin?"

"Bunu mu diyorsun?" dedim, tam olarak neyi kastettiğini çok iyi anlayarak.

"Burada ilginç olan dostumuz Léon'un kadansı 'Waldstein' sonatından birkaç barı aldıktan sonra çok daha delice bir şeyler olması."

"Ne?" diye sordu, bir gün içinde bu kadar çok müzik bilgisine maruz kalmaktan başı dönmüş bir halde.

Partisyona baktım, sonra, herhangi bir şeyi uydurmadığımdan emin olmak için bir kere daha baktım. "Henüz tam emin değilim ama bana öyle geliyor ki 'Waldstein'ı alıntıladıktan sonra Léon bir noktada bir süre kararsız kalıp Beethoven'dan başka bir şeye, Beethoven'ın bir başka parçasına esin kaynağı olma ihtimali bulunan, Kol Nidre diye bir şeye geçiyor."

"Tabii ya," dedi. Kahkahalar atmasına ramak kalmıştı.

"Kol Nidre bir Yahudi duası. Şöyle ki, Yahudi temasının üstü çok örtülü ama araya sıkıştırılmış... içimden bir ses diyor ki müzik konusunda uzman olmayan biri ancak müzik bilen bir Yahudi'yse bu kadansın merkezinde Beethoven değil ama Kol Nidre olduğunu fark edebilir. Bu ölçüler yedi kere tekrarlanıyor, yani Léon ne yaptığını iyi biliyormuş. Tabii sonra 'Waldstein'a ve orkestranın girişine işaret eden trile dönüyor."

Düşüncemi daha iyi açıklayabilmek için ona kadans ile Kol Nidre'yi arka arkaya çaldım.

"Kol Nidre nedir?"

"Yom Kippur'un başında okunan Aramice bir dua; Yom Kippur Yahudi takviminin en kutsal günü, Tanrı'ya verilen tüm sözlerden, edilen tüm yeminlerden, okunan tüm lanetlerden, ona karşı üstlenilen tüm sorumluluklardan feragat edilmesini simgeliyor. Bu melodi bestecileri hep büyülemiştir. Bence Léon babanın melodiyi tanıyacağını biliyordu. Aralarında gizli bir mesaj gibiydi."

"Ama ben bu ezgiyi biliyorum," dedi birden.

"Nerede duydun?"

"Bilmiyorum. Bilemiyorum. Ama duydum, belki çok, çok eskiden."

Michel bir an düşündü, sonra adeta silkinerek, "Bence artık yemeğe oturmalıyız," dedi.

Ama bu konuyla ilgili içimi dökmem gerekiyordu.

"Babanın bu ezgiyi bilmesinin iki yolu olabilir. Ya Léon ona mırıldandı veya çaldı –neden, hiç bilmiyorum, belki Yahudi lituryasında güzel müzikler olduğunu kanıtlamak için– ya da baban bir Yom Kippur ayinine katıldı, ki bu aralarında epey yakın bir bağ olduğuna işaret eder. Turistlerin gelip Yahudilerin Kefaret Günü kutlamalarını izleyeceği bir ayin değildir bu."

Michel bir an düşündü, sonra, "Beni davet etseydin gelirdim," dedi. Elini aldım, tuttum, öptüm.

Yemek sırasında bu gizli kadansın esrarını tartıştık. Aralarında bir şaka mıydı? Devam eden bir çalışmanın özünü içeren bir parça mıydı? Piyaniste bir meydan okuma mıydı? Kimbilir, belki de araya mesafe giren bir dostluğun anısına bir arkadaştan diğerine yapılmış bir jest, gönderilmiş bir selamdı. "Henüz inceleme fırsatı bulamadığım çok şey var," dedim. "Belki de kadans korkunç şartlar altında, bizzat cehennemden bestelenmiş bir Yahudi salvosudur."

"Acaba partisyona fazla mı anlam atfediyoruz?"

"Olabilir."

"Kasabada çok iyi bir kasap var, filetosu tek kelimeyle muhteşem. Aşçımız da sebze çok seviyor, bu mevsimde bulabilirse özellikle kuşkonmazı alerjisine rağmen harikulade pişiriyor. Hint pilavı çok seviyorum, şunu bir kokla," dedi, pilavın dumanını narince benden taraf yelpazeleyerek. Bana takıldığını biliyordum.

Ama sonra atladığımız bir şey olduğunu söyledim.

"Léon Yahudi, büyükanne ve büyükbaban ondan nefret ediyor, muhtemelen babanı kariyer açısından kötü etkileyeceğini düşünüyorlar, hizmetkârlar onu hor görüyor. Fransa çoktan işgal altında, Almanlar yakında bu çatının altında yaşayacak, belki çoktan bu sofrada yemek yiyorlar, zaten bana yediklerini söylemiştin. Léon'un babanla aynı evde olabilmesinin tek yolu tavan arasında saklanması olur ki burada kimse buna göz yummaz. O zaman bu partisyon babanın eline nasıl geçti?"

Konuyu sofraya taşımıştım.

"Şarabı dene. Üç şişe kaldı. Havalansın diye mutfakta açtık."

"Dikkatini toplar mısın lütfen?"

"Evet, elbette. Ama şarabı nasıl buldun?"

"Muazzam. Ama neden habire araya giriyorsun."

"Çünkü senin böyle kendini verdiğini görmek çok hoşuma gidiyor, böyle ciddileşmen çok hoşuma gidiyor. Benimle kaldığına hâlâ inanamıyorum. Seni yatağıma atmak için sabırsızlanıyorum... tek kelimeyle sabırsızlanıyorum."

Şaraptan birkaç yudum daha aldım, kadehimi tekrar doldurdu.

Eti keserken elimde olmadan ekledim: "Partisyonun buraya nasıl geldiğini hâlâ çözmemiz lazım. Kim getirdi? Ne zaman? Bir Yahudi'nin 1944'te partisyon bırakmak için buraya gelmiş olması mümkün değil. Buraya nasıl ulaştığı partisyonla ilgili çok şeyi açığa kavuşturabilir. Müziğin kendisinden bile çok şeyi."

"Bu çok saçma. Meşhur bir şiirin matbaaya nasıl ulaştığının şiirin kendisinden önemli olması gibi!"

"Bu durumda tam da öyle olabilir."

Michel bana şaşkınlık içinde baktı, sanki daha önce hiçbir konuyu böyle karmaşık bir biçimde değerlendirmemişti.

"Posta yoluyla mı geldi," diye sordum, "biri mi getirdi yoksa Adrien kendi mi aldı? İşin içinde üçüncü bir kişi var mıydı? Bir arkadaş, hastaneden bir hemşire ya da kamplardan biri? 1944'ten bahsediyoruz, Fransa hâlâ Alman işgali altında. Yani Léon kaçmış ya da yakalanmış olabilir. Kamptaysa hangi kamptaydı? Saklanıyor muydu? Kurtuldu mu?"

Biraz daha düşündüm.

"Açıklayıcı olabilecek iki şey var. İkisini de bilmiyoruz. Besteci dizekleri neden kendi çizgi? Ve notalar neden böyle sıkışık?"

"Bunlar neden önemli?"

"Çünkü tahminimce bu notalar hiç de alelacele yazılmamıştı." Kâğıtları bir kez daha karıştırdım. "Dikkat et, tek bir çizik atılmamış, hiçbir şeyin üstü çizilmemiş, besteci beste yaparken hiç fikrini değiştirmemiş. Bu notalar bir yerden kopyalanmış, üstelik nota kâğıdının bulunmadığı, normal kâğıdın bile zor bulunduğu bir yerde. Notalar öyle iç içe geçmiş halde ki, Léon kâğıdın bitmesinden korkuyormuş gibi."

İlk sayfayı yemek masasının ortasında duran muma doğru kaldırdım.

"Ne yapıyorsun?" diye sordu.

"Bir filigran arıyorum. Filigran bize çok şey söyler: Kâğıdın nerede, Fransa'nın hangi bölgesinde üretildiğini. Ya da başka hangi ülkede, bilmem anlatabildim mi."

Michel bana baktı. "Anlatabildin."

Ne yazık ki kâğıtta filigran yoktu. "Tek çözebildiğim ucuz, şeffaf bir kâğıt olduğu. Yani kadansın bestecisi bu temaları önceden biliyor ve notaları böyle sıkışık bir halde kopyalıyor. Babanın bu kadansa sahip olmasını istiyor. Tek bildiğimiz bu."

"Hayır, başka şeyler de biliyoruz. Babam çalmayı hepten bırakıp hukuk okumaya başlıyor. Müzik dünyasına sırtını dönüyor. Bunun Léon'la ilgisi olmaması mümkün değil. Çünkü bildiğimiz bir şey var. Babam bu kadansı hayatındaki en kıymetli şeymiş gibi saklıyor. Ama hiç çalmayacaksa neden sakladı, onca yıl boyunca dolabında neden kilitli tuttu; tabii sadece Léon'un yanında çalma sözü vermediyse? Ya da belki başka birinin ortaya çıkıp çalması için sakladı? Senin gibi biri Elio!"

Bu gururumu okşamıştı ama ima ettiği şeyi anlamazdan geldim.

"Sence Léon'a ya da Léon için önemli birine geri vermeyi mi düşünüyordu? Yoksa ne yapacağını bilemedi de atmaya mı kıyamadı; senin onun tenis raketlerini saklaman gibi?"

"Belki de en önemlisi Léon'un kim olduğunu bulmak."

Yemekten sonra Michel'in bilgisayarına Adrien'ın tam adını yazıp birkaç saniyede konservatuvara ne zaman gittiğini buldum. Fotoğrafı bile çıktı. "Çok şık ve süslü," dedim, "yakışıklı da." O yıllarda ve o yıllardan önce-sonra çalışan öğretmenlerin adlarını aradım. Sonuçlar dağınık ve karışıktı ama aralarında Léon adında tek bir kişi bile yoktu. Kulağa Yahudi, Alman ya da Slav adı gibi gelen soyadları ya da baş harfi L'yle başlayan adlar aradım. Bu da bir sonuç vermedi. Öğrencilerin arasında Léon aradım. Sıfır. Ya başka bir adı vardı ya da adı okulun kayıtlarından silinmişti. Belki de konservatuvara hiç gitmemişti. "Léon diye biri yok," dedim sonunda.

"Yani dedektifçilik oyunumuz burada bitiyor."

Bu noktada koltukta birbirimize iyice yakın oturuyorduk, ışıklar loştu, Calvados içmeye devam ediyorduk.

"Belki baban Alfred Cortot'yla çalışmıştır. Ama Léon'un çalıştığını hiç sanmıyorum."

"Neden böyle düşünüyorsun?"

"Cortot Yahudi karşıtıydı, işgal altında iyice öyle oldu. Sanırım Cortot'nun yakından tanıdığı kemancı Thibaud, Führer için çalmıştı."

"Ne korkunç zamanlar. Konu üstüne başka fikrin var mı?" diye sordu.

"Neden soruyorsun?"

Başını hafifçe sağa sola salladı. "Özel bir sebebi yok. Sadece seninle bu şekilde zaman geçirmek hoşuma gidiyor. Bu şekilde sohbet etmek, geceleyin, bu odada, bu kanepede, sen bilgisayarla uğraşırken dip dibe, dışarıda ise her yerde sadece kasım ayı var. Bu konuyla bu kadar ilgilenmen hoşuma gidiyor."

"Benim de çok hoşuma gidiyor."

"Ama yine de kadere inanmıyorsun."

"Sana bu şekilde düşünmediğimi söylemiştim."

"Belki benim yaşıma geldiğinde ve hayatın insana aslında ne kadar az şey sunduğunu günbegün daha iyi gördüğünde, belki o zaman küçük tesadüfler dikkatini çekmeye başlar; mucizeye dönüşen, hayatlarımızı baştan yazan, her şeyin üstüne göz alıcı bir ışık yayan tesadüfler; bu ışık büyük resme bakıldığında kolaylıkla anlamsız gelebiliyor insana. Oysa bu anlamsız değil."

"Burası, bu akşam harikulade."

"Evet, gerçekten harikulade." Ama sesinde neredeyse melankolik bir tını vardı, kaderine boyun eğip nostaljiye kapılmış gibi, sanki daha karnı doymadan önünden alınan bir tabaktım. İnsanın neredeyse iki katı yaşında biriyle olması böyle miydi:

Dikkatlerini başkalarına yöneltmeden çok önce mi kaybediyordu insan onları?

Konuşmadan bu şekilde oturmayı sürdürdük. Ona sarıldım; karşılığında bana fiziksel bir çaresizlikle dolu, gerçek, hüzünlü, aç bir şekilde sarıldı.

"Neyin var?" diye sordum, tahmin ettiğim yanıtı duymak isteyip istemediğim konusunda hâlâ tereddütteydim.

"Hiçbir şeyim yok. Ama korkutucu olan da bu –ne demek istediğimi anlıyorsan–, hiçbir sorun olmaması."

"Bana biraz daha Calvados koy."

Seve seve koyacağını söyledi. Ayağa kalktı, hoparlörlerden birinin arkasında duran küçük dolaba gitti, yeni bir şişe çıkardı. "Bu çok daha kaliteli."

Konuyu değiştirdiğimi biliyordu. Aramızdaki bu bulutu bir şeyin aniden kaldıracağını umuyordum ama o bir şey gelmedi, biz de kaldırmaya yeltenmedik, belki altından ne çıkacağına emin olmadığımızdan. Böylece bana Calvados'un tarihini anlattı, ben de dinledim, şişenin etiketinde üreticinin tarihini anlatan minnacık elyazısını okudum. Bu noktada aklına dâhice bir fikir geldi ve aramızda bir deyişe dönüşen ifadeyi kullandı: "Seni mutlu etmek istiyorum." Ne demek istediğini çok iyi anlamıştım. "Sen etiketi okumaya devam et, dikkatin dağılmasın. Bakma bile."

Calvados kadehini alıp yudumladı. Sonra onu hissettim, ağzını, hafif karıncalanmayı. "Yaptığın şeye bayılıyorum," dedim sonunda gözlerimi kapatarak; şişeyi bir yere koymaya çalışıp sonunda kanepenin kenarına, halıya bırakmaya karar verdim.

Hizmetçiyi hatırladım.

"Çoktan gitti. Arabanın sesini duymadın mı?"

Pazar gününü evde geçirdik. Michel pazarları hep yağmurlu hatırlıyordu, gerçekten de uzun bir yürüyüş yapmayı planladığımız orman giderek daha karanlık ve kasvetli bir hal alıyordu.

Sabahın ilerleyen saatlerinde birkaç saat pratik yaptım, Michel ise ofisinde gazete karıştırdı. Ama öylesine yapıyorduk bunları, sonunda birimiz kibarca belki de hafta sonu gezmelerinden geç dönen Parislilerin trafiğine kalmadan yola koyulmanın iyi bir fikir olabileceğini söyleyince ikimiz de rahatladık. Şehre yaklaştığımızda önce beni evime bırakmayı düşündüğü anlaşılınca gergin bir an yaşadık; ya ben doğrudan ona gitme zorunluluğu hissetmeyeyim diye yapıyordu bunu ya da konserden önce başka planlarım olduğundan şüphelendiğinden. Belki de, diye düşündüm, biraz yalnız kalmaya ihtiyacı vardı. Ne de olsa pazarları Paris'e dönmek onda bir alışkanlığa dönüşmüştü, kimbilir, belki de yıllardır böyle yaptığından düzenini değiştirmek istemiyordu. Apartmanın girişinde park etmiş arabanın yanında durunca motoru kapatmadı. Dışarı çıkmamı bekliyordu, ben de çıktım. "Yakında görüşürüz," dedim, buna o sessiz, hüzünlü baş sallayışıyla yanıt verdi. Sonra birden cesaretimi topladım. "Eve gitmek zorunda değilim. Eve gitmek istemiyorum." "Arabaya geri bin," dedi. "Sana tapıyorum Elio, sana tapıyorum." Doğruca evine gittik. Seviştik, hatta biraz kestirdik, sonra telaşla konsere koşturduk, arada elma şarabı içtik, sonra üç çeşitli yemeğimize oturduk, yemek boyunca elimi tuttu. "Yarın pazartesi," dedi. "Geçen pazartesi ıstırap doluydu." Neden, diye sordum. Ama yanıtını biliyordum. "Çünkü sensiz kendimi kayıp hissetmiştim, üstelik niye? Hayır dersin korkusundan, ahlaksız görünmek istemediğimden."

Bir süre bana baktı. "Bu akşam eve gitmen gerekiyor mu?"

"Gitmemi istiyor musun?"

"Bu akşam tanışmışız gibi yapalım, bisikletinle uzaklaşmak yerine, 'Seninle yatmak istiyorum Michel,' demiş ol. Bunu der miydin?"

"Dememe ramak kalmıştı. Ama yo! Siz kalkıp benden uzaklaştınız beyefendi!"

Pazartesi sabahı taksiyle doğruca eve gidip üstümü değiştirmeye karar verdim. Ev gözüme yabancı gelmişti, sanki haftalardır, aylardır gelmemişim gibi. Burayı gündüz gözüyle en son cumartesi sabahı görmüştüm; hızla yukarı koşup giyecek birkaç parça eşya aldığım, sonra hızla aşağıdaki arabaya, beni bekleyen Michel'e koştuğum zaman. O gün dersten sonra Léon'la ilgili bir şey bulabilmek için doğrudan konservatuvarın ofisine gittim.

O akşam her zamanki bistromuzda buluştuğumuzda Michel'e izi yitirdiğimizi söyledim. Léon'dan hiçbir yerde iz yoktu. Beklediğimden daha fazla hayal kırıklığına uğradı, bu yüzden salı aklıma başka bir fikir geldi. İki farklı müzik okuluna gidip yıllık kayıtlarına baktım. Ama yine sonuç alamamıştım.

İkimiz de makul bir varsayımla Léon'un ya yurtdışında okuduğu ya da yüzyılın başındaki diğer zengin Yahudiler gibi özel ders aldığı sonucuna vardık.

İki gün daha bu şekilde geçti. Elimde başka ipucu kalmamıştı. Ama cuma günü sonunda Léon'un kimliğini Michel'in de babasının da gittiği *lycée*'nin kayıtlarında buldum; Michel'in yeğeni olduğumu söyledikten sonra sekreter kayıtları benim önümde taradı. O gün sayfiyeye giderken kendimi tutamayıp haberleri arabada verdim. "Eski adresini bile buldum. Soyadı Deschamps. Tek sorun şu ki Deschamps Yahudi adı sayılmaz."

"Sonradan alınmış ya da değiştirilmiş bir ad olabilir. Düşünsene Feldmann, Feldenstein, Feldenblum ya da sadece Feld gibi."

"Olabilir. Ama internette çok fazla Léon Deschamps çıkıyor, tabii hepsi hayatta mı, hâlâ Fransa'da mı, bilmiyorum. Onu bulmamız aylar sürebilir."

Afallamış görünüyordu. Okul bağlantısını neden daha önce bulamadığını düşünmeden edemedim. Sonunda ona neden bunca yıldır hâlâ Léon'u aradığını sordum.

"Babamla ilgili hiç bilmediğim bir şey öğrenebilirim. Ayrıca Léon'un ne zaman ve nasıl kaybolduğunu merak ediyorum."

"Ama neden?"

"Bilmiyorum. Belki bu babama ulaşmanın bir yolu; hayatta yapmayı en sevdiği şeyi bırakmasına neyin sebep olduğunu öğrenmenin, Léon'la aralarındaki dostluk ile sevgiyi anlamanın; aralarında dostluk ile sevgi varsa tabii. Bu babamın bana hiç bahsetmediği tek şey, oysa on sekizime geldiğimde bana rahatlıkla açılabilirdi. Belki ben de oğlum gibiydim, aramıza mesafe koymaya çalışıyordum. Ya da bu müziği bırakan adamı tanımaya vakit ayırmadığım için bir tür kefaret ödeme biçimim. Ama kaçımız anne babamızın gerçekte kim olduğunu anlamaya vakit ayırıyoruz ki? Sadece sevdiğimiz için tanıdığımızı sandığımız insanların görmediğimiz daha ne kadar farklı katmanları var?"

"Her halükârda," dedim araya girerek, "Léon'u sınıf fotoğrafında bile buldum. Al, bak." O gün okulun ofisinde kopyaladığım fotoğrafı çıkardım. "Çok yakışıklı. Tam Katolik gibi duruyor, son derece muhafazakâr."

"Evet. Gerçekten de çok yakışıklı," dedi Michel.

"Benim düşündüğümü mü düşünüyorsun?" diye sordum.

"Elbette senin düşündüğünü düşünüyorum. En baştan beri böyle düşünmüyor muyuz?"

Vardığımızda çantasını bir kenara koyup aşçıya selam verdikten sonra ilk iş salona gidip camlı kapıların yanındaki küçük masanın dar çekmecesini açıp büyük bir zarf çıkardı. "Baksana," dedi.

Büyütülmüş bir sınıf fotoğrafıydı, benim bulduğumdan biriki yıl önce çekilmişti. Serçeparmağıyla Adrien'a işaret etti, bu fotoğrafta daha genç görünüyordu. İkimiz de Léon'u arıyorduk.

"Buldun mu?" diye sordu. Başımı salladım. Ama sonra gördüm, işte Adrien'ın yanında duruyordu. Benim fotoğrafımdaki çehre ile eski sınıf fotoğrafındaki çehrenin benzerliği inanılmazdı. "Demek başından beri biliyordun!" dedim.

Suçluluk ama aynı zamanda keyif dolu bir tebessümle başını salladı. "Fotoğrafı biliyordum. Ama başka birinin daha teyit etmesine ihtiyacım vardı."

Bunu biraz düşündüm.

"Beni geçen hafta buraya bu yüzden mi getirdin?"

"Bunu soracağını biliyordum. Yanıtı hayır. Başka bir sebep daha var, eminim tahmin etmişsindir. Sana partisyonu vermek istiyorum. Bunu sana vererek, başkasına değil ama sana vererek babamın son arzusunu yerine getiriyorum. Senden tek dileğim onu bir konserde çalman."

Aramıza ağır bir sessizlik çöktü. İtiraz etmek, insanların pahalı bir hediye alınca söylediklerini söylemek istiyordum: *Bunu kabul edemem,* ki bu aynı zamanda *Senin hediyene layık değilim,* demekti. Ama böyle dersem incineceğini biliyordum.

"Ben bu keşfimizin hâlâ fazla kolay, fazla zahmetsiz olduğunu düşünüyorum," dedim. "Bir yanım bulduklarımıza inanmak istemiyor. Hemen sonuca varmayalım."

"Neden?"

"Çünkü Lycée J.'den hali vakti yerinde, muhtemelen *Action Française* abonesi olan genç bir Katolik çocuğun Kol Nidre'ye bulaşması için aklıma tek bir sebep bile gelmiyor."

"Ne demek istiyorsun?"

"Bizim Léon'umuz Léon Deschamps olmayabilir."

Çalınmadık kapı bırakmamak adına ertesi haftayı yeni ipuçları arayarak geçirdim.

Yine çıkmaz sokaklara saptım, yanlış yollara girdim ama sonra, sayfiyedeki o cumartesi günü birden kafama dank etti.

"Aklıma takılıp duran bir şey vardı. Birincisi babanın pazarları Sainte U. konserlerine gitmeyi sürdürmesi. Kilise gizemli bir şekilde Léon'la bağlantılı olabilir miydi? Belki kilisenin de Florian Dörtlüsü'yle bir ilgisi vardı. Florian'ın aynı kilisede yıllardır çaldığını biliyordum, babanın konserlerine destek olduğunu da sen kendin söylemiştin. Bu yüzden onları internette araştırdım ve nihayetinde tahmin ettiğim gibi sadece bir ya da iki değil ama tam üç tane Florian bulunduğunu öğrendim. Florian 1920'lerin ortasında kurulmuştu, dörtlü değil, üçlü olarak: keman, çello ve piyano. Şimdi gerçek bir dâhi olduğumu kanıtlayan bölüme geldik. Üçlüdeki piyanist seninle düşündüğümüz gibi Léon Deschamps değil ama üçlüyle on yıl boyunca birlikte olan biriydi, hem piyano hem de keman çalan biri. Adı Ariel Waldstein'dı. Böylece Ariel Waldstein'ı aradım, gerçekten de bir Yahudi piyanist çıktı; bir kampta ölmüştü, üstelik Amati kemanını bırakmak istemediğinden dövülerek öldürülmüştü. Altmış iki yaşındaydı."

"Ama adı Ariel, Léon değil," dedi Michel.

"Bulmacayı bu sabah erken saatlerde çözdüm; nasıl, hiçbir fikrim yok. Ariel İbranicede 'Tanrı'nın aslanı' demek – yani Léon. Birçok Yahudi'nin hem Yahudi adı hem de Latin adı olurdu. Kemancı 1920'lerde Ariel diye geçiyor, 1930'ların başında Léon oluyor, muhtemelen giderek artan Yahudi karşıtlığı yüzünden. Onunla ilgili daha fazla bilgi edinmenin en kolay yolu Kudüs'teki Yad Vaşem'e başvurmak."

Bu noktada başka bir şey daha eklemem gerekiyormuş gibi hissettim, sanki Ariel Waldstein'ın hayatını bu şekilde didikleyip deşmek başka bir konuyu daha açıklığa kavuşturuyormuş gibi; tamamen tesadüfi görünen ama aslında bilinçdışında esas mevzuyla alakalı olduğunu, hiç değilse zamanın akışını ve sevilen bir insanın tekrar ortaya çıkışını içerdiği için alakalı olduğunu bildiğim bir şeyi. Bu meselenin nereye gideceğini neredeyse hissedebiliyordum, daha derine inmeye de şimdiden korkuyordum çünkü Michel'in de çoktan bu şekilde düşündüğünden endişeleniyordum. O konuyu açmadı, ben de açmadım. Ama aklından geçtiğine emindim.

Pazar sabahı birlikte duş alıp kısa bir yürüyüşe çıktık; daha önce görmediğim arka kapıyı kullanmıştık. Kasabadaki herkes Mösyö Michel'i tanıyor gibiydi, selamlar havada uçuşuyordu. Beni bir sokağın köşesindeki bir kafeye götürdü, dışarıdan hiç cazip bir yere benzemiyordu ama içeri girer girmez sıcak ve korunaklı havayı hissettim. Kafe tekrar yola çıkmadan önce sıcak bir şeyler içmek için arabalarını ya da minibüslerini önüne park etmiş insanlarla doluydu. İki fincan kahve ile iki kruvasan söyledik. Yanımızda yirmilerinin sonunda üç kız oturuyor, hayatlarındaki erkeklerden yakınıyorlardı. Onları dinleyen Michel'in bana gülümseyip göz kırpması hoşuma gitti. "Erkekler korkunç," dedi kızlardan birine. "Rezil. Siz erkekler sabahları aynaya nasıl bakıyorsunuz anlamıyorum." "Kolay değil ama deniyoruz," dedi Michel. Gülüşmeler oldu. Konuşmayı duyan garson kadınların erkeklerden daha iyi olduğunu ve karısının dünyadaki en mükemmel insan olduğunu söyledi. "Neden?" diye sordu kızlardan biri, habire sigara yakacakmış gibi hareketler yapıp her seferinde vazgeçerek. "Neden mi? Çünkü beni daha iyi bir insana dönüştürdü. Ki inanın bana, bunu başarmak için azize olmak gerek." "Demek karınız bir azize." "Abartmayalım. Kim yatakta bir azize ister." Herkes gülüyordu.

Kahveden sonra Michel bacaklarını masanın altında tamamen uzattı, krallar gibi kahvaltı etmiş birine benziyordu. "Bir tane daha?" diye sordu. Evet anlamında başımı salladım. Michel iki kahve daha sipariş etti. Konuşmadık. "Üç hafta," dedi sonunda, belki de sessizliği bölmek için. Sözlerini tekrarladım. Sonra durup dururken uzanıp elimi tuttu. Elimi geri çekmedim ama mekân barda duran insanlarla dolu olduğundan biraz gerilmiştim. Huzursuzluğumu sezmiş olmalı ki elimi bıraktı. "Bu akşam yine Beethoven çalıyorlar." Beni üstü örtülü bir şekilde gitmeye ikna etmeye çalışıyormuşçasına söylemişti bunu.

"Zaten birlikte gideceğiz sanıyordum."

"Eh, varsayımda bulunmak istemedim," dedi.

"Yapma böyle!"

"Elimde değil."

"Ama neden?"

"Çünkü o genç yeniyetme hâlâ içimde bir yerlerde, arada birkaç kelime fısıldıyor, sonra kaçıp saklanıyor. Çünkü sormaya korkuyor, çünkü sorduğu için ona güleceğini sanıyor, çünkü güvenmek bile zor. Çekingenim, korkağım, yaşlıyım."

"Böyle düşünme. Bugün neredeyse bir gizemi çözdük. Yapmamız gereken bu akşam çellocuya Ariel'i hatırlayıp hatırlamadığını sormak. Belki hatırlamıyordur ama fark etmez, gene de soracağız."

"Bu babamı geri getirecek mi?"

"Hayır ama onu mutlu edebilir, bu da seni mutlu eder."

Bir an söylediklerimi düşündü, sonra daha önce yaptığı gibi başını salladı; pes ettiğini, ne demek istediğimi anladığını ifade ediyordu. Sonra, aramızda lafı geçmeyen tüm konuların üstünden atlamış gibi ekledi: "Kadansı çalacağına söz verir misin – umarım yakın bir zamanda?"

"Bu baharın sonlarında Amerika'da turneye çaldığımda, sonra da sonbaharda Paris'e döndüğümde çalacağım. Söz veriyorum."

Duraksadığını gördüm ve sebebini anladım. Ona söyleme vakti gelmişti.

"Amerika'da uzun zamandır görmediğim birine uğramayı düşünüyorum."

Konuyu kafasında evirip çevirmesini seyrettim.

"Tek başına seyahat edeceksin yani?"

Başımı salladım.

Yine sözlerimi tartmasını seyrettim.

"Evlilik uydurmacası mı?" diye sordu sonunda.

Başımı salladım. Beni bu kadar iyi anlaması çok hoşuma gidiyordu ama bir yandan da anladığı şeyden korkuyordum. "Seninle olmak bana onu hatırlatıyor," dedim. "Onunla buluşursam ona anlatmak isteyeceğim ilk şey sen olacaksın."

"Neyi, öyle yüksek bir standart karşısında yetersiz kaldığımı mı?"

"Hayır; çünkü standart o ve sensin. Şimdi düşünüyorum da, sadece ikiniz oldunuz. Geri kalan herkes 'ara sıra'ydı. Bana onsuz geçen yılları telafi edecek günler verdin."

Ona baktım; bu sefer uzanıp elini tutan ben oldum.

"Yürüyelim mi?" dedim.

"Yürüyelim."

Kalktık, ormandan geçip göle gitmemizi önerdi.

"Bence Ariel Waldstein'ın kim olduğunu bulmalıyız. Belki onu tanıyan birileri vardır."

"Belki. Ama öldüğünde altmış iki yaşındaymış, yaşayan akrabası varsa çok, çok yaşlı olmalı."

"Demek Ariel o zaman babanın iki katı yaşındaymış."

Birden bana bakıp gülümsedi.

"Çok fenasın!"

"İkisini merak ediyorum. Belki arayışımızı körükleyen nihayetinde budur."

"Bizi mi kastediyorsun?"

"Belki. Kilisede kayıt tutuyorlarsa öğreniriz. Ariel'in adresini bulmaya bile çalışabiliriz, belki eski bir telefon rehberinde çıkar. Binayı bulursak da yapmamız gereken adına bir *Stolperstein** yaptırmak."

"Ama ya başka akraba yoksa, ya soyları onunla bittiyse, ya ondan geriye hiçbir iz kalmadıysa ve öğrenilecek başka hiçbir şey yoksa?"

"O zaman iyi bir şey yapmış oluruz. Taş yok olan herkesin anısına orada durur, gaz odasından önce dışarıya ne bir uyarı ne bir sevgi sözcüğü ne adını, hiçbir şey iletememişlerin anısına. Bir İbranice dua bestesi hariç. Ailende Holokost'ta ölen birileri var mı?"

"Büyük dayılarımı biliyorsun. Sanırım büyük büyükannem de Auschwitz'te öldü. Ama emin değilim. Ölüyorsun, insanlar

---

* Nazi kurbanlarını anmak için kendi rızalarıyla yaşadıkları son yere yerleştirilen, adlarını taşıyan taş. (ç.n.)

senden bahsetmez oluyor, sonra bir bakmışsın kimse sormuyor, kimse anlatmıyor, kimse bilmiyor bile ya da bilmek istemiyor. Tükenmiş oluyorsun, asla yaşamamış, asla sevilmemiş. Zaman asla gölge düşürmüyor, hatıralar kül dökmüyor."

Ariel'i düşündüm. Bestesi genç bir piyaniste yazdığı aşk mektubuydu, gizli mektubu. *Benim için çal. Benim için Kadiş de. Melodiyi hatırlıyor musun? Burada saklı, Beethoven'ın altında, Mozart'ın yanında, bul beni.* Yahudi Léon'un kadansını ne korkunç, tahayyül edilemez şartlar altında kaleme aldığını kim bilirdi, sadece, *Seni düşünüyorum. Seni seviyorum, çal,* demek için.

Yaşlı Yahudi Ariel'i hayal ettim, istenmediğini bildiği halde Adrien'ın evine geliyordu; sığınak arayan ama kapı suratına çarpılan, belki daha da kötüsü baba, anne ya da anne babanın da onayıyla hizmetçiler tarafından ihbar edilen Ariel'i. Ariel'in Portekiz'e ya da İngiltere'ye kaçmaya çalıştığını hayal ettim, belki çok daha korkunç bir şekilde Fransız Milice* tarafından tutuklanmıştı, genç yaşlı demeden tüm Yahudilerin gecenin bir yarısı evlerinden sürüklenip sıkış tıkış kamyonlara yüklendiği şu korkunç baskınlardan birinde. Sonra Ariel'in bir yerlerde gizlendiğini, Ariel'in hayvan vagonuna bindiğini, son olarak da Ariel'in kemanından ayrılmak istemediği için ölümüne dövüldüğünü hayal ettim; o keman şimdi muhtemelen bir Alman evinde, sahibi bir kampta yok olduktan sonra çalınmış bir enstrüman olduğunu belki de bilmeyen bir ailede. Michel'in babası acaba Ariel'i kurtarmaya çalışmadığı için kefaret mi ödüyordu? *Sana ve sevdiklerine bir sığınak sunamadığım için bir daha asla piyano çalmayacağım.* Ya da: *Sana yapılanlardan sonra benim için müzik bitmiştir.* Yaşlı adamın yakarışını duyabiliyordum: *Ama çalmak zorundasın. Beni seviyorsan asla durma, en azından bunu çal.*

---

* II. Dünya Savaşı sırasında Fransız Direnişi'ni bastırmak için kurulan paramiliter güç. (ç.n.)

Sonra bir kere daha kendi hayatımı düşündüm. Bana bir gün bir kadans gönderip, *Ben artık yokum ama ne olur bul beni, benim için çal,* diyecek biri var mıydı?

"Yahudi duasının adı ne?"

"Kol Nidre."

"Ölüler için mi okunuyor?"

"Hayır, o duanın adı Kadiş."

"Biliyor musun?"

"Her Yahudi çocuk öğrenir. Daha ölüm nedir bilmeden sevdiklerimizin ölümü için prova yapmak öğretilir bize. İşin ironisi Kadiş'in insanın kendine okuyamadığı tek dua olması."

"Neden öyle?"

"Çünkü aynı anda hem duayı okuyup hem de ölü olamazsın."

"Ah siz yok musunuz!"

Güldük. Sonra bir an düşündüm. "Biliyor musun, bu Léon-Ariel mevzusunun baştan sona kurgu olma ihtimali yüksek."

"Evet ama en azından bizim kurgumuz. Yarın ne yapacağımızı çok iyi biliyorum. Şehre döneceğiz, ben babam gibi olacağım, sen de benim o yıllarda olduğum genç adam ya da hiç görmediğim oğlum gibi, sonra birlikte oturup Florian Dörtlüsü'nü dinleyeceğiz, belki babamın o senin yaşındayken, Léon da benim yaşımdayken yaptığı gibi. Biliyor musun, hayat aslında nihayetinde hiç de özgün değil. Esrarengiz bir şekilde bizlere hatırlatıyor ki Tanrı olmasa bile kaderin kartları dağıtışında geri dönülüp bakıldığında fark edilen muazzam bir ahenk var. Bize elli iki kart dağıtmıyor, diyelim ki dört-beş tane dağıtıyor ve bunlar babalarımızın, dedelerimizin, büyük dedelerimizin oynadığı kartların aynıları. Epey aşınmış ve katlanmış görünüyorlar. Diziliş seçenekleri sınırlı: Kartlar bir noktada tekrar etmeye başlayacak, nadiren aynı sırada ama her zaman esrarengiz bir şekilde tanıdık gelen bir döngüde. Bazen son kart hayatı biten kişi tarafından oynanmıyor bile. Kader bizim hayatın sonu saydığımız şeye her zaman saygı duymuyor. Son kartını senden sonra gelene veriyor. Bence bu yüzden tüm hayatlar yarım kalmaya mahkûm. Hepimizin kabul etmesi gereken acı verici gerçek bu. Sona varıyoruz ama hayatımız bitmemiş oluyor, hem de hiç! Daha yeni başladığımız projeler, çözülmemiş ve ortalığa dağılmış konular oluyor. Yaşamak, kursağında pişmanlıklarla ölmek anlamına geliyor. Fransız şairin dediği gibi, *Le temps d'apprendre à vivre il est déjà trop tard,** yaşamayı öğrendiğimizde çok geç kalmış oluyoruz. Yine de başkalarının hayatlarını tamamlayacak, onların açık bıraktığı hesap defterini kapatıp son kartlarını onlar adına oynayacak bir noktada durduğumuzu bilmek insana az da olsa neşe katıyor. Hayatını tamamlama, bitirme görevinin hep başka birine kalacağını bilmekten daha tatmin edici bir şey olabilir mi? Sevdiğimiz ve bizi yeterince seven birine. Benim durumumda bu kişinin sen olacağını düşünmek istiyorum, o sırada artık birlikte olmasak bile. Gözlerimi kimin yumacağını şimdiden bilmek gibi bu. Sen ol istiyorum Elio."

Bir an, tam Michel'in konuşmasını dinlerken bu gezegende gözlerimi yummasını isteyeceğim tek bir kişi olduğunu fark ettim. Onun da yıllarca konuşmasak bile avucunu gözlerimin üstünde gezdirmek için dünyaları aşıp geleceğini umuyordum, tıpkı benim de onun için yapacağım gibi.

"Evet," dedi Michel, "dörtlünün en yaşlısıyla tanışacağız, senin üç hafta önce dinlemek istediğinle ve ona Léon'u hatırlayıp hatırlamadığını soracağız. Ama ondan önce, arada o elden ayaktan düşmüş yaşlı rahibeden sıcak elma şarabı alacağız, belki yine birbirimizi tanımamış gibi yapacağız, konserden sonra buluşmak için sözleşeceğiz, sonrasında bir şeyler atıştırmaya gideceğimizi bileceğiz."

"Tanrım, o gece bana sarılıp beni evine çağırmanı ne çok istediğimi söylemiş miydim? Neredeyse bir şey diyecektim ama sonra kendimi tuttum."

---

* Louise Aragon'un "La Diane Française" şiirinden. (ç.n.)

"Belki o gece kartlarda yoktu." Gülümsedi.

"Belki de."

Atkısını boynuna sararken bana baktı. "Üşüdün mü?" diye sordu.

"Biraz," dedim. Benim için endişelendiğini ama endişesini göstermek istemediğini fark etmiştim. "Eve dönmek ister misin?"

Başımı hayır anlamında salladım. "Gergin olduğumda üşüyorum."

"Neden gerginsin?"

"Bunun bitmesini istemiyorum."

"Neden bitsin ki?"

"Hiç."

"Hayattayken neredeyse elimden yitip gidecek kart sendin. Bu akşam üç hafta olacak, oysa hiç olmayabilirdi de. Benimse..." Ama sonra durdu.

"Seninse?"

"Bir haftaya daha, bir aya daha, bir mevsime daha, bir ömre daha ihtiyacım var. Bana kışı ver. Bahar geldiğinde turnene çıkacaksın. Bugün keşfettiğimiz tüm katmanların altında senin için tek bir kişi olduğunu biliyorum ve bence o kişi ben değilim."

Bir şey demedim. Hüzünle gülümsedi.

"Belki evlilik uydurmacası." Sonra bir an durdu, sesinin gerildiğini duydum. "Bu hayatta istediğim tek şey senin mutlu olman. Geri kalanı..." Cümlesini bitiremedi. Geri kalanın önemli olmadığını söylemek istercesine kafasını salladı.

İkimizin de buna ekleyecek bir şeyi yoktu. Ona sarıldım, o da bana sarıldı; tepemizde bir kaz sürüsünün uçtuğunu fark ettiğinde hâlâ sarılıyorduk. "Bak!" dedi. Ona sarılmayı bırakmadım.

"Kasım," dedim.

"Evet. Ne kış ne sonbahar. Corot bölgesinde kasım ayını hep sevmişimdir."

Capriccio

Erica ve Paul.

Birbirlerini tanımıyorlardı ama asansörden birlikte çıktılar. Erica yüksek topuklu giymişti, Paul ise yelken ayakkabısı. Benim katıma çıkarken aynı daireye gittiklerini fark etmişlerdi, hatta ortak bir tanıdıkları bile vardı, kim olduğuna dair en ufak bir fikrim bile olmayan, Clive diye biri. Clive'ı tanıdıklarının nasıl anlaşıldığı benim için bir muammaydı ama zaten halihazırda tuhaf olacağı belli bir gecede herhangi bir şeyi tuhaf bulmanın ne manası vardı ki, neticede veda partimde görmek için yanıp tutuştuğum iki kişi birlikte gelmişti. Paul kendinden yaşça epey büyük erkek arkadaşıyla gelmişti, Erica ise kocasıyla; ikisine yakınlaşma arzusuyla geçen aylardan sonra şehirdeki son günlerimden birinde çatımın altında bulunduklarına hâlâ inanamıyordum. Başka bir sürü kişi vardı ama diğer konuklar kimin umurundaydı: Paul'un sevgilisi, Erica'nın eşi, yoga hocası, Micol'un tanışman gerek deyip durduğu arkadaşı, Nazi Almanya'sından sürülen Yahudilerle ilgili bir konferansta geçen sonbahar tanıştığım çift, 10H'deki tuhaf akupunkturcu, bölümümdeki deli mantıkçı ile çatlak vegan karısı, son olarak da atıştırmalık yiyecekleri konukları rahat ettirmek adına bu akşam seve seve baştan yaratan, Mount Sinai'de çalışan Doktor Chaudhrui. Bir noktada *prosecco* açıp New Hampshire'a dönüşümüzün şerefine içtik. Veda konuşmaları çoktan boşaltılmış dairede yankılandı, birkaç yüksek lisans öğrencisi sevgi dolu esprilerle şerefime kadeh kaldırıp bana takıldı, bir yandan da konuklar gelip gidiyordu.

Ama önemli iki kişi kaldı. Hatta insanlar boş dairede dolaşırken birlikte özel bir an bile yaşadık; Erica balkona çıktı, onu ben izledim, sonra Paul geldi, ikisi tırabzana yaslanıp Clive denen adamdan konuştular, Erica solumda Paul sağımdaydı, ben de bardağımı yere koyup her ikisinin beline sarıldım, dostça ve rahat bir tavırla, doğalmış gibi. Sonra kollarımı çekip tırabzana yaslandım, üçümüz omuz omuza durup güneşin batışını seyrettik.

Benden uzaklaşmadılar. İkisi de bana yaslanıyordu. Onları buraya getirmem aylarımı almıştı. Hudson Nehri'ne bakan balkonda geçirdiğimiz bu sıradışı derecede sıcak kasım akşamında, o sessizlik ânını paylaştık.

Paul'un üniversitedeki bölümü benimkiyle aynı kattaydı ama birlikte çalışmıyorduk. Görünürde ya tezini bitirmiş bir doktora öğrencisiydi ya doktora sonrası çalışmasını yapıyordu ya da erkenden kadro alma yolunda ilerleyen bir asistandı. Aynı kattaydık, aynı merdiveni kullanıyorduk, bazen büyük fakülte toplantılarında ama daha çok Broadway'de iki sokak aşağıdaki Starbucks'ta karşılaşıyorduk, genelde akşamüstü, lisans dersleri başlamadan önce. Birkaç kere de sokağın karşısındaki salatacıda karşılaşmış, öğle yemeğinden sonra dişlerimizi fırçalamak için aynı tuvalete gidince de ister istemez gülümseşmiştik. Üstüne çoktan macun sürülmüş diş fırçalarımızla erkekler tuvaleti yolunda karşılaşmak birbirimize sık sık gülümsememize yol açıyordu. Anlaşılan ikimiz de macunumuzu tuvalete getirmiyorduk. Bir gün bana bakıp, "Aquafresh mi?" diye sordu, ben de evet, dedim. Nereden anlamıştı? Çizgilerinden, dedi. Bu fırsatı değerlendirip onun hangi marka kullandığını sordum. "Tom's of Maine." Tahmin etmeliydim. Tam bir Tom's of Maine tipi vardı. Kesin Tom's deodorantı, Tom's sabunu ve genelde sağlıklı gıda satan dükkânlarda bulunan diğer bağımsız markaları kullanıyordu. "Salatanın ardından, dişini fırçaladıktan sonra ağzında kalan rezenenin tadını merak ettiğim oluyordu."

Birbirimize kur yapmıyorduk ama bir şeyler ima ediyor gibiydik. Narin, dubalı köprümüz öğleden sonraları çekingence edilen hoşbeşlerle kuruluyor, sonra ertesi sabah aynı merdiveni kullanırsak belki verilen bir selamla alelacele sökülüyordu. Ben aramızda bir şeyler olsun istiyordum, onun da istediğini düşünüyordum. Ama durumu doğru yorumladığıma, bir şey diyecek ya da ilişkiyi ilerletecek bir hareket yapacak kadar emin olamıyordum. Kısa sohbetlerimizden birinde fırsattan istifade *sabbatical*'ımın sonuna geldiğimi, yakında New Hampshire'a geri taşınacağımı söyledim. Bunu duyduğuna üzüldüğünü söyledi, Sokrates öncesi düşünürler derslerimden birine katılmak istiyordu. "Ama zaman!" dedi. "Zaman!" Özür dilercesine gülümseyip aynı anda hafifçe iç çekerek. Demek beni araştırmıştı, Sokrates öncesi düşünürler üzerine ders verdiğimi biliyordu. Bu gururumu okşamıştı. Rus piyanist Samuil Feynberg üzerine yazdığı kitabın teslim tarihine az kalmıştı. Feynberg'i daha önce hiç duymamıştım, bu da yakından tanıyabilmeyi arzuladığım bir başka yanı daha varmış gibi hissetmeme yol açtı. Müsaitse ve neredeyse tamamen boşaltılmış dairemizde –dört sandalyeden başka bir şey kalmadığını söyledim– yapacağımız küçük veda toplaşmasına gelmek isterse çok sevinirdim. Gelir miydi? Mutlaka, dedi. O kadar hızlı yanıt vermişti ki ona inanmak istemedim.

Sonra Erica vardı. Aynı yoga dersine gidiyorduk, bazen tıpkı benim gibi çok erken geliyordu –sabah altıda–, bazen ikimiz de çok geç geliyorduk, akşam altıda. Bazen aynı gün iki kere geldiğimiz de oluyordu, hem sabah hem akşam altıda, adeta birbirimizi arıyorduk da aynı gün iki kere karşılaşmayı beklememememiz gerektiğini biliyorduk. O köşeyi seviyordu, ben de hep yanına geçiyordum. O yokken bile matımı sererken duvarla araya boşluk bırakıyordum. Başta bu her zamanki yerimizi sevdiğimdendi ama sonra ona yer tutmanın ince yollarını buldum. Ama ikimiz de düzenli gitmiyorduk, böylece birbirimize başımızla hızlıca selam vermeye başlamamız bile asırlar sürmüştü.

Bazen gözlerim kapalı uzanırken birinin aniden yanıma matını serdiğini duyardım. Bakmadan kim olduğunu anlardım. Dar köşemize çıplak ayak yaklaşırken bile ayaklarının yere gizlice, ürkekçe sürtmesini, nefes alıp verişini, uzandıktan sonra öksürüşünü duyabiliyordum. Beni görünce şaşırmış da sevinmiş gibi numara yapmıyordu. Ben daha tedbirliydim, onu göz ucuyla gördükten sonra birden tekrar dönüp, *Ah, sen miydin,* dercesine bakıyordum. Hislerimi belli etmek istemiyordum, bir önceki grubun odayı boşaltmasını beklerken stüdyonun kapısında çıplak ayak toplaştığımızda yapılan hafif, baştan savma yoga hoşbeşinin ötesinde bir bağ kurmaya fazla hevesli görünmek de istemiyordum. Dersteki vasatlığımızı tartışırken, derse tek seferlik giren hocanın ne kadar kötü olduğundan yakınırken ya da fırtına çıkacağını duyduktan sonra iç çekip birbirimize güzel bir hafta sonu dilerken hep medeni ama aynı zamanda hafif alaycı bir tavır takınıyorduk. Bu işin bir yere varmayacağını ikimiz de biliyorduk. Ama onun zarif ayaklarını, pürüzsüz omuzlarını çok beğeniyordum; yazın bronzlukla ışıldayan omuzları bir önceki hafta sonu sürdüğü güneş kreminin kokusunu hep üstünde taşıyor gibiydi. Her şeyin ötesinde alnını seviyordum; düz değil, yuvarlak olan alnı kelimelere dökemediğim ama daha iyi anlamak istediğim düşüncelerle dolu gibiydi; her tebessümünün ardında kurnazca bir düşüncenin yattığı yüz hatlarından alenen belli oluyordu. Kaslı baldırlarını açığa çıkaran daracık giysiler giyiyordu, öyle ki zihnimi serbest bıraksam bacaklarının *viparita karani* pozisyonunda doksan derece kalktığını, topuklarını göğsüme yasladığını, ayak parmaklarının omuzlarıma değdiğini, ben önünde dizüstü dururken ayak bileklerinin avuçlarımda olduğunu rahatlıkla hayal edebiliyordum. Sonra dizlerini kırıp yavaş yavaş belime sararsa nefes alıp verişini ve inleyişini duymam yeterdi, o zaman istediğimin bir yoga arkadaşlığından fazlası olduğunu anlardım.

Yoga hocamızı veda partime çağırmayı düşündüğümü söyledim. O da kocasıyla bize katılmak ister miydi? Çok güzel olur, dedi.

İşte böylece ikisi de gelmişti. Hava kasım ayına göre sıcak olduğundan balkon kapılarımız ardına kadar açıktı, nehirden gelen bir esinti odanın içinde dolaşıyor, camların önündeki mumlar titreşiyordu; hepimiz kendimizi bir filmde gibi hissediyorduk, her şeyin yolunda gittiği büyülü bir cumartesi gecesi geçiriyorduk. Ben sadece insanları tanıştırıyor, sonra onlara ustaca sorular yönlendiriyordum ki sohbetin tavsadığını fark eden ev sahiplerinin genelde önceden planlanmış şu beylik sorularına benzemesinler. *Filmin son sahnesini nasıl buldun? Şu yaşlanmış oyuncularla ilgili ne düşündün? Filmi yönetmenin bir önceki filmi kadar sevdin mi? Birdenbire şarkıyla biten filmleri seviyorum. Ya sen?*

Bu benim veda partimdi ama yine de ev sahibi bendim. *Prosecco*'ların bol bol aktığından emin oldum, herkes tamamen rahatlamış görünüyordu. İkilinin duvara yaslanıp sohbet edişinden belliydi bu; ara sıra onlara katıldığımda da kendi dünyamızda olduğumuzu hissediyordum. Odada kimse kalmasa fark etmeyip şu kitaptan, bu filmden ya da şu oyundan konuşmayı sürdürürdük, hiçbir fikir ayrılığı çıkmadan konular akıp dururdu.

Onlar da sorular sordular, bana, birbirlerine; bir-iki kere de mutfaktan bize doğru gelen birilerine dönüp onları sohbete dahil etmeye çalıştılar. Kahkahalarla güldük, ellerini tuttum, bunu yapmamdan ikisinin de hoşlandığını anladım çünkü onlar da karşılık olarak elimi hafifçe sıktılar, sadece nezaketen verilen gevşek bir karşılık değildi bu. Bir noktada önce Paul, sonra da Erica sırtımı sıvazladı, nazikçe, sanki kazağımın hissinden hoşlanmışlar da tekrar hissetmek istiyorlarmış gibi. Harika bir geceydi, içiyorduk, cep telefonlarımız bir kere bile çalmamıştı, Dr. Chaudhuri birazdan tatlıyı getirecekti. Parti güya sekiz buçukta bitecekti ama saat sekiz buçuğu çoktan geçmişti, kimse de gitmeye niyetli görünmüyordu.

Arada bir Micol'a, *Her şey yolunda mı?* manasında bir bakış atıyordum, o da hızla başını sallayıp, *Evet, senin orada?* diyordu. *Gayet iyi,* diye yanıt veriyordum. Mükemmel bir takımdık, bizi bir arada tutan şey de takım olmamızdı. İyi bir çift olacağımızı bu sayede hep biliyorduk bence. Evet, takım çalışması. Bazen de tutku.

Bunlar da kimin nesi? dedi başını sorgulayıcı bir imayla yana eğerek, daha önce hiç görmediği iki genç misafiri kastediyordu. *Sonra anlatırım,* diye yanıt verdim. Gerilmiş, biraz da işkillenmişti. *Ne iş çeviriyorsun,* anlamına gelen o oyunbozan ifadeyi iyi tanıyordum.

Paul da Erica da esprili insanlardı, epey güldüler, bazen de bana güldüler zira benden başka herkesin bildiği konulardan genelde bihaber oluyordum. Ama bıraktım eğlensinler.

Bir noktada Erica araya girip kulağıma fısıldadı: "Sakın dönme ama eşinin arkadaşı sürekli bize bakıyor."

"Üniversitede çalışmak istiyor, bu yüzden ondan kaçıyorum."

"İlgilenmiyor musun?" diye sordu Paul, sesinde hafif bir alayla.

"Yoksa ikna mı olmadın?" diye lafa karıştı Erica.

"Etkilenmedim," diye yanıt verdim. "Demek istediğim *çekici bulmadım.*"

"Güzel ama," dedi Erica. Alaycı bir tebessümle başımı hayır anlamında salladım.

"Şişşt! Ondan bahsettiğimizi anladı."

Üçümüz de çekinerek başka yere baktık. "Hem adı Kirin," diye ekledim.

"Kirin değil, Karen," dedi Paul.

"Ben Kirin diye duydum."

"Gerçekten de Kirin dedi," dedi yoga partnerim.

"Michigan'ca konuşuyor da ondan."

"Michigan'istanca demek istedin herhalde."

"Kulağa masalca gibi geliyor." Kahkahalara boğulduk. Kendimize hâkim olamıyorduk.

"İzleniyoruz," dedi Paul.

Kahkahalarımızı bastırmaya çalışırken zihnim tıkır tıkır işlemeye başladı. Hayatımda olmalarını istiyordum. Ne şekilde olursa olsun. Onları hemen şimdi istiyordum, Paul'un erkek arkadaşıyla, Erica'nın kocasıyla, her neyse, varsa yeni doğmuş bebekleriyle ya da evlatlık çocuklarıyla. İstedikleri gibi girip çıkabilirlerdi, yeter ki New Hampshire'daki yavan, ölümcül derecede sıkıcı günlük yaşamımda olsunlar.

Peki ya Erica'yla Paul birbirlerinden başka, beklenmedik bir biçimde hoşlanırlarsa, ki bu neticede çok da beklenmedik olmazdı?

Bu bana dolaylı yoldan heyecan da verebilirdi. Libido her türlü para birimini kabul eder, dolaylı zevklerin tezgâh üstü döviz kuru gerçek sayılacak kadar güvenli kabul edilir. Kimse bir başkasının zevkini ödünç aldı diye iflas etmez. Sadece hiç kimseyi istemediğimizde iflas ederiz. "Sizce birini mutlu edebilir mi?" diye sordum eşimin arkadaşıyla ilgili olarak, niye sorduğumu bilmeden. "Senin gibi birini mi?" dedi Paul hemen, hedefi on ikiden vurmaya hazırdı; o sırada Paul'un ardından sinsice, imalı imalı gülen Erica'nın ise sorumun esas anlamını sezmiş olabileceğini görüyordum. Beni mutlu etmenin kolay olmadığı konusunda anlaşmış gibilerdi. "Ah, aslında ne kadar basit şeyler istediğimi bir bilseniz." "Ne gibi?" diye sordu Erica, neredeyse pat diye, beni kekeleyip palavra atarken yakalamak istercesine. "İki tanesini söyleyebilirim." "Söyle o zaman," dedi bana doğrudan meydan okuyarak, fazla aceleci davrandığını ve dilimin ucundaki yanıtımın hiç de beklediği yanıt olmadığını fark etmemişti. Duraksadığımı görünce Paul, "Belki yanıtlamak istemiyordur," dedi. "Belki istiyorumdur," dedim. Erica'nın dudakları yine o hüzünlü tebessümle titreşti. "Belki istemiyorsun." *Demek biliyor, muhakkak biliyor olmalı.* Yanımda gerildiğini görebiliyordum. Ama tecrübelerime dayanarak biliyordum ki bu, cesaret gerektiren sorunun sorulduğu andı ya da belki cevabı "evet"ten başka bir şey olamayacağı için sorulmasına bile gerek duyulmayan an. Ama gerilmişti. "İsteklerimizin çoğu zaten hayalî değil midir?" dedim; sözlerimi yine yumuşatmaya çalıştım ki konuyu değiştirmek istiyor da yolunu bulamıyorsa ona bir fırsat sunabileyim. "En derin arzularımızdan bazıları gerçekleşmedikleri zaman bize sınandıkları zamana kıyasla daha çok şey ifade ediyor – sizce de öyle değil mi?"

"Hiçbir zaman ertelenmiş arzunun ne olduğunu anlayacak kadar uzun süre beklediğimi sanmıyorum." Paul kahkahalar attı.

"Ben bekledim," dedi Erica.

Onlara baktım, onlar da bana. İnsanın kendini tuhaf hissettiği bu gibi anlar hoşuma gidiyordu. Bazen tek yapmam gereken açılmalarını beklemek, onları erkenden kesmemekti. Ama gerilim artıyordu, Erica bir şey, herhangi bir şey söylemek için telaşa kapılmıştı, bu da benim ne demek istediğimi gerçekten sezdiği anlamına geliyordu: "Seni bir zamanlar inciten ya da yaralayan birileri muhakkak olmuştur."

"Oldu," diye yanıt verdim. "Bazı insanlar bizi yıkık ve dağılmış halde bırakıyor." Bir süre düşündüm. "Benim durumumda yıkan aslında bendim ama kendine gelemeyen de benim."

"Kadın kendine geldi mi?"

Bir an duraksadım. "Erkek," diye düzelttim.

"Neredeydi?"

"İtalya."

"İtalya tabii. Orada işler farklı yürüyor."

Çok zeki, diye düşündüm.

Erica ve Paul.

Evet, anlaşmışlardı. Onları sohbetlerine bırakıp başka misafirlerin yanına gittim. Micol'un arkadaşıyla bile biraz şakalaştım; kadın doğum lekesine rağmen güzel sayılırdı, coşkulu bir ironi algısı vardı, yani genç bir eleştirmen olarak becerikli ve yetenekli demekti.

Zihnim bir an bir önceki akademik yılın hafta sonlarına gitti, üniversiteden arkadaşlar her pazar gayriresmi bir akşam yemeği için bize gelirdi. Geleneksel tavuk güveci, kişler –ikisi de dışarıdan alınıp ısıtılırdı– bir de benim türlü türlü malzemeyi karıştırdığım meşhur lahana salatam olurdu. Birileri mutlaka peynir getirirdi, başka biri de tatlı. Şaraplar akardı, bol bol iyi ekmek olurdu. Yunan triremeleri ile Yunan ateşinden konuşurduk, Homer'in benzetmelerinden ve çağdaş yazarların Yunan retorik karakterlerinden. Bunların hepsi yitip gidecekti, tıpkı gayriihtiyari bir şekilde edindiğim ve başka yerde özleyeceğim küçük New York alışkanlıklarım gibi. İş arkadaşlarımla yeni dostlarımı da kaybedecektim, tabii bu ikiliyi de, üstelik şimdi yoga ile üniversite dışında bir ilişki kurmuşken.

Şimdi etrafıma bakınınca evin Micol'la geçen ağustosta taşındığımız zamanki kadar boş olduğunu gördüm. Bir masa, dört sandalye, birkaç eski balkon sandalyesi, bir büfe, boş kitaplıklar, çökmüş bir kanepe, yatak, kanatları gerilerek içi doldurulmuş kuşları andıran sayısız askının sallandığı dolaplar ve Micol'un de benim de bir kez olsun dokunmadığımız şu zavallı kuyruklu piyano; piyanonun üstü hâlâ oyun broşürleriyle doluydu, bunları New Hampshire'a götüreceğimizi söyleyip duruyorsak da aslında götürmeyeceğimizi biliyorduk. Geri kalan her şey çoktan toplanıp yola çıkmıştı. Üniversite evin süresini kasım ortasına kadar uzatmıştı, yine Klasik Dönem Çalışmaları bölümünde olan bir sonraki kiracı o zaman gelecekti. Maynard'la yüksek lisansımızı birlikte yapmıştık, ona hoşgeldin notu yazmıştım bile. *Kurutma makinesi çok yavaş, Wi-Fi da sürekli kopuyor*. Ona bugüne dek hiç imrenmemiştim. Şimdi bir an bile duraksamadan onunla yer değiştirebilirdim.

Tahmin ettiğim gibi ikili bir noktada tekrar gazeteci Clive'dan konuşmaya başladı, soyadını ikisi de hatırlamıyordu. Paul'un üstünde bembeyaz, kısa kollu, keten bir gömlek vardı, göğüs hizasındaki düğme açıktı. Clive'ın soyadını hatırlamaya çalışırken dirseğini kaldırıp elini başına götürdüğünde kolunu ta koltukaltındaki seyrek, ince tüylere kadar görebiliyordum. Koltukaltını tıraş ediyor galiba, diye düşündüm. Parlak bileklerini görmeye bayılıyordum – güneşten kapkara olmuştu. Gecenin geri kalanı boyunca tekrar birinin adını hatırlamaya çalışırken elini başına götüreceği ânı yakalamak için uğraşabilirdim.

Ara sıra odanın öte tarafındaki erkek arkadaşına hızla kaçamak bir bakış attığını görebiliyordum. Gizli anlaşmalar ve dayanışma – birbirlerini kollayışları çok tatlıydı.

Erica'nın üstünde gök mavisi, bol bir bluz vardı. Memelerine tam bakamıyordum çünkü hatları kışkırtıcı görünecek kadar net değildi ama bakışlarımı ne zaman yönlendirsem fark ettiğini biliyordum. Bu onu yoga giysileri dışında ilk görüşümdü. Beni çeken koyu renk kaşları ve büyük, ela gözleriydi – size sadece bakmakla kalmıyor, sizden bir şey talep ediyor, sonra da gerçekten bir yanıt bekliyormuşçasına sabitleniyordu, sizin bir şey ifade etmekten aciz boş bakışlarınız ise yanıt veremeyeceğinizi belli ediyordu. Aslında tam olarak bir şey talep etmiyorlardı da, sizi hatırlayan ama nereden hatırladığını çıkaramayan birinin o bütünüyle tanıdık bakışına sahiplerdi, gözlerindeki alaylı pırıltıysa hatırlamasına yardımcı olmadığınızı söylüyordu çünkü sizin hatırlayıp da hatırlamıyormuş gibi yaptığınızı anlamıştı. Bakışları bana her kaydığında bir şeyler ima ediyordu, bunu çok sık fark etmeye başlamıştım; bu, bir keresinde onu sinema kuyruğunda gördüğümde aramızdaki sessizliği neredeyse bölmeme neden olmuştu. Kocasıylaydı, ona bir şeyler söylüyordu, sonra birden dönüp bana bakmıştı; kısa bir an için bakışmış, nihayet birbirimizi tanımış, ardından sessizce geri adım atmış, sessizce başımızı sallayarak selamlaşmış, *Yogadan değil mi? Evet yogadan,* demek istemiştik. Sonra bakışlarımızı çevirmiştik.

O sırada Micol'la yoga hocası sigara içmek için balkona çıktılar. Hoca Micol'u güldürüyordu. Kahkahasını duymak hoşuma gitti, öyle nadiren gülüyor ki – öyle nadiren gülüyoruz ki. Başka bir misafirden bir sigara otlanıp yanlarına gittim. "Tüm küllüklerimizi paketledik," diye açıkladı eşim, elinde yarı boş bir plastik bardak tutup külünü dökmek için sigarasını kenarına vurarak. "Hiç iradem yok," dedi yoga hocası. "Benim de," diye yanıt verdi eşim; şimdi hoca eşimin elindeki bardağa uzanıp külünü dökerken ikisi de gülüyordu. Biraz daha hoşbeş ediyorduk ki hiç beklenmedik bir şey oldu.

Biri piyanoyu açmış, bir şeyler çalmaya başlamıştı bile; Bach'a atfedilen parçayı hemen tanıdım. Odaya geri girdiğimde kalabalık piyanonun etrafında toplaşmış, aslında tahmin edebileceğim ama tahmin etmek istemediğim şekilde Paul'u dinliyordu. Belki de şaşırdığım için bir anlığına olduğum yerde donakaldım. Halıları çoktan göndermiştik, piyanonun sesi çok daha berrak, çok daha yoğun bir şekilde çıkıyor, boş dairede yankılanıyordu, sanki büyük ama bomboş bir bazilikada çalınıyormuş gibi. Bu külüstür piyanonun onu cezbedeceğini ya da yıllardır duymadığım bir parçayı çalacağını nasıl tahmin edememiştim.

Birkaç dakika çaldı; tek yapmak istediğim arkasına geçip başını tutmak, açık ensesini öpmek ve ona lütfen, lütfen bir kere daha çalar mısın, diye rica etmekti.

Parçayı kimse bilmiyor gibiydi, Paul çalmayı bitirince odaya huşu dolu bir sessizlik çöktü. Bir noktada erkek arkadaşı kalabalığın arasından çıkıp omzuna nazikçe elini koydu, muhtemelen çalmayı bırakmasını söylemek için ama Paul o sırada herkesi güldüren bir Schnittke parçasına geçti. Bunu da kimse bilmiyordu ama ânında "Bohemian Rhapsody"nin delice bir yorumunu çalmaya başlayınca herkes güldü.

Paul parçanın ortasındayken camın yanındaki kaloriferlerden birinin metal kasasına oturmaya karar verdim; Erica da gelip yanıma oturdu, sessizce, şömine rafında porselenleri oynatmadan ya da kırmadan sıkışacağı sıcak bir köşe arayan kedi misali. Sadece dönüp odada eşini aradı, o esnada sağ dirseği omzuma yaslandı. Eşi odanın diğer ucunda iki eliyle bir şarap kadehi tutmuş, huzursuz duruyordu. Ona gülümsedi. Eşi de başını sallayarak yanıt verdi. Nasıl bir ilişkileri olduğunu merak ettim. Erica tekrar piyaniste döndüğünde dirseğini omzumdan çekmedi. Ne yaptığının farkındaydı. Cüretkâr ama kararsız bir hareket. Yine de başka hiçbir şeye odaklanamıyordum. Her yerde güzel dostluklar kurmaya alışık, kendine güvenen insanların bedenlerinde de kaygısız ve rahat olabilmelerine hep gıpta etmişimdir. Bu bana gençlik günlerimi hatırlatıyordu, uzanıp dokunursam insanların rahatsız olmayacağını, dahası bunu aslında gizliden gizliye istediklerini varsaydığım günleri. Bana böyle kolaylıkla güvenmesine duyduğum minnetle omzuma yakın eline uzandım, dostluğuna teşekkür etmek için elini bir anlığına hafifçe sıktım; bu hareketimin omzumdaki dirseğin inmesine yol açacağını biliyordum. Elini sıkmamdan rahatsız olmuşa benzemiyordu ama dirseğini kısa süre sonra çekti. Mutfaktan gelen Micol şimdi kaloriferin yanında duruyordu, elini omzuma koydu. Bu el Erica'nın dirseğinden nasıl da farklıydı.

Paul'un erkek arkadaşı, artık kalkmaları gerektiğinden resitali bitirmesini rica etti. "Bir kere çalmaya başlayınca durmak bilmiyor, sonra ben partiyi bölen zorba oluyorum." Bu noktada ayağa kalkıp hâlâ piyanonun başında oturan Paul'a yaklaştım, ona sarıldım ve Bach'tan ariosoyu tanıdığımı, çalacağını bilmediğimi söyledim.

"Ben de bilmiyordum," dedi; şaşkınlığını öyle içten ve samimi bir şekilde ifade etmişti ki gardımın düştüğünü hissetmiştim. Bach'ın capricciosunu tanımam hoşuna gitmişti. "Bach'ın yazdığı bir parça, 'Sevgili Kardeşinin Gidişi Üzerine'. Sen de gidiyorsun, yani anlamlı oldu. İstersen senin için bir daha çalabilirim."

Ne tatlı bir adam, diye düşündüm.

"Gittiğin için," diye tekrarladı herkesin duyacağı şekilde, sesindeki insancıl tınıların içimde kopardığı fırtınaları bunca misafirin ortasında ne gösterebilir ne ifade edebilirdim.

Böylece ariosoyu bir daha çaldı. Bu sefer benim için çalıyordu, herkes de benim için çaldığını görüyordu, kalbimi kıran şey ise Paul'un da şüphesiz farkında olduğu gerçekti - vedaların ve gidişlerin en kötü yanı birbirimizi büyük olasılıkla bir daha hiç görmeyecek oluşumuzda yatıyordu. Ama Paul'un farkında olmadığı, farkında olamayacağı şey bunun yirmi küsur yıl önce, giden yine benken çalındığını duyduğum arioso olduğuydu.

Piyano çalışını dinliyor musun? diye sordum o an aramızda olmayan ama benim yanımdan asla ayrılmayan kişiye.

Dinliyorum.

Biliyorsun, bunca yıldır debelendiğimi gerçekten biliyorsun.

Biliyorum. Ama ben de debeleniyorum.

Benim için ne güzel müzikler çalardın.

İçimden gelirdi.

Demek unutmadın.

Tabii ki unutmadım.

Paul çalarken ona bakıyor, kendimi kırılgan bir zarafet ve şefkatle bana geri bakan gözlerinden alamıyordum; o esnada içten içe anladım ki hayatımın geçip giden günleriyle, hâlâ yaşanabilecek ama belki de asla yaşanmayacak günleriyle ilgili esrarengiz, cezbedici birtakım sözler sarf edilmekte, o günlerin yaşanıp yaşanmayacağının kararı ise piyano ile benim aramda bir yerlerde.

Paul, Bach'ın ariososunu bitirmişti ki bir koral prelüdün Samuil Feynberg yorumunu çalmaya karar verdiğini açıkladı. "Beş dakikadan kısa, söz," dedi sevgilisine dönerek. "Ama bu küçücük koral prelüt," dedi çalmaya ara verip tekrar başlayarak, "hayatını değiştirecek. Her çalışımda benim hayatımı değiştiriyor."

Bana mı diyordu?

Benim hayatımla ilgili ne bilebilirdi ki?

Ama biliyor olmalıydı; bilmesini istiyordum. Müziğin hayatımı nasıl değiştirebileceği, bana bu kelimeleri sarf ettiği andan itibaren azımsanamayacak denli açık bir anlam kazandı, yine de kelimelerin sadece birkaç saniye içinde kaçacağını hissedebiliyordum şimdiden; sanki anlamları kalıcı bir şekilde müziğe bağlıydı, Yukarı Batı Yakası'nda geçen bir akşamda bana daha önce hiç duymadığım, şimdi ise dinlemeyi hiç bırakmak istemediği bir müzik tanıtan genç adama bağlıydı. Yoksa böyle hissetmeme neden olan Bach'la aydınlanan sonbahar gecesi miydi ya da zamanla sevdiğim, şimdi müzikle avunurken ise daha da çok sevdiğim insanlarla dolu bu boş daire? Yoksa müzik sadece hayat denen şeyin bir öncüsü müydü; kıvrımlarına müzikle sihir sızdığı için somutlaşan, daha gerçek –ya da daha az gerçek– görünen hayatın? Yoksa bana böyle hissettiren Paul'un yüzü müydü, oturduğu taburede dönüp bana bakarak, *İstersen senin için bir daha çalabilirim,* derkenki ifadesi?

Belki de şunu demek istemişti: Müzik hayatını değiştirmezse, sevgili dostum, en azından tamamıyla sana ait bir şeyleri hatırlatabilir sana; belki gözden yitirdiğin ama aslında hiçbir zaman yitmeyen, doğru notalarla çağrıldığında hâlâ yanıt veren bir şeyleri, tıpkı bir parmağın doğru dokunuşu ve notalar arasındaki doğru es sayesinde uzun uykusundan nazikçe uyandırılmış bir ruh gibi. *Senin için bir daha çalabilirim.* Yirmi yıl önce biri bana benzer bir şey söylemişti: *Bu da benim Bach yorumum.*

Yanımda, kaloriferde oturan Erica'ya ve piyano başındaki Paul'a bakarken onların hayatlarının da değişmesini diledim, bu gece sayesinde, müzik sayesinde, benim sayemde. Ya da belki tek dileğim geçmişimden bir şeyleri bana geri getirmeleriydi; geçmiş olduğu ya da geçmişe benzer bir şey olduğu için, bir anı gibi ya da sadece bir anı değil ama daha derin, daha katmanlı bir şey, hayatın hâlâ göremediğim silik filigranı gibi.

Sonra yine onun sesi. *Benim, değil mi, aradığın benim, bu akşam müziğin çağırdığı benim.*

Erica ve Paul'a baktım, hiçbir fikirlerinin olmadığı belliydi. Benim de hiçbir fikrim yoktu. Üçümüzün arasındaki köprünün kaderinin kırılgan kalmak olduğunu şimdi görebiliyordum, bu akşamdan sonra öyle kolaylıkla dağılıp akıntıya kapılacaktı ki; *prosecco*'nun, müziğin, Dr. Chaudhuri'nin atıştırmalıklarının yarattığı tüm samimiyet ve neşe yitip gidecekti. Hatta aramızdaki ilişki diş macunlarından konuşmaya ya da kötü yoga hocasına -Erica bir keresinde dersten sonraki ilk fırsatta nefesi korkunç değil mi, demişti- gülmeye başladığımız zamandan öncesine bile dönebilirdi.

Paul çalarken New Hampshire'daki evimizi düşündüm; dışarı, gece vakti Hudson'a bakınca oradaki her şey nasıl da uzak ve hüzünlü geliyordu; eve varınca örtüleri kaldırılması gereken mobilyalar, evin tozunun alınıp havalandırılması, çocuklar şimdi üniversiteye gittiğinden başbaşa oturup yiyeceğimiz o aceleyle hazırlanmış hafta içi yemekleri. Yakındık ama aynı zamanda uzaktık da, aramızdaki pervasız ateş, ilişkinin tadı tuzu, delice gülmeler, Arrigo'nun Gece Barı'na uğrayıp kızarmış patatesle martini siparişi etmeler, hepsi yıllar içinde nasıl da çabucak yok olmuştu. Evlilik bizi yakınlaştırır, benim yeni bir sayfa açmamı sağlar sanmıştım. New York'ta çocuklar olmadan yaşamak bizi yine yakınlaştırır sanmıştım. Oysa müziğe, Hudson'a ve bu ikiliye daha yakındım, üstelik haklarında hiçbir şey bilmiyor, hayatlarını, Clive'larını, sevgililerini, kocalarını da zerre umursamıyordum. Koral prelüdün sesi biraz daha yükselip odayı doldururken zihnim çakırkeyifken hep olduğu gibi başka yerlere kaydı; piyanonun okyanusları, denizleri, yılları aşıp eski bir Steinway'e ulaştığını duydum, bu akşam Bach'ın çağırdığı bir ruh misali bu boş odada süzülen birinin çaldığı Steinway'e: *Hâlâ aynıyız, kopmadık.* Böyle anlarda benimle hep bu şekilde konuşuyordu, *Hâlâ aynıyız, kopmadık;* yüz hatlarında alaycı bir durgunlukla. Bunu beş yıl önce, beni New Hampshire'da görmeye geldiğinde neredeyse söylemişti de.

Ona her seferinde beni affetmesi için bir gerekçesi olmadığını hatırlatıyorum.

Ama muzip bir şekilde gülüyor, itirazlarımı geçiştiriyor, hiç öfkelenmeden gülümsüyor, gömleğini çıkarıyor, şortuyla kucağıma oturuyor, bacakları bacaklarıma değiyor, kollarıyla beni belimden sıkı sıkı sarıyor, o sırada ben müziğe ve yanımdaki kadına odaklanmaya çalışıyorum, o ise yüzünü yüzüme yakınlaştırıyor, dudaklarımdan öpecekmişçesine, sonra fısıldıyor: *Seni budala, onların ikisi ancak bir ben eder. Ben hem erkek hem kadın ya da her ikisi birden olabilirim çünkü sen benim için her ikisi oldun. Bul beni Oliver. Bul beni.*

Beni daha önce birçok kez ziyaret etti ama hiç böyle değil, bu geceki gibi değil.

Bir şeyler de, ne olur bana bir şeyler daha söyle, demek istiyorum. Kendime izin versem ona ihtiyatlı kelimelerle yaklaşabilir, çekingen adımlarla ulaşabilirim. Onu benden haber almaktan daha mutlu edecek bir şey olamayacağını düşünecek kadar içtim bu gece. Bu fikir beni heyecanlandırıyor, müzik beni heyecanlandırıyor, piyanonun başındaki genç adam beni heyecanlandırıyor. Aramızdaki sessizliği sonlandırmak istiyorum.

İlk hep sen konuştun. Bana bir şey söyle. Senin olduğun yerde saat neredeyse sabahın üçü. Ne yapıyorsun? Yalnız mısın?

Ağzını açman yeter, herkese sırtımı dönerim, kendim dahil; hayatım, işim, evim, arkadaşlarım, eşim, oğullarım, Yunan ateşi ve Yunan triremeleri, Bay Paul ve Bayan Erica'yla aramdaki bu küçük aşk macerası, her şey bir perdeye dönüşür, sonunda hayatın kendisi dikkat dağıtıcı bir araçtan ibaret kalır.

Geriye kalan tek şey ise sensin.

Düşündüğüm bir tek sensin.

Bu gece beni düşünüyor musun? Seni uyandırdım mı?

Yanıt vermiyor.

"Arkadaşım Karen'la konuşmalısın," dedi Micol. Karen üzerinden bir espri yaptım. "Ayrıca yeterince içtiğini düşünüyorum," diye terslendi.

"Bense biraz daha içeceğimi düşünüyorum," dedim, Nazi Almanya'sından sürülen Yahudiler üzerine uzman olan çiftle konuşmak için dönerek; o anda nasıl oldu anlamadan gülmeye başladım. Bu ikisinin yakında eski evim diyeceğim bu dairede ne işi vardı?

Bir kadeh *prosecco* daha alarak gerçekten de Micol'un arkadaşıyla konuşmaya gittim. Ama sonra Nazi Almanya'sından sürülen Yahudi uzmanlarını görünce gene gülmem tuttu.

Belli ki içkiyi fazla kaçırmıştım.

Yine eşimi ve üniversiteye giden oğullarımı düşünüyordum. Micol evde her gün oturup kitabını bitirecek. Sonra okumama izin verecek, öyle diyor, küçük üniversite kasabamıza dönünce, akademik yıl boyunca kar botları giymemiz gereken kasabaya, kar botlarıyla ders verdiğimiz, sinemaya, akşam yemeklerine, akademik toplantılara, banyoya kar botlarıyla gittiğimiz, yatağa kar botlarıyla girdiğimiz kasabaya; o zaman bu gece her şeyiyle bir başka devirde kalmış olacak. Erica geçmişte kalacak, Paul geçmişe kısılacak, ben ise beni yarın görmeyecek olan bu duvara onu illa uçuracak esintiye karşı direnen bir sinek misali tutunan, duvarı bırakmayan bir gölgeden ibaret kalacağım. Beni hatırlayacaklar mıydı?

Paul neden güldüğümü sordu.

"Mutluyum galiba," dedim. "Ya da *prosecco*'yu fazla kaçırdım."

"Ben de."

Bu üçümüzü de güldürdü.

Arioso ve koral prelütten sonra, sonu gelmez kadeh kaldırmalar ve su gibi akan *prosecco*'dan sonra, Erica'nın misafir odasında hırkasını bulmasına yardımcı olduğum gergin bir an yaşandığını hatırlıyordum. Davetlilerin ikisi gitmişti, diğerleri ise koridorda toplaşmış bekliyordu. Odada başbaşaydık, ona gelmesine ne kadar sevindiğimi söylerken aramızdaki sessizliği biraz daha uzatabilirdim. Huzursuzlandığını hissetmiştim ama birkaç saniye daha burada durmaktan rahatsız olmayacağını biliyordum. Onu zorlamamaya karar verdim, yine de vedalaşırken yanağını değil de boynunu öperken buldum kendimi. Gülümsedi, ben de gülümsedim. Benim gülümsemem bir özürdü, onunkisi ise hoşgörü.

Paul'la vedalaşma sıram geldiğinde tokalaşmaya yeltendim ama daha elim eline değemeden bana sarıldı. Kucaklaşırken kürekkemiklerini hissetmek hoşuma gitti. Sonra beni iki yanağımdan öptü. Erkek arkadaşı da beni aynı şekilde öptü.

Sevinmiş, heyecanlanmış, çökmüştüm. Kapıda durup dördünün koridorda ilerleyişini seyrettim. Onları bir daha asla görmeyecektim.

Onlardan ne istemiştim? Birbirlerinden hoşlanmalarını mı, ben de oturup *prosecco*'ları yuvarlarken onlara katılıp katılmamaya karar vereyim diye? İkisinden de hoşlandığımdan hangisini daha çok istediğime mi karar verememiştim? Yoksa ikisini de istememiştim de istediğimi düşünmeye mi ihtiyacım vardı; aksi takdirde hayatıma baktığımda geride, onlara gecenin başında anlattığım o yıkık ve dağılmış aşka kadar her yerde kocaman, kasvetli oyuklar olduğunu görecektim çünkü.

Micol'la arkadaşı Karen mutfağı topluyordu. Bulaşıkları bırakmalarını söyledim. Karen doğrudan benimle tekrar konuşmak istediğini söyledi. "Belki yakın zamanda?" dedi. "Şehre bir dahaki gelişimde," dedim. Yalandı.

Micol onu asansöre kadar geçirip döndü, yatmadan önce ortalığı toplamama yardımcı olmak istiyordu. Yorulmamasını söyledim.

"Güzel partiydi," dedi.

"Çok güzeldi."

"O ikisi kimdi peki?"

"Çocuklar."

Bilmiş bilmiş gülümsedi. "Ben yatağa gidiyorum, gelecek misin?"

Ortalığı toplamam gerekiyor dedim, birazdan gelecektim.

Plastik tabakları eşyaları topladığımız zamandan kalan iki çöp torbasına doldururken acele etmedim, salonun ışıklarını söndürmek üzereyken de dairedeki tek küllüğün durduğu sehpada bir paket sigara buldum, muhtemelen Karen'ındı. Bir sigara alıp yaktım, ışıkları söndürdüm, küllüğü artık bizim olmayan eski kanepede yanıma koydum, ayaklarımı yeni sahipleri için burada kalacak olan dört sandalyeden birine uzattım ve ariosoyu, uzun yıllar önce duyduğum halini düşünmeye başladım. Sonra yarı karanlık salonda dışarıya baktım ve dolunayı gördüm. Tanrım, nefes kesiciydi. Baktıkça ayla konuşma arzum arttı.

Hayatını değiştirmedim değil mi? diyor aziz Johann Sebastian.

Korkarım değiştirmedin.

Peki neden?

Müzik, nasıl soracağımı bilemediğim soruları yanıtlamıyor. Bana ne istediğimi söylemiyor. Bana hâlâ âşık olabileceğimi hatırlatıyor ama âşık olmak ne anlama geliyor biliyor muyum, artık emin değilim. İnsanları hep düşünüyorum, yine de istemediğim kadar çok insanı incittim. Ne hissettiğimi bile bilmiyorum ama hâlâ bir şeyler hissettiğim kesin, bir yokluk ve kayıp hissine benzese de, belki başarısızlık, uyuşukluk ya da safi bilgisizlik. Bir zamanlar kendimden emindim, bir şeyler bildiğimi sanıyordum, kendimi bildiğimi sanıyordum; insanlar, izin istemeden paldır küldür hayatlarına girdiğimde –hoş karşılanmayabileceğim aklıma bile gelmiyordu– uzanıp onlara dokunmama bayılıyorlar sanıyordum. Müzik bana hayatımın olması gereken ama olmayan halini hatırlatıyor. Ama beni değiştirmiyor.

Belki de, diyor dâhi, müzik bizi o kadar çok değiştirmiyor, büyük sanat eserleri de öyle. Onun yerine bize tüm iddialarımıza ya da inkârlarımıza rağmen kim olduğumuzu hatırlatıyor, olduğumuzu ve öyle kalacağımızı her zaman bildiğimiz kişiyi. Bize gömüp gizlediğimiz, sonra da kaybettiğimiz mihenk taşlarını hatırlatıyor; yalanlarımıza rağmen, geçen yıllara rağmen önemini koruyan insanları ve şeyleri. Müzik sadece pişmanlıklarımızın sesinin kadansa dönüştürülmüş hali, insana zevk ve ümit yanılsaması veren bir kadansa. Dünyada çok kısa bir süre kalacağımızı, hayatlarımızı yaşamayı ihmal ettiğimizi, atladığımızı ya da daha kötüsü, yaşamayı başaramadığımızı hatırlatıyor bize. Müzik yaşanmamış hayattır. Sen yanlış hayatı yaşadın dostum, yaşaman için verileni de neredeyse bozdun.

Ne istiyorum? Yanıtı biliyor musun Herr Bach? Doğru ya da yanlış hayat diye bir şey var mı?

Ben sanatçıyım dostum, bende yanıt yok. Sanatçılar sadece soru sorar. Hem yanıtı zaten biliyorsun.

Dünya daha iyi bir yer olsaydı Erica kanepede solumda, Paul da sağımda, küllüğün hemen yanında oturuyor olurdu. Erica ayakkabılarını çıkarıp atıyor, ayaklarını yanıma, sehpaya koyuyor. *Ayaklarım,* diyor sonunda, ikimizin de dik dik baktığını fark ederek. *Çirkinler değil mi?* diyor. *Hiç de bile,* diyorum. İkisinin ellerini tutuyorum. Bir elimi geri çekiyorum ama sadece Paul'un alnına dokunmak için. Erica omzuma yaslanırken Paul dönüp bana bakıyor, sonra beni dudaklarımdan öpüyor. Uzun, dolu dolu bir öpücük bu. Erica'nın bizi izliyor oluşu ikimizi de rahatsız etmiyor. İzlemesini istiyorum. Paul güzel öpüşüyor. Erica başta bir şey demiyor, sonra: *Beni de öpmesini istiyorum.* Paul gülümsüyor, sonra neredeyse üstüme çıkarak onu dudaklarından öpüyor. Erica güzel öpüştüğünü söylüyor. *Bence de,* diyorum. *Ama sigara kokuyor. Benim yüzümden,* diyorum. *Koku hoşuna gitmedi mi?* diye soruyor Paul. *Gitti,* diye cevap veriyor Erica. Onu öpüyorum. Sigara kokusundan şikâyet etmiyor. *Rezene,* diye düşünüyorum. Paul'un rezene tadı ona da geçsin istiyorum, Paul'un ağzından onunkine, onun ağzından bana, benim ağzımdan geri Paul'a.

O gece uykuya dalarken üçümüzün yatakta çırılçıplak yattığını hayal ettim. Kucaklaşıyorduk ama sonunda ikisi bana sarıldı, her biri bir bacağını üstüme attı. Bu nasıl da kolay ve doğal bir şekilde gerçek olabilirdi, ikisi de yemeğe sırf bu niyetle gelmiş gibi. Saatler önce şişeleri buz kovalarına koyarken onca entrikalar tasarlamama, planlar yapmama, o kadar kaygılanmama ne gerek vardı sanki. Ter kokularının benimkine karışması fikri çok hoşuma gidiyordu. Yine de sonunda Aşil tendonlarına odaklanıyordum. Erica'nınkini, ayakkabılarını çıkarıp ayaklarını sehpaya uzattığında görmüştüm, Paul'inkini gecenin ta başında, içeri girdiğinde, çorapsız yelken ayakkabısı giydiğini fark ettiğimde. Ayaklarının ne kadar ince, narin ve pürüzsüz olduğunu tahmin bile edemezdim. Sonra o da ayakkabılarını çıkarıp ayaklarını sehpaya uzatmıştı, ince ve bronzlaşmış bileğini ötekinin üstüne atmıştı. *Benimkilere bak,* demişti, bir ayağının parmaklarını sallayarak. Gülüşmüştük. *Oğlan ayağı,* demişti Erica. *Biliyorum,* diye yanıtlamıştı Paul. Bir kez daha bana yanaşmıştı, bir dizini bacağıma koyup beni öpmüştü.

O gece rüyamda ne gördüğümü hatırlamıyorum ama biliyorum ki gece boyunca, kimbilir kaç kere ter ve korku içinde uyandığımda onların sevgisi benimleydi -ya birlikte ya ayrı ayrı, emin olamıyordum- çünkü kollarımdaki yadsınamaz varlıkları öyle gerçek geliyordu ki gecenin bir yarısı karıma sarılmış halde uyandığımda, o akşamın erken saatlerinde hayal ettiğim gibi sabah mutfakta, bana İtalya'daki bir evi hatırlatan mutfakta dördümüz için kahvaltı hazırlamak çok da olasılık dışı olmazmış gibi hissettim.

Micol'u düşündüm. Bu resimde yeri yoktu. İtalya onunla hiç konuşmadığımız bir dönemdi. Ama biliyordu. Biliyordu ki bir gün... bir şekilde biliyordu, muhtemelen benden iyi biliyordu. Ona bir keresinde eski dostlarımı, deniz kenarındaki evlerini, oradaki odamı anlatmak istemiştim, yıllar önce bana annelik yapan şimdi ise bunadığından adını bile hatırlayamayan evin hanımını, ölmeden önce aynı evde bir başka kadınla yaşayan kocasını; kadın şimdi yedi yaşındaki oğluyla hâlâ oradaydı, çocukla tanışmak için sabırsızlanıyordum.

Geri gitmem gerek Micol.

Neden?

Çünkü hayatım orada durdu. Çünkü oradan aslında hiç ayrılmadım. Çünkü buradaki geri kalanım bir kertenkelenin kopan kuyruğu gibi, hoplayıp sıçrıyor, oysa bedenim okyanusun ta öte tarafında, deniz kenarındaki o harikulade evde. Fazla, fazla uzak kaldım.

Beni bırakıyor musun?

Sanırım.

Çocukları da mı?

Onların hep babası olacağım.

Ne zaman gidiyorsun peki?

Bilmiyorum. Yakında.

Şaşırdığımı söyleyemeyeceğim.

Biliyorum.

O gece konuklar ayrıldıktan, Micol de yatağa gittikten sonra girişteki ışığı söndürdüm, tam balkon kapılarını kapatmak üzereydim ki mumları da söndürmem gerektiği geldi aklıma. Geri balkona çıktım, nehre bakarak durdum, ellerimi tırabzanda birkaç saat önce Erica ve Paul'la durduğum noktaya koyup suya baktım. Hudson'ın öte yakasındaki ışıklar hoşuma gidiyordu, serin esinti hoşuma gidiyordu, yılın bu mevsiminde Manhattan hoşuma gidiyordu, George Washington Köprüsü'nü görmek hoşuma gidiyordu; New Hampshire'a dönünce köprüyü özleyeceğimi biliyordum ama şu an, bu gece bana hâlâ geceleyin parıltılı ışıkları İtalya'dan görünen Monte Carlo'yu hatırlatıyordu. Yakında Yukarı Batı Yakası'nda hava soğuyacaktı, günlerce yağmurlar yağacaktı ama hava burada her zaman bir noktada açıyordu ve insanlar bu hiç uyumayan şehirde soğukta bile geceleri geç saatlerde sokaklarda dolaşmayı sürdürüyordu.

Balkon sandalyelerini yerlerine ittim, yerdeki yarı boş şarap kadehini kaldırdım, sonra küllük olarak kullanılmış, ağzına kadar izmarit dolu bir başka kadeh gördüm. Dışarıda kaç kişi sigara içmişti? Yoga hocası, Karen, Micol, Nazi Almanya'sından sürülen Yahudilerle ilgili konferansta tanıştığım çift, veganlar, başka?

Şimdi hayranlıkla manzaraya bakar ve akıntıya karşı sessizce süzülen iki römorkörü seyrederken elli yıl sonra bir gün bir başkasının kuşkusuz tam da bu balkona çıkıp tam da bu noktada durarak bu manzaraya hayranlıkla bakacağını, zihninin benzer konularla meşgul olacağını ama bu kişinin ben olmayacağımı düşündüm. On sekizinde mi olacaktı sekseninde mi, yoksa benim yaşımda mı olacaktı, benim gibi eskide kalmış tek gerçek aşkının özlemiyle mi dolu olacaktı hâlâ; elli yıl önce tıpkı benim bu akşam yaptığım gibi sevdiği birini özleyen ama aklına getirmemeye çalışan bir yabancıyı düşünmemeye mi çalışacaktı; ben de bunca yıl sonra aklıma getirmemeye çalışıyor ama başaramıyordum.

Geçmiş, gelecek, birer maskeydi sadece.

O ikisi de birer perdeydi sadece, Erica ve Paul.

Her şey bir perdeydi, hayatın kendisi dikkat dağıtıcı bir araçtı.

Şimdi önemli olan tek şey yaşanmayandı.

Aya baktım, ona hayatımı sormak istedim. Ama yanıtı ben daha soruyu kelimelere dökemeden geldi. *Yirmi yıldır ölü bir adamın hayatını yaşıyorsun. Herkes biliyor bunu. Eşin, çocukların, eşinin arkadaşı bile, Nazi Almanya'sından sürülen Yahudilerle ilgili konferansta tanıştığın çift bile yüzünden okuyor. Erica ile Paul da biliyor, Yunan ateşi ve Yunan triremeleri çalışan akademisyenler de, iki bin yıl önce ölen Sokrates öncesi düşünürler bile anlıyor. Bunu bilmeyen tek sen varsın. Ama artık sen bile biliyorsun.*

İhanet ettin.

Neye, kime?

Kendine.

Birkaç gün önce koli ve bant alırken sokağın karşısında tanıdık birini gördüğümü hatırladım. Ona el salladım ama bana geri el sallamadan yürümeye devam etti, oysa beni gördüğünü düşünmüştüm. Belki bana dargındı. Ama neden dargındı? Birkaç dakika sonra bölümden birinin kitapçıya gittiğini gördüm. Kaldırımdaki meyve arabalarından birinin önünde karşılaştık ama benden taraf bakmasına rağmen bana geri gülümsemedi. Bir süre sonra binamdan bir komşuyu gördüm kaldırımda, normalde asansörde selamlaşırdık ama ona selam verdiğimde ne bir şey dedi ne de başını salladı. Birden bunun tek bir açıklaması olabileceğini fark ettim, ölmüştüm ve ölüm böyle bir şeydi: Siz insanları görüyordunuz ama insanlar sizi göremiyordu, daha da kötüsü öldüğünüz anda olduğunuz –mukavva kutu alan– kişi olarak kalıyor, olabileceğiniz kişiye, aslında gerçekten olduğunuzu bildiğiniz kişiye asla dönüşmüyor, hayatınızı altüst eden o tek bir hatayı asla gideremiyordunuz, artık son yaptığınız aptalca şeyleri sonsuza dek yapmak, sonsuza dek mukavva kutu ile koli bandı almak zorundaydınız. Kırk dört yaşındaydım. Çoktan ölmüştüm; oysa ölmek için genç, çok gençtim.

Pencereleri kapattıktan sonra tekrar Bach'ın ariososunu düşünüp zihnimde çalmaya başladım. Bu gibi anlarda, yapayalnız olduğumuz ve aklımızın başka bir yerlerde olduğu anlarda, sonsuzlukla yüz yüze gelip hayat denen bu şeyle ilgili, yaptıklarımızla ya da yarım bıraktıklarımızla, belki de yapmadıklarımızla ilgili bir durum değerlendirmesi için hazır beklediğimiz anlarda aziz Bach'ın yanıtını çoktan bildiğimi söylediği sorulara yanıtım ne olurdu?

Bir kişi, bir ad – biliyor, diye düşündüm. Şu an biliyor, hâlâ biliyor.

Bul beni, diyor.

Bulacağım Oliver, bulacağım, diyorum. Ya da yoksa unuttu mu?

Ama bu yaptığım şeyin ne olduğunu hatırlıyor. Bir şey demeden bana bakıyor, duygulandığını görebiliyorum.

Birden, aklımda hâlâ ariosoyla, elimde yeni doldurduğum bir kadeh ve Karen'ın paketinden aldığım yeni bir sigarayla dururken benim için bu ariosoyu çalmasını diledim, ardından daha önce hiç çalmadığı koral prelüdü, benim için, sadece benim için çalmasını arzuladım. Piyano çalışını düşündükçe de gözlerim yaşlarla dolmaya başladı; bu hisler hâlâ alkolden mi kaynaklanıyordu yoksa gerçekten yüreğimden mi geliyordu önemli değildi çünkü artık tek istediğim onu dinlemekti, bu ariosoyu yağmurlu bir yaz akşamı, deniz kenarındaki evlerinde ailesinin Steinway'inde çalışını dinlemek; ben de elimde bir kadehle piyanoya yakın bir yere oturacaktım ve onunla olacaktım, uzun mu uzun yıllardır olduğum gibi yapayalnız olmayacaktım artık, ne benim ne onun hakkında hiçbir şey bilmeyen yabancıların arasında yapayalnız olmayacaktım. Ondan ariosoyu çalmasını, ariosoyu çalarak bana tam da bu geceyi, balkondaki mumları söndürdüğüm, salondaki ışıkları kapattığım, bir sigara yaktığım ve hayatımda bir kez olsun nerede olmak istediğimi, ne yapmam gerektiğini bildiğim bu geceyi hatırlatmasını isteyecektim.

İlk seferinde, ikinci seferinde ya da üçüncü seferinde olduğu gibi olacaktı. Hem benim hem başkalarının inanacağı bir bahaneyle uçağa binme, araba kiralama ya da beni oraya götürecek birini tutma, sonra o eski tanıdık yollarda, yıllar içinde muhtemelen değişen ya da belki de çok değişmeyen, benim onları hatırladığım gibi hâlâ beni hatırlayan yollarda gitme; sonra göz açıp kapayıncaya kadar karşıma çıkacaktı: eski çamlı yol, araba yavaşlayıp dururken tekerleklerin altında ezilen çakılların tanıdık sesi, sonra ev. Başımı kaldırıp bakıyorum, kimse yok sanıyorum, geldiğimi bilmiyorlar, oysa geldiğimi yazmıştım ama işte, gerçekten de orada, bekliyor. Ona beklemeyip yatmasını söylemiştim. *Elbette bekleyeceğim,* diye yanıt veriyor ve o "elbette"yle tüm geçmiş yıllar hızla üzerimize geliyor çünkü sesinde silik bir alay tınısı var, çünkü birlikteyken yüreğinden geçenleri bu şekilde ifade ediyordu; o tek kelimeyle demek istediği şu: *Her zaman bekleyeceğimi biliyorsun, buraya sabahın dördünde varacak olsan bile. Bunca yıl bekledim, şimdi birkaç saat daha beklemeyeceğimi mi sanıyorsun?*

Hayatlarımız boyunca bekledik, beklediğim için burada durup gezegenin bu köşesinde çalan Bach parçasını hatırlayabiliyor, tüm düşüncelerimi sana yönlendirebiliyorum çünkü tek yapmak istediğim seni düşünmek, bazen de düşünen kim, sen mi yoksa ben mi anlayamıyorum.

Buradayım, diyor.

Seni uyandırdım mı?

Evet.

Rahatsız oldun mu?

Hayır.

Yalnız mısın?

Fark eder mi? Ama evet, yalnızım.

Değişmediğini söylüyor. Değişmemiş.

Hâlâ koşuyorum.

Ben de.

Biraz daha fazla içiyorum.

Aynen.

Ama kötü uyuyorum.

Aynen.

Anksiyete, biraz depresyon.

Aynen, aynen.

Geri geliyorsun değil mi?

Nereden bildin?

Biliyorum Elio.

Ne zaman? diye soruyor Elio.

Birkaç haftaya.

Gelmeni istiyorum.

İstediğini mi düşünüyorsun?

İstediğimi biliyorum.

Planladığım gibi ağaçlı yoldan gelmeyeceğim. Onun yerine uçak Nice'e inecek.

O zaman seni almaya gelirim. Sabahın geç saatleri olur. İlk seferki gibi.

Hatırlıyorsun.

Hatırlıyorum.

Çocuğu da görmek istiyorum.

Sana hiç adını söyledim mi? Babam senin adını verdi. Oliver. Seni hiç unutmadı.

Hava sıcak olacak, gölge bulamayacağız. Ama her yer biberiye kokacak, kumruların ötüşünü duyacağım ve evin arkasında yaban lavantaları ile şaşkın başlarını güneşe çeviren ayçiçekleriyle dolu bir tarla olacak. Havuz, "Ölesiye" denen çan kulesi, Piave'deki şehit anıtı, tenis kortu, taşlı plaja inen yarı kırık çit kapısı, öğleden sonra bileme taşı, ağustosböceklerinin bitmeyen cırcırı, sen, ben, senin bedenin, benim bedenim.

Ne kadar kalacağımı sorarsa ona doğruyu söyleyeceğim.

Nerede uyumayı planladığımı sorarsa ona doğruyu söyleyeceğim.

Sorarsa.

Ama sormayacak. Sormasına gerek yok. Biliyor.

Da Capo

"Neden İskenderiye?" diye sordu Oliver, oradaki ilk gecemizde kordonda durup güneşin dalgakıranın ardında batmasını seyrederken. Balık, tuz ve kıyıdaki durgun suyun kokusu çok güçlüydü, yine de İskenderiyeli Rum ev sahiplerimizin yaşadığı yerin karşısındaki patikada durup herkesin eski deniz fenerinin bir zamanlar durduğunu söylediği yere bakmayı sürdürdük. Ev sahiplerimizin ailesi sekiz nesildir burada yaşıyordu; fenerin Kayıtbay Kalesi'nin durduğu yerden başka hiçbir yerde olamayacağı konusunda ısrarcılardı. Ama kimse kesin olarak bilmiyordu. O sırada batmakta olan güneş gözlerimizi alıyordu; ufku geniş fırça darbeleriyle pembeye ya da soluk bir turuncuya değil ama parlak, göz alıcı, kırmızıya çalan bir turuncuya boyamıştı.

Neden İskenderiye? sorusunun o kadar çok anlamı olabilirdi ki: *Şu an bu şekilde duran bu şehir Batı tarihinde neden bu kadar önemli?* sorusundan *Neden buraya gelmeyi tercih ettik?* gibi şakacı bir soruya. Şu yanıtı vermek istedim: *Çünkü ikimiz için de bir anlamı olan her şey –Efes, Atina, Siraküza– muhtemelen burada bitti.* Yunanları düşünüyordum, Büyük İskender ile âşığı Hephaistion'u, kütüphaneyi, Hypatia'yı, nihayetinde de çağdaş Yunan şair Kavafis'i. Ama bir yandan da bu soruyu neden sorduğunu biliyordum.

İtalya'daki evden üç haftalık bir Akdeniz turuna çıkmıştık. Gemimiz iki geceliğine İskenderiye'de durmuştu ve eve dönmeden önceki son birkaç günümüzün tadını çıkarıyorduk. Başbaşa kalmak istemiştik. Ev çok kalabalıktı. Bizimle yaşamaya gelen annem merdiveni artık kullanamadığından giriş katında bizimkine fazla yakın bir odada kalıyordu. Sonra onun bakıcısı vardı. Sonra seyahat etmediği dönemlerde benim eski odamda kalan Miranda. Son olarak da küçük Ollie, annesinin yanındaki, eskiden büyükbabama ait odada kalıyordu. Biz annemlerin eski odasını kullanıyorduk. Eminim gece öksürmemiz bile duyuluyordu.

İtalya başta beklediğimiz kadar kolay da geçmemişti. Her şeyin farklı olacağını biliyorduk ama yıllar önce sahip olduğumuz şeye bodoslama dalma arzumuzun, yatmaya çekinmemize yol açmasına bir türlü anlam veremiyorduk. Aynı evdeydik, her şeyin başladığı yerde; ama biz aynı kişiler miydik? *Jet lag*'i bahane etmeye çalıştı, ben de inanmış gibi yaptım, o sırada bana sırtını döndü, bense soyunmadan önce ışığı söndürdüm. Hayal kırıklığına uğrama korkumu, çok daha feci olan onu hayal kırıklığına uğratma korkusuyla karıştırdım. Sonunda dönüp konuştuğunda onun da benzer şeyler düşündüğünü biliyordum, "Elio, bir erkekle sevişmeyeli yıllar oldu," dedi ve gülerek ekledi, "nasıl yapılacağını unutmuş olabilirim." Arzunun çekingenliğimizi yenebileceğini düşünmüştük ama tuhaflık hissi bir türlü gitmiyordu. Karanlıktayken bir noktada aramızdaki gerilimi hissederek, belki de bizi geri tutan şeyi dağıtabileceği düşüncesiyle konuşmayı bile teklif ettim. İstemeden mesafeli mi davranıyordum, diye sordum. Yo, hiç mesafeli değildim. Zorluk mu çıkarıyordum? Zorluk çıkarmak mı? Hayır. O zaman sorun neydi?

"Zaman," diye yanıt verdi. Her zamanki gibi tek söylediği bu oldu. Zamana mı ihtiyacı vardı, diye sordum, yatağımızda ondan uzaklaşmaya yeltenerek. Hayır, diye yanıt verdi.

Çok fazla zaman geçtiğini söylemek istediğini anlamam biraz vaktimi aldı.

"Sadece sarıl bana," dedim sonunda.

"Sonrasına bakar mıyız?" diye şaka yaptı hemen, her kelimeyi hicivle vurgulayarak. Gergin olduğunu görebiliyordum.

"Evet, sonrasına bakarız," diye tekrarladım sözlerini. Beş yıl önce onu ders verirken ziyaret edişimi hatırladım, avucuyla yanağıma dokunmuştu. Sorsaydı onunla hemen yatardım. Neden sormamıştı? "Çünkü bana gülerdin. Çünkü hayır deme ihtimalin vardı. Çünkü beni affettiğine emin değildim."

O akşam sevişmedik; ama kollarında uykuya dalıp nefes alışını duymak, yıllar sonra nefesinin kokusunu almak, nihayet Oliver'ımla aynı yatakta olduğumu bilmek, birbirimizden ayrılırken bile uzaklaşmayacak olmamız, işte bunlar sayesinde aradan geçen yirmi yıla rağmen uzun zaman önce bu çatının altında birlikte olan iki genç adamla hâlâ aynı yaşta olduğumuzu fark ettim. Sabahleyin bana bir bakış attı. Aramızdaki boşluğu sessizliğin doldurmasını istemiyordum. Konuşmasını istiyordum. Ama konuşmayacaktı.

"Bu, sabah olduğu için mi... yoksa benim için mi?" diye sordum sonunda. "Çünkü benimki gerçek."

"Benimki de," dedi.

Onun başta neden hoşlandığını hatırlayan da kendisi değil, bendim. "Bunu sadece seninle yaptım," dedi, aramızda yaşanmaya başladığını ikimizin de bildiği şeye atıfta bulunarak. "Ama yine de heyecanlıyım," diye ekledi.

"Seni bugüne dek hiç heyecanlı görmemiştim."

"Evet."

"Benim de sana bir şey söylemem gerekiyor..." demeye başladım çünkü bilmesini istiyordum.

"Ne?"

"Her şeyi sana sakladım."

"Peki ya bir daha hiç bir araya gelmeseydik?"

"Bu mümkün değildi." Sonra kendimi tutamadım: Neden hoşlandığımı biliyorsun."

"Biliyorum."

"Demek unutmadın."

Gülümsedi. Hayır, unutmamıştı.

Şafak sökerken, seviştikten sonra, yıllar önce yaptığımız gibi yüzmeye gittik.

Döndüğümüzde evdekiler hâlâ uyuyordu.

"Kahve yapayım."

"Çok sevinirim," dedi.

"Miranda Napoli usulü seviyor. Yıllardır öyle hazırlıyoruz kahveyi."

"Sorun değil," diyerek duşa gitti. Kahve demliğini doldurduktan sonra yumurtalar için su kaynatmaya başladım. Sofraya iki tane servis koydum, birini masanın başına, diğerini de yanına. Sonra kızartma makinesine dört dilim ekmek yerleştirdim ama makineyi çalıştırmadım. Oliver döndüğünde ona kahveye bakmasını ama hazır olduğunda demliği ters çevirmemesini söyledim. Saçının taranmış ama ıslak halini çok seviyordum. Sabahları böyle göründüğünü unutmuştum. Daha iki saat önce sevişebilecek miyiz emin değildik. Kahvaltıyla uğraşmayı bırakıp ona baktım. Ne düşündüğümü anlamıştı, gülümsedi. Evet, bizi korkutan huzursuzluğu geride bırakmıştık, duş almaya gitmeden önce bunu teyit etmek istercesine boynuna uzun bir öpücük kondurdum. "O kadar uzun zamandır böyle öpülmedim ki," dedi. "Zaman," dedim, ona takılmak için kendi ifadesini kullanarak.

Duş alıp mutfağa döndüğümde Oliver ile Oliver'ın masanın uzun kenarında yan yana oturduklarını görerek şaşırdım. Üçümüz için kaynar suya altı yumurta attım. Evvelsi gece televizyonda izlediğimiz filmi tartışırlarken küçük Ollie'nin Oliver'a hemen kanının ısındığı belliydi.

Herkes için kızarmış ekmeklere tereyağı sürdüm ve Oliver'ın önce küçük Ollie için yumurtanın tepesini açıp sonra kendi yumurtasını kırmasını seyrettim. "Bana bunu yapmayı kim öğretti biliyor musun?" diye sordu.

"Kim?" diye sordu çocuk.

"Abin. Her sabah yumurtamı açardı. Çünkü ben nasıl yapıldığını bilmiyordum. İnsana Amerika'da bunları öğretmiyorlar. Oğullarımın yumurtalarını da ben kırıyorum."

"Oğulların mı var?"

"Evet."

"İsimleri ne?"

Söyledi.

"Peki sana kimin adını verdiklerini biliyor musun?" diye sordu Oliver sonunda.

"Evet."

"Kimin?"

"Senin."

Bu son kelimeleri duyduğum anda boğazım düğümlendi. Konuşmadığımız o kadar farklı konunun altını çiziyordu ki bu, belki de daha konuşma fırsatı bulamadığımız ya da nasıl konuşacağımızı bilemediğimiz konuların; yine de bir şekilde dile getirilmişlerdi işte, bitmemiş bir melodik havayı sonlandıran bir akor gibi. Aradan ne çok zaman, ne uzun yıllar geçmişti; kimbilir kaçı biz farkında olmadan bizi daha iyi insanlara dönüştüren yitik yıllardı. Duygulanmam tevekkeli değildi. Bu çocuk bizim çocuğumuz gibiydi, varlığı sanki eskiden öyle aleni bir şekilde öngörülmüştü ki birden her şey aydınlandı; çünkü bu çocuğun adının Oliver olmasının bir sebebi vardı, çünkü Oliver her zaman benim kanımdan olmuştu, her zaman bu evde yaşamıştı, bu evin bir ferdi olmuştu, hayatlarımızın bir ferdi olmuştu. Bize gelmeden önce bile buradaydı, benim doğumumdan önce, nesiller evvel buraya ilk taşı dizmelerinden önce; o günle bugün arasındaki geçen yıllarsa zaman denen uzun yolculukta bir zerrecikten ibaretti. Onca zaman, onca yıl, temas edip geride bıraktığımız hayatlar, sanki hiç yaşanmamış olabilirlerdi ama yaşanmışlardı da – zaman, o gece geç saatte kucaklaşıp uyumadan önce Oliver'ın dediği gibi, yaşanmamış hayatın bedeli her daim zaman.

Kahvesini doldurup masada arkasında dururken aslında o sabahki sevişmemizden sonra duş almamalıydım, diye düşündüm, her şeyiyle üstümde kalmasını istiyordum; çünkü şafakta yaptığımız şeyi henüz konuşmamıştık bile ve onun sevişirken bana söylediği şeyi tekrarlamasını istiyordum. Ona gecemizden bahsetmek istiyordum, ikimizin de aslında iddia ettiğimiz kadar iyi uyumadığımıza emin olduğumu söylemek. Konuşmazsak gecemiz kolaylıkla yok olabilirdi, o da kolaylıkla yok olabilirdi. Aklım neredeydi bilmiyorum ama kahvesini doldurduktan sonra sesimi alçalttım ve neredeyse kulakmemesini öptüm. "Asla geri dönmüyorsun," diye fısıldadım. "Bana gitmeyeceğini söyle."

Sessizce kolumu tutup beni masanın başındaki sandalyeme çekti. "Gitmiyorum. Böyle düşünmeyi bırak."

Ona yirmi yıl önce yaşananları anlatmak istedim, iyisiyle, kötüsüyle, çok iyisiyle, çok kötüsüyle. Konuşacak daha çok vaktimiz olacaktı. Olan biten her şeyi bilsin istiyordum, ona her şeyi anlatmak istiyordum, aynı zamanda onunla ilgili her şeyi bilmek istiyordum. Ona, yanımızdaki ilk gününde kollarının iç kısımlarını gördüğüm andan beri tek arzumun beni sarmaları olduğunu, onları çıplak belimde hissetmek olduğunu söylemek istiyordum. Bunların bir kısmını birkaç saat önce yatakta anlatmıştım. "Sicilya'da bir arkeolojik kazıya gitmiştin, kolların iyice yanmıştı, onları ilk yemek odasında fark etmiştim; ama iç kısımları bembeyazdı, damarlıydı, mermer gibiydi, öyle narin görünüyorlardı ki. Her iki kolunu da öpmek, her iki kolunu da yalamak istedim." "Ta o zamandan mı?" "Ta o zamandan. Bana sarılır mısın artık?" "Sonrasına bakar mıyız?" diye sordu; o akşam sarılmaktan başka bir şey yapmamamız iyi olmuştu. Zihnimden geçenleri okumuş olmalıydı çünkü bu noktada kolunu omzuma atıp beni kendine çekti ve çocuğa dönerek konuştu: "Abin öyle harikulade biri ki."

Çocuk bize baktı. "Öyle mi dersin?"

"Sence öyle değil mi?"

"Evet, öyle." Çocuk gülümsedi. Benim gibi ve Oliver gibi o da biliyordu ki bu evin anadili ironiydi.

Sonra çocuk ansızın sordu: "Sen de iyi bir insan mısın?"

Oliver bile duygulanmıştı, bir an nefesi kesildi. Bizim çocuğumuzdu bu. İkimiz de biliyorduk bunu. Artık hayatta olmayan babam da bunu biliyordu, en başından beri biliyordu.

"Eski deniz fenerinin orada durduğuna inanabiliyor musun, ona on dakikalık yürüyüş mesafesinde olduğumuza?"

İskenderiye'de bir gece daha kalıp Napoli'ye geçecektik – Oliver'ın Roma'daki Sapienza Üniversitesi'nde dersleri başlamadan önce kendimize verdiğimiz hediyeydi bu ya da Miranda'nın deyimiyle balayımızdı. Ama güneşin altında durup aileleri, arkadaşları ve kordonda gezinen insanları seyrederken o New York'a dönmeden birkaç gün önce bir kayaya oturup denizi izlediğimiz akşamı hatırlıyor mu diye sormak istedim. Evet, hatırladığını söyledi, elbette hatırlıyordu. Roma'da gecenin bir yarısına kadar keşfe çıktığımız geceleri hatırlayıp hatırlamadığını sordum. Evet, onu da hatırlıyordu. O seyahatin hayatımı değiştirdiğini söyleyecektim, sadece birlikte tamamen özgürce geçirdiğimiz günlerden dolayı değil, aynı zamanda Roma bana sanatçı hayatından tadımlık sunduğu için, yaşamaya can attığım ama kaderimde olduğunu bilmediğim hayattan. Roma'daki ilk gecemizde kütük gibi içmiş ama neredeyse hiç uyumamıştık. Bir sürü şairle, sanatçıyla, editörle, oyuncuyla tanışmıştık. Ama Oliver beni durdurdu. "Geçmişten beslenmeyeceğiz değil mi?" diye sordu her zamanki gibi kısa ve öz bir şekilde; bu bana gelecek için hiçbir ümit vaat etmeyen bir alana kaydığımı gösterdi. Çok haklıydı. "Birçok bağı koparmak ve gemileri yakmak zorunda kaldım, bunun bana pahalıya patlayacağını biliyorum ama geriye bakmak istemiyorum. Benim Micol'um oldu, senin Michel'in oldu, tıpkı benim genç Elio'yu sevdiğim, senin de genç Oliver'ı sevdiğin gibi. Onlar bizi bugün olduğumuz kişiler yaptılar. Hiç varolmamışlar gibi davranmayalım ama geriye bakmak da istemiyorum."

O gün Kavafis'in evine gitmiştik; adı eskiden Rue Lepsius olan, sonra Şarm El-Şeyh'e dönüşen, şimdi ise K.P. Kavafis olarak bilinen sokaktaydı. Sokak adının değişmesine güldük; İsa'dan üç yüz küsur yıl önce kurulduğu günden beri sonsuz bir tezat içinde olan şehrin kendi sokaklarına ne ad vereceğine bile bir türlü karar verememesine. "Burada her şey katmanlı," dedim. Yanıt vermedi.

Bir zamanlar büyük şairin evi olan havasız daireye girdiğimizde Oliver'ın görevliye kusursuz bir Yunancayla selam verdiğini duyup şaşırdım. Modern Yunancayı ne zaman, nasıl öğrenmişti? Hayatıyla ilgili bilmediğim daha neler vardı, peki ya o benim hayatımla ilgili daha neler bilmiyordu? Hızlandırılmış bir kursa gittiğini söyledi ama asıl eşi ve çocuklarıyla Yunanistan'da geçirdiği *sabbatical* yılında öğrenmişti. Çocuklar dili hemen kapmıştı, eşiyse genelde evde kalmış, güneşli balkonlarında Durrell kardeşlerin kitaplarını okumuş ve İngilizce bilmeyen temizlikçilerden bir-iki kelime Yunanca öğrenmişti.

Kavafis'in şimdi dandik bir müzeye dönüştürülmüş dairesi açık pencerelere rağmen basık ve boğucuydu. Mahallenin de basık bir havası vardı. İçerisi epey loştu ve sokaktan gelen tek tük ses haricinde muhtemelen terk edilmiş bir depodan toplanmış seyrek, eski eşyaya ölümcül bir sessizlik çökmüştü. Yine de daire bana şairin en sevdiğim şiirlerinden birini hatırlattı; gençlik günlerinde âşığıyla birlikte uyuduğu yatağa öğleden sonra düşen ışık huzmesiyle ilgili şiirini. Şimdi, şair aynı yeri yıllar sonra ziyaret ettiğinde mobilyaları gitmiş, yatağı gitmiş, daireyi de bir ofise dönüşmüş buluyor. Ama bir zamanlar yatağın üstüne düşen huzme onu terk etmiyor, sonsuza dek anılarında yaşıyor. Âşığı bir hafta içinde döneceğini söylemiş ama hiç dönmemiş. Şairin hüznünü paylaşıyorum. İnsan zor toparlanıyor.

Sert görünümlü Kavafis'in, duvarları süsleyen ucuz fotoğrafları ikimizi de hayal kırıklığına uğrattı. Bu ziyareti hatırlamak için Yunanca bir şiir derlemesi aldık. Koya bakan eski bir

Yunan fırınında yan yana oturduğumuzda Oliver şiirlerden birini bana yüksek sesle okumaya başladı, önce Yunanca, sonra o anda yaptığı çevirisiyle. Bu şiiri daha önce okuduğumu hatırlamıyordum. İtalya'daki bir Yunan kolonisiyle ilgiliydi; Yunanların Poseidonya dediği, daha sonra Lukanların Paistos dediği, en son Romalılar tarafından Paestum olarak adlandırılan koloniyle. Yüzyıllar içinde, buraya yerleştikten uzun nesiller sonra bu Yunanlar nihayet Yunan kökleriyle ilgili tüm anıları ve Yunan dilini unutmuş, onun yerine İtalyan geleneklerini benimsemişlerdi - yılın bir günü hariç; o yıldönümünde Poseidonyalılar Yunan müzikleri ve Yunan ayinleriyle bir Yunan festivali kutluyor, atalarının unutulmuş geleneklerini ve dillerini ellerinden geldiğince hatırlamaya çalışıyor, müthiş bir hüzünle harikulade kültürlerini yitirdiklerini, Yunanların normalde burun kıvırdığı Barbarlardan bir farkları kalmadığını fark ediyorlardı. O gün, gün batımına dek Yunan kimliklerinden kalan kırıntıları topluyor ama ertesi gün şafak vaktinde tekrar uçup gitmelerini izliyorlardı.

İşte, tatlı çöreklerimizi yerken Oliver o anda, Poseidonyalılar gibi bugün geriye kalan birkaç İskenderiyeli Rum'un da -ev sahiplerimiz, müzedeki görevli, fırındaki yaşlı mı yaşlı garson, bize bu sabah İngilizce gazete satan adam- yeni yeni âdetler, yeni alışkanlıklar benimsediklerini, bugünlerde anakarada konuşulan Yunancaya kıyasla eski kalan bir dil konuştuklarını fark etti.

Ardından Oliver bana asla unutmayacağım bir şey söyledi: her yıl 16 Kasım'da -doğum günümde- evli olmasına, iki çocuk babası olmasına rağmen kendi içindeki Poseidonyalıyı düşünmeye, eğer birlikte kalsaydık nasıl bir hayatı olacağını düşünmeye zaman ayırdığını. "Yüzünü unutmaya başlamaktan korkuyordum, sesini, hatta kokunu," dedi. Yıllar içinde ofisine yakın bir yerde kendi bir ayin mekânı bulmuştu, göle bakan bu noktada o gün birkaç dakika durup yaşanmamış hayatımızı, benimle olan hayatını düşünürdü. Babamın ifadesiyle mabet ziyareti uzun sürmez, hayatın akışını bozmazdı. Ama yakın zamanda, diye devam etti, belki o yıl başka bir şehirde olduğu için birden durumun tamamen tersine çevrildiğini idrak etmişti, yılın o gün hariç her günü bir Poseidonyalıydı; geçmiş günler cazibelerini hiç yitirmemişti; hiçbir şeyi unutmamıştı, unutmak da istemiyordu; benim unutup unutmadığımı görmek için yazamasa da, telefon açamasa da, yine de biliyordu ki birbirimizi hiç aramamamızın sebebi aslında hiçbir zaman tam ayrılmamış olmamızdı; nerede olursak olalım, kiminle olursak olalım, karşımıza hangi engeller çıkarsa çıksın vakti geldiğinde tek yapması gereken gelip beni bulmaktı.

"Buldun da."

"Evet, buldum," dedi.

"Keşke babam hayatta olsaydı."

Oliver bana baktı, bir süre sessiz kaldı, sonra konuştu: "Keşke, keşke."